Julia Wolkenstein

Weihnachtswunder im Hotel Mistelzweig

Liebe Leserin, lieber Leser,

herzlichen Dank, dass du dich für ein Buch von beHEARTBEAT entschieden hast. Die Bücher in unserem Programm haben wir mit viel Liebe ausgewählt und mit Leidenschaft lektoriert. Denn wir möchten, dass du bei jedem beHEARTBEAT-Buch dieses unbeschreibliche Herzklopfen verspürst.

Wir freuen uns, wenn du Teil der beHEARTBEAT-Community werden möchtest und deine Liebe fürs Lesen mit uns und anderen Leserinnen und Lesern teilst. Du findest uns unter be-heartbeat.de oder auf Instagram und Facebook.

Du möchtest nie wieder neue Bücher aus unserem Programm, Gewinnspiele und Preis-Aktionen verpassen? Dann melde dich für unseren kostenlosen Newsletter an:
be-heartbeat.de/newsletter

Viel Freude beim Lesen und Verlieben!

Dein beHEARTBEAT-Team

Melde dich hier für unseren Newsletter an:

Weiterer Titel der Autorin:

Zeit der Marzipanblüte

Über die Autorin

Julia Wolkenstein veröffentlicht seit 2010 Bücher unter verschiedenen Pseudonymen. Ihr Motto ist es, den Menschen schöne Lesestunde zu verschaffen. Sie wurde in den Sweet Sixties in Essen an der Ruhr geboren. Mit Vorliebe schreibt sie zeitgenössische Liebesromane, historische Romane, New Adult und Krimis. Neben dem Schreiben gehören auch Kochen und Fotografieren zu ihren Hobbys. Sie liebt Paris und Rom, lebt aber mit ihren Kindern und Hund im Westmünsterland. Schreiben ist für sie wie Atmen …

Julia Wolkenstein

Weihnachtswunder im Hotel Mistelzweig

Vollständige ePub-to-Print-Ausgabe des in der Bastei Lübbe AG erschienenen eBooks

beHEARTBEAT in der Bastei Lübbe AG

Dieses Werk wurde vermittelt durch die litmedia.agency,Germany.

Copyright © 2024 by
Bastei Lübbe AG, Schanzenstraße 6 – 20, 51063 Köln

Vervielfältigungen dieses Werkes für das Text- und Data-Mining bleiben vorbehalten.

Textredaktion: Larissa Bendl
Lektorat/Projektmanagement: Anne Pias
Covergestaltung: Guter Punkt GmbH Co. KG, München unter Verwendung von Motiven © rusm / iStock / Getty Images Plus; © Rawpixel / iStock / Getty Images Plus
Satz: 3w+p GmbH, Rimpar
Druck: Books on Demand GmbH, Norderstedt

ISBN 978-3-7413-0454-5

be-heartbeat.de
lesejury.de

Was wir für uns selbst tun, stirbt mit uns.
Was wir für die anderen und für die Welt tun,
bleibt und ist unsterblich.
Albert Pike

Für Susanne,
die mir die deutschen Städte ans Herz legt.

Prolog

August

»Ihren Mann? Sie wollen Ihren Mann sprechen?«, fragte Amelie, und ein unangebrachtes Lachen kroch langsam ihre Kehle hinauf. Sie lächelte freundlich, um es zu unterdrücken.

»Ja, Direktor Grün ist mein Mann.« Die Frau vor dem Tresen sah sie ungeduldig an. »Unser Sohn muss aus dem Ferienlager abgeholt werden, und ich kann unsere Tochter nicht allein lassen, weil sie die Masern hat.«

»Sohn? Tochter?«, wiederholte Amelie und warf ihrer Kollegin, die neugierig das Gespräch verfolgte, einen Blick zu. Diese zuckte nur mit den Schultern.

»Einen Moment bitte, ich werde Direktor Grün Bescheid geben.« Damit wandte Amelie sich ab.

»Aber bitte beeilen Sie sich, es ist dringend«, rief die elegante Frau ihr hinterher.

Amelie machte sich erst gar nicht die Mühe, anzuklopfen, sondern trat einfach ein und schloss demonstrativ die Tür hinter sich.

Rupert blickte zu ihr auf. »Liebling! Kann ich dir helfen?«

Oh ja! Das konnte er. »Im Foyer steht eine Frau, die ihren Mann sprechen will.«

Rupert wartete darauf, dass sie noch etwas hinzufügte.

»Die Dame erklärte mir, dass sie die Frau von Direktor Grün sei und eure Kinder Hilfe benötigen!« Amelies Stimme nahm ungeahnte Höhen an.

Alarmiert sprang Rupert von seinem Stuhl auf. »Wie bitte? Ich habe ihr doch gesagt …«

Amelie wollte etwas erwidern, schloss dann aber den Mund, als sie realisierte, dass er es nicht abstritt. »Rupert! Stimmt es? Bist du verheiratet?«, fragte sie in ruhigem Ton nach.

»Es ist nicht so, wie es scheint«, rief er hektisch und fuhr sich nervös über seinen rasierten Kopf.

»Stimmt es, dass du Kinder hast? Zwei Kinder?« Mittlerweile flüsterte sie nur noch.

»Amelie, bitte. Jetzt warte mal. Ich muss jetzt erst mal...« Er deutete auf die Tür und ging hinaus.

Wie in Trance folgte Amelie ihm zum Empfang des Hotels, das von Rupert geleitet wurde. Amelie arbeitete bereits seit einigen Jahren hier und war davon ausgegangen, dass sie beide in den nächsten Jahren ein eigenes Hotel eröffnen wollten. Das hatten sie besprochen, nachdem sie vor einem Jahr ein Paar geworden waren. Doch so, wie die Lage sich nun darstellte, zerplatzten ihre Träume innerhalb von Minuten.

»Barbara! Was tust du hier? Ich habe dir doch gesagt, dass du mich nicht bei der Arbeit stören sollst. Warum hast du mich nicht auf dem Handy angerufen?«, zischte er der Frau zu.

»Weil dein Handy ständig ausgeschaltet ist. Luca muss aus dem Ferienlager abgeholt werden. Du musst fahren, ich habe mit Fabienne einen Arzttermin. Wozu hast du eine Familie, wenn du nie Zeit hast, dich um uns zu kümmern?«

Rupert sah über seine Schulter zu Amelie, und sie tat so, als hätte sie am Schrank etwas zu suchen. Ihr war übel. Das war doch alles ein Scherz! Das konnte nicht sein! Wie hatte Rupert ihr über all die Monate, in denen sie eine Beziehung geführt hatten, seine Familie verheimlichen können? War sie wirklich so naiv? Das war einfach zu viel. Sie steuerte die Angestelltentoilette an und zückte ihr Handy.

»Amelie, mein Kind! Das ist ja eine Überraschung«, hörte

sie die Stimme ihrer Großmutter. Ohne darüber nachzudenken, hatte sie ihre Nummer gewählt.

»Hallo, Omi!«, sagte sie und ihr versagte die Stimme.

»Was ist los, mein Mädchen?«

Die sanfte Stimme ihrer Großmutter ließ alle Dämme brechen. »Ach, Omi, es ist alles so schrecklich. Kann ich zu dir kommen?«

»Das ist doch keine Frage. Natürlich kannst du jederzeit nach Hause kommen. Meine Tür steht dir immer offen.«

»Danke. Ich melde mich nach meiner Schicht noch mal«, wisperte Amelie und legte auf, weil sich die Tür öffnete. Anders als erwartet war es nicht ihre Kollegin, sondern Rupert, der wohl auf der Suche nach ihr war.

»Amelie, bitte lass es mich erklären.« Er wollte sie in seine Arme ziehen, doch Amelie ging auf Abstand.

»Da gibt es ja wohl nicht viel zu erklären! Wie konnte ich nur so blind sein? Ich werde mit Sicherheit keine Familie zerstören. Lass mich in Ruhe, und kümmere dich um deinen Sohn.« Sie ging an ihm vorbei und öffnete die Tür, um die Damentoilette zu verlassen.

»Wir führen keine glückliche Ehe.«

»Du hast deine Familie mit keinem Wort erwähnt. Wie kann man nur so verlogen sein?«, zischte Amelie und schüttelte den Kopf. Das alles war ihr so unverständlich. »Ach, und übrigens, damit das klar ist: Du solltest dich nach einer neuen Assistentin umsehen. Ich kündige hiermit fristlos. Und denk gar nicht dran, mir Schwierigkeiten zu machen, wenn du verhindern willst, dass deine Frau erfährt, dass ich deine Freundin war.« Damit verließ sie den Raum und fühlte sich plötzlich so zufrieden wie schon lange nicht mehr.

1. Kapitel

Amelie kam die Holztreppe herunter, die ihre Wohnung vom Hotelbereich trennte. Sie lag im vierten Stock und war nicht besonders groß, aber ihr eigenes Reich. Auf dem letzten Absatz übersprang sie die letzte Stufe, die immer laut knarrte, weil alt und ausgetreten war. Das hatte sie schon als Kind getan, und auch jetzt mit dreiunddreißig hatte sich daran nichts geändert.

»Guten Morgen, Omi!«, rief sie ihrer Großmutter zu, die hinter dem Tresen stand und sich über das große Buch beugte, in dem sie die Reservierungen eintrug. Die Rezeption des Hotels lag in einem kleinen Raum, der wie ein Windfang aussah mit dem Holzvorbau, der aus Glasfenstern bestand.

»Guten Morgen, mein Mädchen«, murmelte Ruth abwesend, ohne aufzublicken.

»War die Post schon da? Ich warte auf meine Gehaltsabrechnung.« Als ihre Großmutter nicht reagierte, trat Amelie näher. »Was ist los, Omi?« Sie berührte ihren Arm, um ihre Aufmerksamkeit zu erlangen.

»Ach, Kind, es sieht gar nicht gut aus. Im Augenblick haben wir ein paar Gäste, aber für die Weihnachtssaison sehe ich schwarz. Wir sollten das *Mistelzweig* schließen. Es hat zu wenig Betten, zu wenig Luxus. Die Menschen sind verwöhnt, und ich kann da einfach nicht mehr mithalten.« Sie seufzte tief und strich sich den Pony aus der Stirn.

»Aber Omi, jetzt bin ich doch hier und werde dich unterstützen. Du wirst sehen, wir werden aus diesem kleinen Hotel ein echtes Juwel machen.« Sie nahm die zarte Frau in die Arme und drückte sie sanft.

»Das würde ja bedeuten, dass du hier in Rothenburg bleibst?«, fragte Ruth zaghaft nach. »Was wird aus deinem Job in München?«

Es war eine logische Schlussfolgerung, dass ihre Großmutter ihr diese Frage stellte, nachdem sie vor zwei Tagen hier in Rothenburg ob der Tauber aufgeschlagen war. Hier war sie aufgewachsen, bevor sie vor zehn Jahren nach München gezogen war, um den Job als Assistentin des Hoteldirektors anzutreten. Zehn Jahre hatte sie sich abgemüht, und für was? Ihr neuer Chef, der vor einem Jahr seine Stelle angetreten hatte, hatte ihr direkt zu Beginn den Kopf verdreht. Sie verstand selbst nicht, warum es so lange gedauert hatte, bis sie erkannte, was für ein falsches Spiel er mit ihr gespielt hatte.

»Ich habe bisher nichts gesagt, weil ich mir selbst erst einmal klar werden musste, wie es weitergeht, aber … ich habe gekündigt.« Somit ließ sie die Bombe platzen.

Ruth blickte sie überrascht an und zog sie zu der kleinen Eckbank im hinteren Bereich des Empfangsraums. »Komm, setzen wir uns, und du erzählst mir, was passiert ist, solange alle Gäste außer Haus sind.«

Wenn man Ruth so hörte, sollte man meinen, es handele sich um ein großes Hotel, dabei gab es gerade mal zehn Gästezimmer, drei waren Einzelzimmer. Amelie wunderte es trotzdem, dass sie das alles ganz allein schulterte, denn es gab eine Menge zu tun. Seit Amelies Schwester Coco in London Hotelmanagement studierte, war Ruth auf sich allein gestellt. So kehrte Amelie genau zum richtigen Zeitpunkt nach Rothenburg zurück.

Sie nahmen an dem eckigen Tisch Platz, Amelie rutschte auf die Bank, während Ruth sich am Kopfende auf den freien Stuhl setzte.

»Was ist geschehen, mein Liebes?«, wollte Ruth wissen und ergriff ihre Hand. »Du weißt, ich urteile nicht über dich. Wir konnten doch immer miteinander reden.«

Amelie seufzte tief und nickte. Ja, ihre Großmutter war schon immer ihre Vertraute gewesen. Egal worum es ging. Bei Problemen in der Schule oder großem Herzschmerz. Ruth strich sich erneut eine graue Haarsträhne aus dem Gesicht. Amelie kannte sie gar nicht anders. Das Haar ihrer Großmutter war schon ab Ende dreißig ergraut. Vielleicht lag es daran, dass sie ihre einzige Tochter samt Schwiegersohn auf einen Schlag bei einem Autounfall verloren hatte. Seit diesem Tag hatte sie sich um die zwei Mädchen der beiden gekümmert. Sie und Coco waren damals erst neun und drei Jahre alt gewesen. Es war nicht nur ein harter Schlag für Ruth gewesen, auch die Mädchen hatten nicht verstehen können, warum ihre Eltern nicht mehr zurückkehrten.

»Ich hatte ein Verhältnis mit meinem Chef. Warte! Ich weiß, was du jetzt sagen willst … und du hast recht. Ich hätte es besser wissen müssen. Aber ich wusste nicht, dass er verheiratet ist. Er hat es nie erwähnt, und ich habe nie gefragt. Er trug keinen Ring, hatte kein Bild seiner Frau auf dem Schreibtisch stehen. Sie hat auch nie angerufen. Ich war so dumm, weil ich es nie infrage gestellt habe. Ich war anscheinend blind vor Liebe. Er war so ein guter Schauspieler. Niemand von meinen Kollegen wusste es oder hat etwas geahnt, bis zu dem Zeitpunkt, als seine Frau eines Tages in der Lobby stand und ihren Mann sprechen wollte. Da habe ich erkannt, dass ich nicht mehr war als eine billige Affäre. Er hat mir vorgespielt, eines Tages würden wir gemeinsam ein Hotel aufbauen. Pah, er hat mich nur belogen, ein ganzes Jahr lang.«

Als ihr unfreiwillige Tränen in die Augen stiegen, reichte Ruth, die bisher geschwiegen hatte, ihr ein Taschentuch. »Hier nimm, es ist noch unbenutzt. Obwohl so ein Kerl deine Tränen gar nicht wert ist. Aber sie reinigen die Seele und machen Platz für neue Wege.«

Sie hatte ja so recht. Amelie nickte. »Das weiß ich doch. Es sind nur Tränen des Ärgers, weil ich auf so eine billige Masche reingefallen bin. Das macht mich echt wütend. Ich war so blind.« Sie musste sich zwingen, ihre Stimme im Zaum zu halten.

»Vergessen wir diesen Idioten und planen dein neues Leben. Was hast du jetzt vor, Amelie?« Ruth drückte ihre Hand, und die Wärme tat ihr gut.

»Ich weiß gar nicht mehr, warum ich unbedingt nach München gehen wollte. Die Stadt ist viel zu überfüllt, zu groß, zu teuer, und ich bin kein Großstadtmensch. Hier in Rothenburg habe ich mich immer wohlgefühlt. Und hier gibt es ein Hotel, das nur auf mich wartet. Du kannst doch sicherlich Hilfe gebrauchen? Wir werden das Hotel modernisieren, und du wirst sehen, bald geht es auch mit den Buchungen wieder bergauf.« Sie schniefte und wischte die Tränenspuren fort.

»Ach, Kindchen, dafür bin ich viel zu alt. Wie willst du das anstellen? Buchungen fallen doch nicht einfach so vom Himmel.« Ruth schüttelte resigniert den Kopf.

»Nicht vom Himmel, aber man findet sie im Internet«, erklärte Amelie siegessicher.

»Internet? Ich habe noch nicht mal einen Computer, und außerdem weiß ich gar nicht, wie man damit umgeht. Ich bin zu alt, um das noch zu lernen. Zu meiner Zeit hat man sich Briefe geschrieben, keine E-Mails.«

»Es gibt nichts, was man nicht lernen kann. Die Volkshochschule bietet Computerkurse für Senioren an, und wenn ich jetzt mitarbeite, hast du auch Zeit für solche Dinge. Ich werde dich unterstützen, und du wirst sehen, dann geht es mit dem *Mistelzweig* wieder bergauf. Das Hotel ist schon so lange im Besitz unserer Familie, wir können jetzt nicht einfach aufgeben. Wir sind doch Kämpferinnen.«

Anscheinend teilte Ruth ihren Optimismus nicht. »Es sind ja nicht nur die Buchungen. Ich glaube, ich bin mittlerweile zu alt, um zu kämpfen. Die Bank will pünktlich ihre Raten haben, und ich bin schon in Verzug«, gab sie zögerlich zu.

»Die Bank? Welche Raten denn?« Davon hörte Amelie zum ersten Mal.

Wieder seufzte Ruth leise. Es war ihr anzusehen, dass sie darauf nicht gerne antworten wollte. »Ich musste einen Kredit aufnehmen, weil ich die Zimmer renovieren wollte, doch dann ging Coco nach London und brauchte auch Geld, um das Studium zu finanzieren. Ich habe eine Firma engagiert, die die Zimmer aufmöbeln sollten, doch die sind nun pleite, und meine Anzahlung ist futsch. Ich weiß wirklich nicht, wie es weitergehen soll.« Nun standen Ruth die Tränen in den Augen.

Amelie musste diese Neuigkeiten erst einmal verarbeiten. »Warum hast du nie etwas gesagt?«, fragte sie leise. Sie verstand das alles nicht ganz. Warum hatte sie nichts davon bemerkt? Vermutlich war sie in den letzten Monaten zu selten in Rothenburg gewesen.

»Weil ich mich schäme und dachte, ich würde es allein schaffen. Es ist so erniedrigend.«

»Ach, Omi, du brauchst dich doch nicht zu schämen, nicht vor mir. Das geht doch vielen Unternehmern so. Besonders nach der Pandemie müssen viele Firmen wieder auf die Beine kommen. Wir bekommen das hin. Wir sind doch ein Team, eine Familie. Ich habe Mamas und Papas Erbe, davon werden wir die nächste Rate bezahlen und uns so die Bank vom Hals halten. Dann werden wir uns über die Renovierung unterhalten. Aber zuerst werde ich einen Computer anschaffen, damit wir online gehen können. Damit steht uns die ganze Welt offen.«

Ihre Großmutter blickte sie mit großen Augen an. »Na, dann hoffe ich, dass die ganze Welt nicht bei uns übernachten will.«

2. Kapitel

Anfang *November*

Das Hämmern bereitete Amelie Kopfschmerzen. So ging es schon seit einigen Wochen. Sechs der zehn Zimmer waren bereits fertig renoviert, Nummer sieben war in Arbeit, und das war kaum zu überhören. Die Wände wurden gestrichen, die Decken mit Stuck verschönert und die Badezimmer neu gefliest und ausgestattet. Die alten Waschbecken und Duschen flogen raus, dafür gab es schönen Naturstein, kombiniert mit dunkelgrünen oder beigefarbenen Fliesen. Nicht dieses Beige der Siebzigerjahre, sondern modern, hell, mit leichter Struktur in Edelmatt.

Die Einrichtung der Zimmer war vor einigen Jahren ersetzt worden, und das dunkle Nussbaumholz sah immer noch modern aus. Zusammen mit Ruth hatte Amelie neue Bettwäsche ausgesucht, die in allen Zimmern das gleiche Muster trug. Weiß mit türkisfarbenen Streifen, die seidig schimmerten. Alle Zimmer gleich auszustatten, schaffte eine einheitliche Atmosphäre und Routine in Sachen Reinigung. Das sparte Zeit. Amelie hatte vier Aushilfen eingestellt, die für die Reinigung der Zimmer und der übrigen Räumlichkeiten zuständig waren. Sie selbst kümmerte sich im Wechsel mit Ruth um den Empfang und das Frühstücksbüfett.

»Guten Morgen, Amelie! Ich habe zwei Briefe für dich. Einer ist ein Einschreiben, da brauche ich eine Unterschrift.« Die Postbotin hielt ihr einen Scanner unter die Nase, und schnell zeichnete Amelie gegen.

»Hier hat sich ja einiges verändert.« Staunend sah die

Postbotin sich um. Der Empfangsbereich war neu gestaltet worden, mit einem zentralen Tresen und einer kleinen Sitzgruppe direkt neben der Tür. Nur der Holztisch mit der Bank und den Stühlen im hinteren Bereich des Foyers, an dem man es sich gemütlich machen konnte, war geblieben, jedoch mit bunten Kissen dekoriert worden.

»Ja, Hannah, wir sind fleißig. Das Weihnachtsgeschäft steht vor der Tür, und bis dahin wollen wir fertig sein.«

»Na, da bin ich gespannt, ob ihr das schafft. Die Weihnachtssaison beginnt gefühlt jedes Jahr früher. Ende August stehen schon die Lebkuchen bei den Discountern, und zu Weihnachten ist dann alles ausverkauft. So, ich muss los, hier sind deine Briefe.« Hannah reichte ihr die Umschläge und machte sich auf den Weg.

Amelie schnappte sich die Post und verschwand in das kleine Büro, das direkt hinter dem Empfang lag. Sie schloss die Tür, um den Krach so gut es ging auszuschließen. Vielleicht sollte sie später mal zum Friseur, um sich eine kleine Auszeit zu gönnen. Ihr rotes Haar könnte einen neuen Schnitt vertragen. Aber wollte sie wirklich das Haus verlassen? Die Temperaturen waren in den letzten Tagen drastisch gefallen. Auch heute war das Wetter nicht besonders einladend. Alles grau in grau und dazu dieser Lärm. Ab und an regnete es, was gegen Abend meist in Schnee überging.

Nachdenklich öffnete sie den ersten Brief, der nur ein Werbeschreiben für Weihnachtsgeschenke für Unternehmen war. Er landete direkt im Papierkorb. Auf ihrem Handy ging derweil eine Nachricht ein. Schnell entsperrte sie das Display, als sie sah, dass die Nachricht von Coco kam.

> Sorry, dass ich mich so rarmache, aber ich habe eine Menge zu tun. Ich habe eine gute und eine schlechte Nachricht für dich. Zuerst die gute: Ich habe einen Job gefunden, sodass Ruth mir kein Geld mehr schicken muss. Ich arbeite als Bedienung in einem netten Café und verdiene ganz gut. Das Trinkgeld ist klasse, damit komme ich über die Runden.
> Jetzt kommen wir zu der schlechten Nachricht: Da ich keine Kinder habe, habe ich mich bereit erklärt, über die Feiertage Schichten zu übernehmen. So kann ich Weihnachten nicht nach Hause kommen. Ich werde erst in der zweiten Januarwoche anreisen. Bitte sei nicht traurig! Ich kann das Geld gut gebrauchen, und du sparst ja so auch einiges. Kannst du es bitte Omi erklären? Ich bin sehr froh, dass du wieder zu Hause bist, so ist sie über die Feiertage nicht allein. Ich muss los. Sende dir eine feste Umarmung!

»Ach, Carina«, seufzte Amelie. Es war natürlich eine schöne Nachricht, dass sie eine Stelle gefunden hatte und nicht weiter auf Geld von Ruth angewiesen war. Aber dass sie Weihnachten nicht zusammen verbringen würden, das behagte Amelie gar nicht. Sie feierten die Tage immer zusammen. Es würde komisch sein, ohne Coco an ihrer Seite.

Jetzt fiel ihr auch auf, warum Rupert, ihr ehemaliger Chef, keine Einwände gehabt hatte, als sie letztes Weihnachten nach Hause gefahren war. So hatte er in aller Ruhe zu seiner Familie gekonnt, ohne dass sie etwas davon mitbekommen hatte. Schon wieder wallte Wut in ihr auf, dabei hatte sie sich geschworen, nicht mehr an diese peinliche Affäre zu denken. Auffällig war nur, dass sie neben dem Zorn und der Ratlosigkeit keinen Herzschmerz empfand, weil man sie so leicht hatte hintergehen können. Sie musste dringend an ihrer Menschenkenntnis arbeiten, dabei war sie gerade darauf immer so stolz gewesen.

Sie verstaute das Handy in der Hosentasche, nachdem sie Coco eine kurze Antwort geschickt hatte. Dann griff Amelie zu dem Einschreiben und nahm den Brieföffner zur Hand. Das Schreiben war von der Bank.

… müssen wir Ihnen mitteilen, dass die letzten beiden Raten nicht abgebucht werden konnten. Wir bitten Sie hiermit höflich, die offenen Zahlungen bis zum 28.11. auszugleichen …

Das war in zwanzig Tagen. Müde fuhr sich Amelie über die Stirn, dabei war es gerade mal elf Uhr. Sie schob das Schreiben in eine Schublade, damit Ruth es nicht sofort zu Gesicht bekam. Es würde sie nur unnötig aufregen, und das wollte Amelie verhindern. Sie würde sich darum kümmern, das hatte sie schließlich versprochen. Sie musste sich etwas einfallen lassen, damit Geld in die Kasse kam, um den weiteren Umbau zu finanzieren. Noch hatte sie ein wenig Zeit. Vielleicht sollten zwei Zimmer bis auf Weiteres nicht vermietet werden. Diese könnten sie im nächsten Jahr renovieren lassen. Acht Zimmer mussten erst einmal reichen.

Im letzten Jahr hatte sie mit Coco darüber gesprochen, dass sie Fahrten zu den Weihnachtsmärkten anbieten könnte. In der Garage stand noch immer der VW-Bus ihrer Großmutter. Er bot Platz für neun Personen. Soweit sie wusste, war der Wagen noch gut in Schuss. Sie würde sich am Abend im Internet schlaumachen, wann welche Weihnachtsmärkte in diesem Jahr eröffneten. Die Homepage des *Mistelzweigs* hatte sie vor einigen Wochen eingerichtet, nachdem die ersten Zimmer fertiggestellt worden waren und die neuen Bilder hatten online gehen können. Die Seite war sehr hübsch geworden. Ebenso hatte sie das Hotel auf unterschiedlichen Buchungsplattformen angemeldet. Die meisten Urlauber nutzten Vergleichsportale, um die besten Angebote zu finden. Amelie konnte sich gar nicht vorstellen, dass Ruth überhaupt Buchungen erhalten hatte, so ganz ohne Homepage und Anbieter. Es wurde wirklich Zeit, dass bald Geld in die Kasse kam, damit der Umbau sich auch rentierte. Seit sie überall zu finden waren, waren bereits einige kleine Anfragen reingeflattert, was Mut machte.

Ihre Großmutter steckte den Kopf zur Tür herein. »Ist alles in Ordnung bei dir?«, fragte sie besorgt.

»Ich habe gerade eine Nachricht von Coco erhalten. Sie wird es dieses Jahr nicht schaffen, zu Weihnachten nach Hause zu kommen. Tut mir leid.«

Nachdenklich nickte Ruth. »Ich habe mir schon so etwas gedacht.« Sie seufzte schwer. »Es ist wohl nicht zu ändern, dann machen wir es uns zu zweit gemütlich.« Hoffnungsvoll sah sie Amelie an.

»Natürlich, das machen wir, und bis dahin ist ja noch etwas Zeit. Sag mal, wo sind die Flyer, die wir im letzten Jahr haben drucken lassen? Du weißt doch, die, die Coco gestaltet hat.« Sie zog einige Fächer auf, fand aber nichts.

»Die müssten hinter dir im Schrank liegen. Was willst du denn mit den alten Dingern?«

»Ich will neue entwerfen und diese dann an unsere Stammkunden verschicken, mit den Bildern der modernisierten Zimmer. Die alten Flyer dienen mir als Vorlage, die sahen doch sehr hübsch aus. Coco hat wirklich ein Talent für solche Dinge.«

Ruth nickte. »Das ist eine gute Idee. Ja, das Mädchen hat viele Talente.«

»Okay, dann mache ich mich an die Arbeit und gehe später zum Friseur. Kommst du eine Weile allein klar?«, wollte Amelie wissen.

»Natürlich komme ich zurecht«, meinte Ruth entrüstet. »Ich koche erst mal einen Kaffee.«

»Aber wir haben doch schon gefrühstückt.«

»Für die Handwerker, mein Liebes. Die armen Jungs müssen so hart arbeiten.« Ruth machte sich auf den Weg in die Küche, die im hinteren Bereich des Erdgeschosses neben dem Frühstücksraum lag.

Wenn das so weiterging, würden die Handwerker gar nicht mehr arbeiten bei Ruths leckerem Kaffee und Kuchen. Amelie hatte schon lange den Eindruck, dass die Handwerker mehr pausierten, als ihrer Arbeit nachzugehen.

Im Schrank hinter dem Schreibtisch fand Amelia noch ein paar Restflyer, die sie wie geplant als Vorlage nahm, um neue zu gestalten. Dank einiger Erfahrung mit dem Designprogramm ging ihr das recht schnell von der Hand. Die Fotos der neuen Zimmer waren wirklich hübsch geworden. Als Nächstes trug sie die Termine der Weihnachtsmärkte in der Umgebung zusammen. Am Ende entschied sie sich für den Christkindlesmarkt in Nürnberg, den Weihnachtsmarkt in Würzburg und das Ochsenfurter Adventsgässle. Natürlich gab es dann noch den Reiterlesmarkt in Rothenburg. Vier Weihnachtsmärkte in sieben Tagen, das müsste doch zu bewältigen sein.

Sie kalkulierte die Kosten für Benzin und auswärtige Mittagessen und bot diese Tour zusätzlich an. Bevor sie den Druck in Auftrag gab, nahm sie ihre Tasche und beschloss, endlich den Friseur aufzusuchen. Das alles hatte mehr Zeit in Anspruch genommen als gedacht. Später würde sie den Flyer noch mal auf Fehler überprüfen.

*

Am Nachmittag hatte sich das Wetter gebessert. Zwar war der Himmel immer noch grau, aber es regnete nicht mehr. Das Hotel lag mitten in der Altstadt, direkt am Marktplatz, neben der Apotheke, die es schon immer gegeben hatte, und schräg gegenüber vom Rathaus mit seinem historischen Turm. Von Amelies kleiner Wohnung im vierten Obergeschoss aus blickte sie genau auf den Georgsbrunnen. Wie sehr sie das in München doch alles vermisst hatte. Dort gab es zwar auch viele Sehenswürdigkeiten, und doch war es mit Rothenburg nicht zu vergleichen. Rothenburg war viel familiärer, kleiner, gediegener. Hier war eben ihr Zuhause.

Der Friseur lag die Herrengasse hinauf, das konnte sie gut zu Fuß erreichen. Lia war mit ihr zur Schule gegangen und hatte vor zwei Jahren den Laden ihrer Eltern übernommen. Sie hatte bestimmt Zeit für sie.

Die Inneneinrichtung des Salons sah aus, als wäre man in den Fünfzigern gelandet. Die altmodischen Haartrockner, die an den Wänden hingen, Spiegel in Nierenform und ein Tresen, der mit Glas verziert war, wo Haarspray und Gel zum Kauf angeboten wurden, waren Zeugen einer anderen Zeit. Auch die Bilder an den Wänden zeigten Werbung aus der Vergangenheit. Von Waschmittel über Sonnencreme zu Schokolade. Alles in grellbunten Farben. Dieser Vintage-Style passte gut in die Stadt, die auch ein wenig aus der Zeit gefallen wirkte, und genau das gefiel Amelie.

Mit zwei Aushilfen bediente Lia ihre Kunden. So altmodisch die Einrichtung war, umso geschickter waren die drei, wenn es um aktuelle Frisuren und Farben ging. Balayage-Highlights waren ebenso wenig ein Problem wie Wasserwellen, Pixie-Cuts oder eine Dauerwelle.

»Hi, Amelie! Was kann ich für dich tun?«, rief Lia über das Rauschen eines Föhns hinweg. Sie zog einer älteren Dame das grau melierte Haar über eine dicke Rundbürste, sodass es sich in weichen Wellen formte.

»Hast du Zeit, mir die Haare zu schneiden? Ich brauche echt eine Auszeit, ich warte auch gerne.«

»Klar, nimm Platz, ich bin gleich bei dir. Du hast Glück, mir wurde gerade ein Termin gecancelt.« Sie deutete auf einen freien Platz vor einem Spiegel.

Amelie ließ sich nieder, und eine Mitarbeiterin reichte ihr

ein paar Zeitschriften, damit sie sich die Wartezeit verkürzen konnte. »Kann ich dir einen Kaffee anbieten?«, fragte die junge Frau mit stylishem Bob, der weißblond gefärbt war.

»Danke, das wäre wunderbar. Geht auch ein Cappuccino?«

»Sicher, wir haben eine tolle Maschine, die macht alles außer Haare schneiden.« Die junge Frau lachte und machte sich an die Arbeit.

Kurze Zeit später blätterte Amelie durch die Klatschspalten und trank einen heißen Cappuccino, der hervorragend schmeckte. Nachdem sie von den Neuigkeiten der Reichen und Schönen genug hatte, nahm sie ein Wohnmagazin zur Hand und blieb an einem Foto hängen, das sie auf eine Idee brachte. Dort wurden winterliche Gärten vorgestellt, und einer davon stach ihr direkt ins Auge. Eine Menge Lichterglanz erstrahlte unter dem Abendhimmel. Sofort kam ihr der Garten hinter dem Haus in den Sinn, den Ruth immer nur im Sommer nutzte. Natürlich war es im Winter viel zu kalt, um dort zu sitzen, aber wenn man ihn mit Lichterketten dekorierte, hätten die Gäste, deren Zimmer nicht zur Straße lagen, eine Überraschung, sobald es dunkel wurde und dort tausend kleine Lichter brannten. Das wäre bestimmt ein Highlight, was sie für die Werbung nutzen konnte.

»So, du bist an der Reihe, Amelie. Was kann ich Gutes für dich tun?« Lia strich ihr durch die zerzausten roten Locken.

»Ich brauche einen richtigen Schnitt, auch wenn ich sie oft zusammenbinde. Gerade bekomme ich sie kaum noch gebändigt.«

Lia nickte. »Sie sind recht strohig. Du solltest sie mehr pflegen. Ich schlage vor, wir bringen ein paar Stufen rein, dann sind sie am Hinterkopf nicht so buschig. Ich gebe dir noch eine Pflegekur drüber, die lassen wir etwas einwirken, das macht das Haar glatter und elastischer. Du wirst es danach nicht wiedererkennen.«

Amelie lächelte Lia im Spiegel an. »Ich nehme dich beim Wort.«

»Kannst du, ich bin eine Eins-a-Friseurin und würde meinen Kunden niemals etwas aufschwatzen, was sie nicht brauchen. Und meinen Freundinnen schon gar nicht.« Sie warf Amelie ein Lächeln zu.

Eine halbe Stunde später schnitt Lia an ihrem Haar herum, und sie sah eine Locke nach der anderen zu Boden fallen. In ihr brach die Panik aus. Hoffentlich wurde es nicht zu kurz, sodass sie das Haar am Hinterkopf nicht mehr zusammenbinden konnte.

»Wie läuft es mit Ruth? Ich war echt überrascht, als ich gehört habe, dass du wieder nach Rothenburg ziehst«, sagte Lia, ohne die Arbeit zu unterbrechen.

»Ja, München hat mich nicht so begeistert wie erwartet. Zehn Jahre waren genug. Ich bin froh, wieder hier zu sein. Ruth braucht Unterstützung, und ich habe viel mit dem Hotel vor. Die Lage am Marktplatz ist günstig, und es wäre eine Schande, das Hotel zu schließen, weil Ruth es aus Altersgründen aufgeben muss. Coco wird erst im nächsten Jahr ihr Studium abschließen und dann vermutlich ein Auslandsjahr dranhängen. Also werde ich das Hotel übernehmen. So hatten wir es immer geplant, und jetzt ist der richtige Zeitpunkt dafür.«

»Ich halte das für eine gute Idee. Du weißt, dass du auf mich zählen kannst. Ich werde Werbung für euch machen.« Sie lächelte.

»Das ist ganz lieb von dir. Und ich werde deinen Salon empfehlen. Eine Hand wäscht die andere.«

Nachdem Lia ihr Haar trocken geföhnt und mit ein wenig Wachs gestylt hatte, musste Amelie ihr recht geben. So toll hatte ihr Haar noch nie ausgesehen. »Du bist echt eine Künstlerin.« Das Rot sah frisch und leuchtend aus, die Locken schimmerten richtig. »Du musst mir unbedingt diese Pflegekur einpacken, das ist echt ein Wundermittel.«

Lia nickte. »Ja, wirklich. Sie ist nicht günstig, aber man braucht sie nur einmal in der Woche, damit kommst du ein halbes Jahr hin. Sie ist speziell auf rotes Haar abgestimmt und pflegt nicht nur, sondern frischt auch die Farbe auf.«

Nachdem Amelie die Rechnung beglichen hatte, reichte Lia ihr eine kleine Tüte, in die sie zusätzlich ein Haarwachs gepackt hatte.

Amelie fühlte sich wie ein neuer Mensch. »Danke, Lia, wir sehen uns.« Sie winkte ihr zu und drehte sich gerade zur Tür, da prallte sie mit einem Mann zusammen, der ihr soeben in den Weg getreten war.

»Oh, Entschuldigung. Ich habe Sie nicht gesehen«, murmelte sie verlegen.

»Dabei bin ich doch gar nicht zu übersehen«, entgegnet er charmant lächelnd und hielt ihr die Tür auf, damit sie zuerst den Laden verlassen konnte. Irgendwie kam er ihr bekannt vor, doch sie wusste nicht, woher.

Zu Fuß lief sie zum nächsten Discounter und kaufte dort eine Menge Lichterketten in allen möglichen Variationen. Diese Idee mit dem Garten ging ihr einfach nicht aus dem Kopf. Die Kassiererin schaute ein wenig merkwürdig, sagte jedoch nichts. Vermutlich dachte sie, dass sie zu Weihnachten ein Lichterfest veranstalten wollte. In einem anderen Laden erstand sie außerdem einige Leuchtfiguren, darunter Rehe und Schneemänner.

Schwer bepackt und Stunden später kam sie endlich wieder im Hotel an.

»Ich dachte schon, ich müsste eine Suchmeldung nach dir rausgeben«, erklärte Ruth, als Amelie die Eingangstür hinter sich schloss. Die kleine Türglocke bimmelte aufgeregt. »Toll siehst du aus, mein Mädchen. So erwachsen mit deiner neuen

Frisur. Lia ist eine wahre Künstlerin. Ich lasse mir nur von ihr die Haare schneiden.«

»Lieben Dank, ich finde auch, dass ich wie ein neuer Mensch aussehe. Nach dem Friseur habe ich noch ein paar Sachen für die Fotos besorgt, die ich in den Flyer aufnehmen will.« Amelie war froh, dass sie ihn nicht schon in den Druck gegeben hatte. Sie wollte noch Bilder machen, sobald die Lichterketten an ihrem Platz waren.

»Omi! Können wir ein Foto von uns beiden machen?«, rief sie.

Ihre Großmutter blickte neugierig ins Büro. »Aber was willst du denn damit?«

Jetzt fiel ihr die Stille auf. Die Handwerker hatten also schon Feierabend gemacht. Was für eine Wohltat für ihre Ohren. »Ich brauche es für den Flyer. Es soll direkt zu sehen sein, dass wir ein freundliches Familienunternehmen sind. Die Gäste sollen doch wissen, mit wem sie es zu tun bekommen.« Das hörte sich beinahe wie ein Satz aus einem schlechten Mafiafilm an. Sie schüttelte den Kopf über ihre verrückten Gedanken.

Ruth sah nicht begeistert aus. »Ach, was soll ich alte Frau denn auf dem Foto? Es reicht doch, wenn du ein hübsches Bild von dir nimmst. Jetzt, wo du mit deiner neuen Frisur so schön aussiehst.«

»Willst du wirklich nicht mit drauf?«

»Nein, lieber nicht. Wir wollen die Gäste doch nicht verschrecken. Gib mir dein Handy, ich schieße ein schönes Foto von dir. Dann werden wir uns vor Reservierungen gar nicht mehr retten können.« Ruth lachte leise.

»Nein, komm her, wir brauchen eins von uns beiden. Wir gehören doch zusammen.« Amelie nahm sie in den Arm und beide lächelten in die Kamera. »Siehst du, schon erledigt. War nicht so schlimm wie Zähne ziehen. Wir suchen einfach das schönste Bild aus.«

Ruth winkte ab. »Du musst mich ein wenig retuschieren, damit ich jünger aussehe«, forderte sie. »So wie es Promis immer machen.«

Überrascht blickte Amelie ihre Großmutter an. »Du kennst dich aber gut aus.«

»Na, ich lebe doch nicht hinter dem Mond, nur in Rothenburg. Das habe ich in einer Illustrierten gelesen«, erklärte sie und zog die Augenbrauen hoch. »Schau mal, das hier sieht doch toll aus. Wir lächeln beide so hübsch«, urteilte Ruth und deutete auf das Handy.

»Ja, du hast recht. Das sieht wirklich toll aus. Das Licht hier im Foyer ist wirklich gut. So, jetzt stell dich noch hinter den Tresen, und ich mache noch ein Foto von der Seite.«

Ruth zog ihre Bluse glatt und tat sehr beschäftigt. Schnell drückte Amelie einige Male auf den Auslöser, bis sie alles hatte, was sie brauchte. Jetzt fehlten nur noch ein paar Bilder vom dekorierten Garten.

3. Kapitel

Ende November

Franklin scrollte genervt durch diverse Websites. Er war auf der Suche nach einem Hotel in Rothenburg ob der Tauber, das möglichst zentral lag. Nicht gerade ein Ort, den man mit dreiunddreißig gerne freiwillig besuchte. Ihm wäre es lieber, die Adventszeit mit Snowboardfahren zu verbringen, in den Alpen oder vielleicht in einem warmen Haus an der Nordsee. Eine Stadt, die für ihren Weihnachtsmarkt und den historischen Stadtkern bekannt war, stand weit unten auf seiner Liste. Doch er wollte seinem Großvater eine Überraschung bereiten, und da er ständig von Rothenburg sprach, hatte er sich für diesen Ort entschieden.

Sein Großvater war auf der Suche nach einer bestimmten Person, und wenn er ganz viel Glück hatte, würde er vor Ort mit seiner Suche weiterkommen. Es würde im Rathaus sicherlich ein Register geben, in dem er nachsehen konnte, ob diese Person noch in Rothenburg lebte oder eventuell schon verstorben war. Mit etwas Glück würde es nicht so schlimm werden, wie er es sich vorstellte.

Er blickte aus dem Fenster seiner kleinen Zweizimmerwohnung, die er in dem Haus seines Großvaters bewohnte. Als Single brauchte er nicht mehr Platz. Das Wetter in Lüneburg war wie immer um diese Jahreszeit. Graue Wolken zogen am Himmel vorbei, untermalt von grauem Bodennebel, der sich nicht auflöste, weil die Sonne es nicht schaffte, die Wolken zu verdrängen. Somit blieb der Tag grau in grau.

Er goss sich eine Tasse Kaffee auf und wandte sich wieder

dem Laptop zu. Es gab einfach zu viele Hotels, die er vergleichen musste. Dabei gefielen ihm die großen Häuser gar nicht, wo man sich am Büfett um die Brötchen streiten musste.

Die Suchmaschine spuckte schließlich ein Hotel aus, das direkt am Marktplatz lag. Zentraler würde es wohl kaum gehen. Er klickte die Homepage an, und direkt fiel ihm ein Bild auf, das seine Neugier weckte. Ein Garten, der üppig mit Lichterketten geschmückt war. Da hatte wohl jemand ein Faible für Weihnachten. Er verzog das Gesicht und wollte schon die Seite schließen, doch dann gewann die Vernunft. Was sagte ein Bild schon aus? Es war doch wichtiger, wie die Zimmer aussahen und die Bewertungen des Hotels ausfielen.

Viele Informationen gab es nicht und so gut wie keine Rezensionen, weil das Hotel erst seit kurzer Zeit online war. Die Räume waren alle renoviert worden, wenn man der Beschreibung Glauben schenken durfte. Dann ploppte ein Bild der Besitzer auf. Amanda-Amelie und Ruth Zweig. Ruth war schon etwas älter und die Inhaberin. Amanda war jung für eine Hotelmanagerin. Aber sehr hübsch, wie ihm auffiel. Sie hatte ein bezauberndes Lächeln, und dieses rote Haar zog ihn magisch in seinen Bann. Er fokussierte sich auf die Bilder der Gästezimmer und war angenehm überrascht, denn sie waren mit Liebe eingerichtet. Kleine Details zeugten davon, dass hier jemand mit Herz am Werk war. Viele Zimmer hatte das Hotel nicht, gerade mal zehn. Aber das musste ja nichts Negatives sein, so trat man sich am Frühstücksbüfett nicht gegenseitig auf die Füße.

Auf der Homepage entdeckte Franklin ein Weihnachtsspecial. *Buchen Sie unsere Tour – 4 Weihnachtsmärkte mit 8 Übernachtungen.* Sofort war Franklin sicher, dass Georg das gefallen würde. So würden sie in kürzester Zeit eine Menge sehen, und eventuell würde er mit seiner Suche weiterkommen. Wenn sie nichts fanden, würden sie zumindest einige schöne Tage verbringen.

Ohne länger darüber nachzudenken, tippte er mit der Maus den Reservierungsbutton an. Er freute sich darauf, eine Woche gemeinsam mit seinem Großvater zu verbringen. Georg würde in Erinnerungen schwelgen, und Franklin hoffte, ihm ein wenig Heimat zurückzugeben, die er so vermisste, auch wenn er dieses Jahr dadurch nicht zum Snowboarden kam. Immerhin wusste er nicht, wie viel Zeit ihm noch mit Georg blieb. Mit achtundsiebzig war er nicht mehr der Jüngste.

4. Kapitel

Amelie traute ihren Augen nicht. Für die Woche nach dem ersten Advent war das Hotel so gut wie ausgebucht! Gerade mal ein Zimmer war noch frei. So etwas hatte es schon lange nicht mehr gegeben. Das Hotel auf diversen Buchungsplattformen anzubieten, war eine sehr gute Idee gewesen. Da würde sie noch eine Aushilfe einstellen müssen, wenn Amelie mit den Gästen auf den Weihnachtsmärkten unterwegs war. Für die Tour waren ebenfalls bereits zwei Reservierungen für insgesamt vier Personen eingetrudelt.

»Was starrst du denn immer auf diese Kiste?«, fragte Ruth neugierig und trat hinter sie. Sie hatte den Tresen mit einem Monitor bestückt. Der PC stand zu ihren Füßen. Es gab auch ein System für Schlüsselkarten, mit denen man das Hotel und die Zimmer betreten konnte. Das neue Buchungssystem war in Betrieb, doch bisher hatte Ruth sich nicht herangetraut.

»Schau mal, hier können wir sehen, welche Buchungen reingekommen sind. Die ganze nächste Woche ist fast ausgebucht. Für die übernächste Woche sind auch schon Buchungen vorhanden, ist das nicht wunderbar?« Amelie konnte es immer noch nicht recht glauben. »Wir haben sogar schon Buchungen für die Weihnachtsmarkttouren.«

»Wirklich?« Ruth klang überrascht. »Aber wie kommen diese Buchungen in das Gerät?«

Amelie lächelte milde über diese Frage. »Das, liebe Omi, wirst du ab heute Abend lernen. Ich habe dich in der Volkshochschule für einen Computerkurs angemeldet. Es ist nicht weit, der Kurs findet in der Klingengasse statt.« Amelie war gespannt, was ihre Großmutter dazu sagen würde. Sie stand allem Neuen kritisch gegenüber und brauchte manchmal etwas Zeit, um sich daran zu gewöhnen. Einfach so ins kalte Wasser geworfen zu werden, war gar nicht ihr Ding.

»Was? Da kann ich nicht. Wir haben doch Gäste«, rief sie erschrocken.

»Ja, zwei. Die bereits um acht Uhr zu Bett gehen. Ich bin hier und werde mich um alles kümmern, während du lernst, mit dieser *Kiste* umzugehen.« Amelie klang sehr bestimmt. So schnell würde sie Ruth nicht vom Haken lassen. »Wenn du willst, werde ich dich mit dem Auto hinfahren.«

»Nein, das ist nicht notwendig. Es ist ja nicht weit.«

Das war schon mal ein erster Erfolg.

»Du wirst sehen, es wird dir Spaß machen. Womöglich kennst du sogar jemanden, der auch an dem Kurs teilnimmt.«

»Vermutlich werde ich dort ganz allein sitzen«, murmelte Ruth.

»Nein, es ist eine Gruppe von zehn Teilnehmern, und du hast den letzten Platz erwischt. Du wirst also nicht allein sein. Es gibt viele Senioren, die sich mit dem Internet vertraut machen wollen. Aber schau doch mal. Hier siehst du die Liste der Buchungen. Wir brauchen dann nur den Namen die Zimmernummern zuordnen und können beim Einchecken die passende Codekarte ausstellen.«

Ruth schüttelte den Kopf. »Ich glaube, ich werde wirklich langsam zu alt dafür. Codekarten. Früher gab es Zimmerschlüssel.«

»Ja, aber wie oft sind die Schlüssel verloren gegangen, und wir mussten das ganze Schloss austauschen? Das ist nun nicht mehr notwendig, wir ändern einfach den Code und stellen eine neue Karte aus, und das nur mit wenigen Klicks. Das wirst auch du noch lernen, Omi, das ist wirklich nicht so schwer.«

Amelie legte einen Arm um die Schultern ihrer Großmutter. Sie war klein und zierlich, aber robust. So schnell brachte sie nichts aus der Ruhe. Trotzdem war es gut, dass sie nichts von den Briefen wusste, die die Bank schickte. Es war mittlerweile die zweite Mahnung eingegangen, und Amelie würde nichts anderes übrig bleiben, als morgen einen Termin wahrzunehmen, den die Bank ihr angeboten hatte. Vielleicht wäre es ja möglich, einen kleinen Aufschub zu erhalten. Noch war nichts verloren, auch wenn ihr persönliches Konto leer war.

Sie hatte Ruth bisher nicht eingeweiht, dass das Erbe ihrer Eltern aufgebraucht war, um die Renovierung der Zimmer endlich zu Ende zu bringen. Nun war das bis auf zwei Räume erledigt. Aber die Küche stand auch noch an, dann war da außerdem der Dachboden. Dort hatte sie sich bisher nicht umgesehen. Ihr Traum war es, ihn auszubauen und sich eine gemütliche Wohnung einzurichten. Ihr schwebte ein großer Raum vor, in dem die Küche, das Esszimmer und das Wohnzimmer untergebracht waren. Alles offen und weitläufig mit großen Fenstern. Allein das Schlafzimmer und Bad sollten jeweils einen separaten Raum bekommen. Nur würde es eine lange Zeit dauern, bis sie ihren Traum verwirklichen konnte.

»Wer sind denn die Gäste, die gebucht haben?«, wollte Ruth wissen und starte neugierig auf den Bildschirm.

»Schau, wenn du hier mit dem Pfeil klickst, dann siehst du die Namen und Adressen der Gäste, wann sie anreisen, ob sie Sonderwünsche haben und wie lange sie bleiben werden. Und hier steht die Summe der gesamten Buchung und ob diese bereits beglichen wurde. Wenn die Gäste auschecken, kommen nur noch die Kosten für die Minibar hinzu, und dann drücken wir hier auf das Papierzeichen, und die Rechnung wird ausgedruckt. Zwei Exemplare. Eines für uns und eine Kopie für den Kunden. Wenn der Kunde nicht bar bezahlt, geben wir den Betrag hier in das Lesegerät ein, und er kann mit der Bank- oder Kreditkarte bezahlen.«

»Ob ich mir das alles merken kann?« Ruth sah nicht besonders glücklich aus, doch Amelie durfte jetzt keinen Rückzieher machen, da musste sie durch.

»Aber natürlich wirst du damit zurechtkommen. Jetzt ist es neu, wenn du die gleichen Dinge immer wieder tust, dann machst du es irgendwann automatisch. Du wirst sehen, wie schnell du das lernst.«

»Ach, Amelie, du vergisst, dass ich nicht jünger werde. Ich sollte meine Rente nehmen und mich zur Ruhe setzen, einfach das Hotel aufgeben, dann hätte ich schon mal eine Sorge weniger.« Sie seufzte laut.

»Wir werden das Hotel nicht aufgeben. Ich bin hier, und gemeinsam werden wir es schaffen. Wir haben so viel erreicht und sind doch jetzt auf dem richtigen Weg.«

»Ich sollte dir das Hotel überschreiben, du wirst es sowieso einmal erben.« Ihre Großmutter sah plötzlich um Jahre gealtert aus, weshalb Amelie sie zu der Eckbank führte, die im hinteren Bereich des Empfangs lag, und sich dort mit ihr niederließ.

»Omi, wenn dir das alles zu viel wird, dann musst du nicht zu diesem Computerkurs. Ich will dich nicht überfordern. Aber in meinen Augen bist du nicht alt. Wir werden es langsam angehen. Ich kann verstehen, dass dir diese Veränderungen Angst machen, nach all den Jahren, in denen sich nicht viel getan hat. Wir machen es Schritt für Schritt. Einverstanden? Aber wenn wir überleben wollen, dann muss sich etwas ändern, sonst gehen wir unter. Die Zeiten verändern sich, und das *Mistelzweig* wird mit der Zeit gehen.«

Ruth biss sich auf die Unterlippe. »Du hast wie immer recht, mein Kind. Ich habe nur Angst, dass ich nicht mehr mitkomme. Aber ich werde mich anstrengen, das verspreche ich. So, und nun muss ich los, mich umziehen.«

Überrascht blickte Amelie auf. »Wo willst du denn hin?«

»Na, ich habe doch heute einen Computerkurs«, erklärte Ruth sehr bestimmt und lächelte. »Ich weiß, ich habe immer

Angst vor neuen Dingen, aber manchmal muss man einfach ins kalte Wasser springen. Und schwimmen, das kann ich«, erklärte sie voller Zuversicht und machte sich auf den Weg in ihre Wohnung, die im Erdgeschoss des Hotels lag.

*

Unruhig saß Amelie auf dem Besucherstuhl im Wartebereich der Bank. Hierher hatte man sie geführt, als sie am Empfang erklärt hatte, sie habe einen Termin. Der Raum sah aus wie in allen anderen Banken auch. Helles Holz kombiniert mit weißen Wänden, Farbdrucke in weißen Rahmen und unbequeme Stühle.

Sie hatte ein dunkelblaues Kostüm angezogen, mit einer weißen Bluse und einem hellblauen Schal. Damit fühlte sie sich sehr elegant. Wenn sie eines in ihrem Job gelernt hatte, dann, dass Kleider Leute machten. Sie würde mit allen Mitteln um den Erhalt des Hotels kämpfen und nicht so schnell aufgeben.

»Frau Zweig! Herr Mühlhaus hat jetzt für Sie Zeit.« Eine junge Frau lächelte freundlich, wenn auch distanziert, und Amelie erhob sich und folgte ihr zum Büro, dessen Tür sie geöffnet hatte.

»Vielen Dank, Iris. Frau Zweig, bitte kommen Sie herein.«

Hinter Amelie schloss sich die Tür, und sie blickte dem jungen Mann entgegen, der mit ausgestreckter Hand auf sie zukam.

»Leopold?«, rutschte es ihr über die Lippen, als sie den Mann genauer betrachtete.

»Amanda-Amelie! Dann habe ich dich letztens doch richtig erkannt. Bei Lia, wir sind an der Tür zusammengeprallt«, erklärte er.

»Das warst du? Entschuldige, ich habe gar nicht richtig hingeschaut.« Erstaunt reichte sie ihm die Hand. Es war lange her, seit sie gemeinsam die Schule besucht hatten. Seitdem war aus ihm ein erwachsener Mann geworden, der auf den ersten Blick recht ansehnlich war.

»Ich muss sagen, dass ich eigentlich deine Großmutter erwartet habe. Aber bitte, setz dich doch. Darf ich dir etwas anbieten? Ein Wasser, einen Kaffee?«

Amelie schüttelte den Kopf. »Nein danke. Ich habe gerade erst gefrühstückt. Ich bin in Vertretung für meine Großmutter hier, es geht ihr nicht so gut. Sie hat sich eine Erkältung eingefangen. Ich hoffe, das ist kein Problem.« Amelie blickte Leopold fragend an. Früher war er einfach ein Mitschüler gewesen, mehr nicht. Sie hatten nie zum gleichen Freundeskreis gehört. Wenn Amelie sich richtig erinnerte, dann hatte Leopold immer auf sie heruntergeblickt und sie gehänselt, weil sie keine Eltern mehr hatte und bei ihrer Großmutter lebte. Aber damals waren sie Teenager gewesen, heute dürfte das kein Problem mehr sein, sie waren schließlich erwachsen.

»Du arbeitest jetzt also in einer Bank«, sagte sie und blickte sich neugierig um. Das Büro war genauso eingerichtet wie der Wartebereich. Hier gab es nichts, was dem Raum eine persönliche Note verlieh. Keine privaten Bilder, keine Getränke und auch keine Andenken. Alles war clean und irgendwie unpersönlich. Austauschbar. Solch ein Job käme für sie nicht infrage, da war sie sich sicher.

»Ähm, ich leite diese Bank«, erklärte er nicht ohne Stolz in der Stimme, als wäre er der Eigentümer.

»Ah, okay. Dann hast du es ja weit gebracht.« Sie lächelte leicht gezwungen. Irgendwie konnte sie Leopold nicht leiden, er hatte etwas Verschlagenes an sich, das seit seiner Kindheit an ihm haftete. Der Anzug saß perfekt. Das Dunkelgrau des Stoffes harmonierte mit dem weißen Hemd und der silbernen Krawatte. Sein Haar war akkurat geschnitten (bestimmt von Lia) und modisch kurz. Er war glatt rasiert, und ein wenig Restbräune des Sommers war noch vorhanden. Jeder andere sah in ihm sicher einen gut aussehenden Mann, doch Amelie sah jemanden, der ständig auf der Hut war, was ihn gehetzt wirken ließ. Vermutlich verbrachte er seine Sommerferien in Italien am See. Nein, er war eher der Typ, der zum Wandern in die Alpen fuhr. Leopold war schon immer schlank gewesen, wenig muskulös, aber drahtig. Ein Mann, der einen Marathon laufen konnte.

»Erzähl mal, wie ist es dir so ergangen?«, forderte er sie auf.

Amelie wusste nicht, ob es nur aus Höflichkeit oder echtes Interesse war.

»Ich habe Tourismusmanagement studiert und war einige Jahre Assistentin der Geschäftsleitung einer großen Hotelkette«, erklärte sie mit knappen Worten.

»Und dann kehrst du nach Rothenburg zurück? Ich hätte erwartet, dass du etwas von der Welt sehen willst.« Er lächelte charmant.

»Nun, das habe ich. Amerika, Asien, Afrika, Australien und Europa. Okay, die Antarktis habe ich ausgelassen.«

»Dort ist die Hoteldichte auch etwas geringer.«

Sie lachten beide, dennoch blieb Amelie vorsichtig. »Nun, du bist ja auch noch hier in Rothenburg«, warf sie ein, und er nickte.

»Aber nicht mehr lange, dann steige ich in die Führungsetage auf«, erklärte er voller Stolz.

»Na, das hört sich doch gut an.«

»Amanda …«

»Amelie. Bitte. Amanda nennt mich niemand, und der Doppelname ist doch etwas lang. Keine Ahnung, was sich meine Eltern dabei gedacht haben«, sie lächelte entschuldigend.

»Ja, ich erinnere mich, deine Freundinnen haben dich immer Amelie genannt. Nun gut … Amelie. Dir muss klar sein, dass ich dieses Gespräch nur mit deiner Großmutter führen kann.«

Sie griff in ihre Handtasche. »Ich habe hier eine Vollmacht, die mir freie Hand gibt.« Sie reichte das Papier an Leopold weiter, der es kurz studierte.

»Gut, du hast sicher nichts dagegen, dass ich das in meine Akten aufnehme, ich muss mich absichern.«

Amelie zuckte mit den Schultern. »Natürlich, dafür habe ich es ja mitgebracht.«

»Da wir nun Klartext sprechen können, muss ich dir sagen, dass das Hotel auf ganz schwachen Beinen steht. Deine Großmutter hat einen Kredit aufgenommen, den sie anscheinend nicht bedienen kann. Sie hat sich übernommen. So wie es aussieht, wäre es vielleicht das Beste, das Hotel zu schließen und das Gebäude zu verkaufen. So wird von dem Erlös der Kredit getilgt, und es würde vielleicht noch etwas übrig bleiben, von dem deine Großmutter leben kann.«

Leopolds Ton war derart emotionslos, dass es Amelie ins Herz schnitt. Was redete er denn da? Verkaufen? Das kam überhaupt nicht infrage.

Sie lachte auf. »Leopold, das wird ganz sicher nicht geschehen. Wir haben gerade eine Menge Geld investiert und das Hotel renoviert. Da können wir doch nicht verkaufen! Es werden jetzt bessere Zeiten kommen. Das Weihnachtsgeschäft läuft mehr als gut an. Es besteht also kein Grund, in Panik zu verfallen.« Sie schlug ein Bein über das andere, wobei ihr Rock ein Stück hochrutschte und den Anblick auf ihre Oberschenkel freigab. Ihr entging nicht, dass Leopold einen Blick riskierte.

»So sehe ich das leider nicht, Amelie, auch wenn ich es wollte. Wenn es nach mir ginge, hätten wir Zeit, doch auch ich muss mich an meine Vorschriften halten.«

»Aber kann man die Vorschriften nicht ein wenig ... ausdehnen? Du wirst doch sicher einen Spielraum haben?«, versuchte es Amelie.

»Selbstverständlich habe ich den, aber auch nur in einem gewissen Rahmen, auch ich werde überprüft. Gerade erst hatte ich die Revision im Haus. Und ich kann dir versichern, die schauen mir genau auf die Finger.«

Sie werden wohl nichts gefunden haben, denn Amelie schätzte Leopold als Hasenfuß ein, der nicht gern ein Risiko einging. Schon in der Schule hatte er ständig gepetzt und sich immer an die Regeln gehalten. Damit hatte er sich nicht immer Freunde gemacht.

»Was kannst du mir denn anbieten?«, forderte Amelie ihn heraus.

Leopold rutschte unruhig auf seinem Stuhl hin und her. »Nun, das kann ich so auf Anhieb nicht sagen. Ich müsste dazu wissen, wie die Zahlen aussehen. Hast du die Bilanzen der letzten beiden Jahre dabei?« Er klopfte nervös mit den Fingerspitzen auf den Schreibtisch.

Innerlich lachte Amelie auf. Bilanzen? Ihre Großmutter hatte noch nicht einmal die Buchführung der letzten Jahre zusammengestellt. Das musste auch dringend erledigt werden, das Finanzamt hatte bereits ein Jahr geschätzt. Lange würde sie das Amt nicht mehr hinhalten können.

»Leopold, wir wissen doch beide, dass diese Zahlen unterirdisch sind, sonst wäre meine Großmutter nicht in diese Lage geraten. Aber es geht doch nicht um die Zahlen der letzten Jahre, sondern um die der Zukunft. Damit werden wir den Kredit bedienen. Ich brauche nur noch ein wenig Zeit. Wir sehen positiv in die Zukunft, weil sich das Blatt ab sofort wenden wird.«

»Von welcher Zeitspanne sprechen wir? Wie lange brauchst du, um die fälligen Raten nachzuzahlen?«, wollte Leopold wissen und nahm einen Kugelschreiber zur Hand, als müsse er sich den Termin notieren.

»Einen Monat, ich brauche einen Monat Aufschub. Jetzt steht das Weihnachtsgeschäft vor der Tür, und wir sind ausgebucht«, erklärte sie mit Stolz in der Stimme.

»Ja, in der Weihnachtszeit, aber wie sieht es danach aus? Wenn der Rest der Zeit bis zur nächsten Weihnacht wieder tote Hose herrscht, hast du nichts gewonnen. Wir sollten zumindest die Möglichkeit eines Verkaufs in Betracht ziehen. Es würde dir eine große Last von den Schultern nehmen. Ich habe nur dein Wohlergehen im Auge.« Seine Stimme war schmeichelnd und sanft, doch so ganz wollte Amelie ihm nicht glauben.

»Dann gewährst du mir diesen einen Monat?«, hakte sie nach, ohne auf seinen Einwand einzugehen.

»Ich kann mich noch nicht genau festlegen. Aber zumindest zwei Wochen kann ich dir einräumen, in denen ich nicht aktiv werde. Wir sollten uns noch einmal treffen und das weitere Vorgehen besprechen. Wie wäre es bei einem Abendessen?« Er sah sie erwartungsvoll an.

So ein Mist. Sie konnte ihm unmöglich sofort einen Korb geben, nicht in der Lage, in der sie steckte. Also schob sie schnell einen Grund vor. »Ich habe sehr viel zu tun, und abends vertrete ich meine Großmutter im Hotel. In der Weihnachtszeit wird das sehr schwierig werden, Leopold.«

»Aber du wirst doch mal einen Abend frei haben. Gib mir einfach Bescheid. Hier ist meine Handynummer. Ruf mich an, und dann werden wir über den Kredit sprechen und welche anderen Optionen es gibt. Vielleicht wäre ein Verkauf doch die bessere Alternative. Du solltest das mit deiner Großmutter besprechen. Sie wird das eventuell genauso sehen wie ich.« Er schob ihr eine Visitenkarte über den Tisch. »Dann sehen wir, wie es weitergeht. Es gibt immer eine Möglichkeit, Amelie. Lass den Kopf nicht hängen, ich bin für dich da.« Er zwinkerte ihr zu, was Amelie nur mit einem Lächeln quittierte.

Als Amelie durch die Tür trat, musterte Ruth überrascht ihr schickes Outfit. »Wo warst du denn so früh?«

»Bei der Bank«, sagte Amelie knapp und stöhnte auf. »Ich brauche jetzt einen Drink.« Sie blickte auf ihre Armbanduhr. »Auch wenn es erst halb zehn ist.«

»Oje, mein Kind, so schlimm?« Ruth lief hinter ihr her, denn Amelie startete direkt durch in die Küche, wo sie am Morgen immer das Frühstück herrichtete, und holte aus dem Küchenschrank eine Flasche Kirschwasser, von dem sie zwei kleine Gläser einschenkte. »Du trinkst doch mit?«, fragte sie ihre Großmutter, ohne sie anzusehen.

»Wenn es um die Bank geht, dann immer«, erklärte Ruth und nahm ein Schnapsglas in Empfang. »Zum Wohl, mein Mädchen.« Ruth kippte den Obstbrand hinunter, als wäre es pures Wasser.

Amelie ließ sich ein wenig mehr Zeit. Sie trank selten und dann eher ein Glas Wein, nichts Hochprozentiges. Sie nahm einen kleinen Schluck und schloss kurz die Augen, dann schluckte sie.

»Was hat dieser Pfennigfuchser gesagt?«, fragte Ruth und ging hinüber in die kleine Lobby, um sich auf die Eckbank zu setzen.

»Du weißt, dass Leopold Mühlhaus mit mir in einer Klasse war?«

Ruth zog die Augenbrauen hoch. »Nein, du kennst ihn?«

Amelie nickte. »Ja, leider. Er hat mich in der Schule nicht angeguckt, sogar auf mich herabgesehen, und jetzt tut er so, als wären wir die besten Freunde. Er will mit mir essen gehen. Da kann er lange warten. Er ist der Meinung, dass wir das Hotel schließen und das Haus verkaufen sollen. Doch noch sind wir nicht am Ende. Niemals werde ich das hier aufgeben.« Amelie griff über den Tisch nach Ruths Hand und drückte sie fest.

»Amelie, sag mir die Wahrheit, wie schlimm ist es? Hast

du etwa dein ganzes Erbe in die Renovierung gesteckt?« Ruth sah sie ernst an, und Amelie war klar, dass sie sie nicht belügen durfte, wenn sie das Vertrauen ihrer Großmutter nicht verlieren wollte.

Sie nickte. »Ich hatte das Geld bisher nicht angerührt und auf das Firmenkonto überwiesen. Ich habe damit in meine Zukunft investiert«, sagte sie voller Überzeugung.

»Ach, Amelie, das solltest du aber nicht. Jetzt habe ich ein ganz schlechtes Gewissen. Wir hätten etwas Schmuck verkaufen können. Ich trage diese alten Sachen, die ich von meiner Mutter geerbt habe, ohnehin nicht. Die Goldpreise stehen gut, wir hätten einiges dafür bekommen.«

»So weit kommt's noch. Wir werden doch nicht unsere Vergangenheit versetzen. Nein, wir werden es schon irgendwie schaffen. Wir haben erst mal zwei Wochen Aufschub erhalten, um das Geld aufzutreiben. In der nächsten Woche kommen die ersten Gäste, die an den Weihnachtsmarktausflügen teilnehmen. Das scheint wirklich gut anzulaufen. In zwei Wochen kann viel geschehen. Die Zeit ist unser Freund.«

Ruth nickte. »Kannst du mir noch mal zeigen, wie ich mir die Gästenamen anzeigen kann?«

Amelie zog die Jacke ihres Kostüms aus und ging zum Computer, während Ruth ihr folgte.

»Schau hier, diesen Button anklicken, und Namen und Adresse tauchen auf.« Sie drückte ihrer Großmutter die Maus in die Hand. »So, jetzt bist du dran. Versuch es, du kannst nichts verkehrt machen.«

Ruth sah sie unsicher an, dann drückte sie einmal, und nichts geschah.

»Entschuldige, du musst doppelklicken. Also zweimal schnell hintereinander.«

»Ah, ja, das haben wir gestern im Kurs gelernt.« Sie tat, wie ihr geheißen, und das Fenster mit den Gästenamen öffnete sich.

»Siehst du, es ist kein Hexenwerk.« Amelie freute sich über Ruths kleinen Erfolg. »Wie kommst du denn jetzt darauf?«

»Ich wollte sehen, wer in der nächsten Woche anreist. Ah, schau mal, Isa und Berta Schwarz kommen. Sie sind Zwillinge und seit sechzig Jahren unzertrennlich. Die kommen jedes Jahr aus München angereist. Dr. Martin Schmitt? Das sagt mir nichts. Martha Pauly aus Düsseldorf, das ist ganz schön weit weg. Meistens haben wir ja nur Gäste, die aus der Umgebung kommen.«

»Ja, weil wir nicht im Internet zu finden waren. Doch seit wir eine Homepage haben, kann uns die ganze Welt sehen.«

»Die ganze Welt? Das ist ja ganz schön weit. Franklin Scott, er kommt aus Lüneburg.«

»Ja, er hat direkt zwei Zimmer gebucht. Eines für sich und ein zweites für einen Georg Scott«, las Amelie vor.

Bei diesem Namen stutzte Ruth. »Georg?«, fragte sie leise nach.

»Ja, auch aus Lüneburg. Vermutlich Vater und Sohn.«

»Ich kannte mal einen Georg, aber der kam aus Rothenburg. Das ist schon ein halbes Leben her.« Sie starrte vor sich hin, murmelte den letzten Satz, als spräche sie mit sich selbst.

»Das ist ja kein seltener Name. Georgs gibt es wie Sand am Meer. Was ist aus deinem Georg geworden? Lebt er noch in Rothenburg?«

Ruth erwachte aus ihrer Trance. »Nein, schon lange nicht mehr. Er ist damals weggezogen. Da war ich noch ganz jung, gerade mal siebzehn Jahre alt. Keine Ahnung, warum ich jetzt an ihn denken muss.« Sie schüttelte den Kopf, als wollte sie den Gedanken loswerden.

»Ist dieser Georg vielleicht eine alte Flamme von dir?« Amelie lächelte, als Ruths Wangen sich rot färbten.

»Das ist doch Blödsinn. Ich war ja damals noch ein Kind.« Energisch klickte Ruth mit der Maus und schloss das Fenster.

»Ich werde mich mal um unser Abendessen kümmern.« Damit verließ sie die Lobby, und Amelie lachte leise auf.

Es gab also jemanden in Ruths Leben, von dem sie nichts wusste, womit sie ihre Großmutter ganz schön in Verlegenheit bringen konnte. Sieh mal einer an, damit hätte sie nicht gerechnet. Sie kannte nur ihren Großvater Karl, der früh verstorben war. Seitdem hatte es nie wieder einen Mann in Ruths Leben gegeben, soweit Amelie wusste. Aber sie hatte ja auch noch nie von Georg gehört. Er war vermutlich ihre erste große Liebe gewesen, denn die vergaß man bekanntlich nie.

Amelies erste Liebe war Hilmar gewesen. Er war ein Jahr älter als sie und in der ersten Klasse ihr Sitznachbar gewesen. Mit seinen Sommersprossen hatte er wirklich niedlich ausgesehen. Was wohl aus ihm geworden war?

5. Kapitel

Anfang Dezember

»Schau nur, der Empfang wurde ganz neu gestaltet! Ist das nicht schön, Isa?« Die Frau stieß der anderen, die ihr ziemlich ähnlich sah, mit dem Ellenbogen in die Rippen.

»Aua! Warum bist du immer so grob? Selbstverständlich sieht das sehr schön aus, so feierlich.« Dann wandte sie sich an Amelie. »Guten Morgen, meine Liebe. Wir sind Isa und Berta Schwarz aus München und haben online reserviert.«

Amelie lächelte die beiden Frauen an, die sie bereits als die von ihrer Großmutter angekündigten Zwillinge identifiziert hatte. »Ein Doppelzimmer mit Blick auf den Garten. Hier haben wir Ihre Reservierung.« Sie machte einen Doppelklick, und das Zimmer mit der Nummer 101 sprang auf Rot. Das zeigte an, dass der Raum belegt war. Schnell fertigte sie zwei Codekarten an.

»Hier sind Ihre Zimmerschlüssel. Die passen auch zur Eingangstür, da die Rezeption nur bis zwanzig Uhr besetzt ist. Sie müssen die Karte in den Schlitz stecken, und die Anzeige springt von Rot auf Grün, dann können Sie die Tür öffnen.«

»Dann stimmt es also, dass die Zimmer renoviert wurden? Meine Nichte hat es im Internet gelesen. Sie hat die Reise für uns gebucht«, erklärte die schwarzhaarige Berta, während die blonde Frau aufgeregt nickte.

»Ich darf Ihnen verkünden, dass Ihr Zimmer bisher unbewohnt war. Alles ist ganz neu. Wir wünschen Ihnen einen schönen Aufenthalt.«

»Oh, da sind wir aber gespannt. Und Sie sind die Enkelin

von Ruth?«, fragte Isa und sah sie neugierig an. »Es ist gut, dass Ruth jemanden an ihrer Seite hat. Die viele Arbeit hier im Hotel, das kann sie nicht allein schaffen. Sie ist so ein liebes Wesen, deshalb kommen wir Jahr für Jahr wieder.«

»Sie hat ja jetzt mich«, erklärte Amelie. »Ich werde dafür sorgen, dass Ruth nicht mehr so viel arbeiten muss. Sie hat sich ihren Ruhestand verdient.«

»Aber werden Sie denn bleiben? Ruth hat erzählt, dass Sie in München arbeiten.«

Die Zwillinge waren ja gut informiert.

»Nein, ich bin wieder nach Hause gekommen und werde mich um das Hotel und natürlich auch um Ruth kümmern. Sie haben vollkommen recht, Ruth sollte das hier nicht allein stemmen müssen. Wir werden das *Mistelzweig* zu einem ganz besonderen Hotel ausbauen. Und ich würde mich freuen, wenn sie uns auch in den nächsten Jahren weiterhin besuchen.«

Berta nahm ihren Koffer auf. »Wir sind schon ganz gespannt auf das neue Zimmer.«

»Warten Sie, ich helfe Ihnen.« Amelie umrundete den Tresen, doch Isa winkte ab.

»Lassen Sie nur, Amelie. Wir schaffen das schon allein. So alt sind wir noch nicht. Kümmern sie Sie sich um die neuen Gäste. Es ist schön, wenn das Haus wieder voll wird und Leben in die Bude kommt.«

Die beiden Frauen machten sich winkend auf den Weg in die erste Etage.

Samstag war gewöhnlich Anreisetag, und am Empfang war eine Menge los. Ein Mann mittleren Alters trat vor, gefolgt von einer wesentlich jüngeren Frau. Man könnte meinen, sie wäre seine erwachsene Tochter. Die große schlanke Frau warf sich ihr langes blondes Haar über die Schultern. Sie trug einen eleganten weißen Mantel mit einem warmen Webpelzkragen, dazu schwarze hohe Stiefel. Auch der Mann war elegant gekleidet, unter seinem Wollmantel trug er einen dreiteiligen Anzug.

»Darling, bist du sicher, dass wir hier richtig sind?«, fragte die Frau unsicher.

»Natürlich, Häschen. Es gab nun mal kein anderes Zimmer mehr, und du wolltest ja unbedingt nach Rothenburg. Wir hätten auch in München absteigen können«, zischte er ihr zu.

»Hier sind Sie immer richtig«, erklärte Amelie freundlich und nickte zur Begrüßung. »Darf ich nach Ihren Namen fragen?«

»Schmitt mit Doppel-T. Martin mit Vornamen.«

»Doktor Martin Schmitt«, verbesserte seine Begleitung ihn und lächelte zu ihm auf. »Und ich bin Jennifer Klose«, setzte sie noch hinzu.

»Hier haben wir es. Eine Reservierung für ein Deluxe Doppelzimmer. Das Zimmer ist gerade frisch renoviert und liegt in der ersten Etage. Ich hoffe, es ist alles zu Ihrer Zufriedenheit. Sollten Sie ein Anliegen haben, erreichen Sie die Rezeption bis zwanzig Uhr, indem Sie die Null wählen.«

»Wer kümmert sich um unser Gepäck?«, fragte Frau Klose und sah Amelie auffordernd an.

»Ich werde es Ihnen aufs Zimmer bringen«, sagte Amelie schnell. Sie wollte die Gäste nicht schon am ersten Tag verärgern.

»Ich nehme meinen Koffer selbst«, sagte Doktor Schmitt und ging Richtung Treppe.

»Haben Sie denn keinen Aufzug?«, rief Frau Klose entgeistert.

»Tut mir leid. Das Gebäude steht unter Denkmalschutz. Wir haben nur vier Etagen, daher ist ein Aufzug nicht notwendig.« Langsam reichte es Amelie. Diese junge Frau würde die zehn Treppenstufen in die erste Etage wohl ganz ohne Aufzug schaffen, auch wenn sie zwölf Zentimeter Absätze trug. Bei dem Schneefall war das ohnehin keine gute Idee, das würde sie auch noch feststellen.

Amelie stellte zwei Schlüsselkarten aus und nahm den nicht gerade kleinen Koffer der Blondine auf. Was hatte sie eingepackt? Backsteine? Der Koffer wog mindestens dreißig Kilo. Für eine Woche? So sah Amelies Koffer höchstens aus, wenn sie aus dem Urlaub wieder nach Hause fuhr, weil sie so viele Geschenke und Andenken mitbrachte.

Sie schaffte es, den Koffer in die erste Etage zu wuchten, ohne ihn abzusetzen. Das Zimmer lag am Ende des Gangs und offenbarte einen Blick in den Garten. Vielleicht würde das Frau Klose gnädig stimmen.

»Zimmer 103, mit Aussicht.« Amelie öffnete die Tür mit einer der Karten und reichte sie dann Doktor Schmitt.

»Ein Garten bringt im Winter nicht viel«, erklärte Frau Klose und stolzierte ins Zimmer. Dann rief sie plötzlich laut: »Oh, Schatz, komm schnell her, das musst du dir ansehen! Das sieht ja wundervoll aus. Schau dir das Reh an und dort der Schneemann. Wie himmlisch romantisch.«

Der Tag hatte neblig begonnen, und es war nie richtig hell geworden. Jetzt war es um halb vier bereits dämmrig, und die Lichterketten kamen schön zur Geltung.

»Ich dachte, ein Garten hat im Winter nichts zu bieten?«, fragte Doktor Schmitt mit einem Grinsen auf den Lippen und trat zu seiner Freundin ans Fenster. »Ja, das sieht wirklich sehr schön aus. Ich hoffe, du bist jetzt milder gestimmt und kannst endlich unseren Urlaub genießen.«

Frau Klose wandte sich von der Aussicht ab und gab ihm einen Kuss. Das war der Moment, in dem Amelie die Karte in den Schlitz schob, damit das Licht aktiviert wurde. Die indirekte Beleuchtung flammte auf und gab die Sicht auf die unzähligen kleinen Lichter an der Decke frei, die wie ein Sternenhimmel wirkte.

»Oh, schau nur, wie himmlisch. Danke, dass du dieses Hotel ausgesucht hast, Liebling«, hörte Amelie sie rufen und schloss mit einem Lächeln die Tür. Ein Sternenhimmel wog vermutlich doch mehr als ein Aufzug.

Vor dem Tresen warteten bereits neue Gäste, und Amelie beeilte sich. Ruth hatte sie am Morgen wieder in ihre Wohnung geschickt, damit diese sich ausruhen konnte, da sie von einer Migräne geplagt wurde. Amelie würde das schon allein schaffen.

»Willkommen im *Hotel Mistelzweig*. Was kann ich für Sie tun?«, begrüßte sie die neuen Gäste freundlich.

»Guten Tag, mein Name ist Franklin Scott. Ich habe für meinen Großvater und mich jeweils ein Zimmer reserviert.«

Amelie blickte auf und sah den jungen Mann an. Trotz seines amerikanisch anmutenden Namens sprach er akzentfrei Deutsch. Er lächelte sie freundlich an, und Amelies Herzschlag setzte einen Moment aus. Dieser Mann hatte etwas an sich, das Amelie auf den ersten Blick beeindruckte. Sein Gesicht war kantig, mit einem ausgeprägten Kinn und Wangenknochen, dennoch gut aussehend geschnitten. Eine gerade Nase, geschwungene dichte Augenbrauen und volle Lippen. Seine Augen waren sensationell. Das Blau so hell und intensiv, dass sie einem sofort auffielen. Es stand im Kontrast zu seinem schwarzen Haar, das er kurz geschnitten trug. Er hatte sich nicht rasiert, was seiner Attraktivität jedoch keinen Abbruch tat. Amelie schluckte. Mit so viel geballtem Testosteron hatte sie nicht gerechnet.

»Äh, ja, natürlich, ich …« Ihr fehlten die Worte, und ihre Wangen brannten. Vermutlich lief sie rot an. Schnell konzentrierte sie sich auf den Bildschirm. »Da haben wir es doch. Ein Zimmer liegt in der dritten Etage. Von dort haben Sie eine wunderbare Sicht in den Garten. Das andere liegt in der zweiten Etage. Sind die Treppen eventuell ein Problem? Dann könnte ich Ihnen auch ein Zimmer im Erdgeschoss anbieten. Das ist noch frei.«

Franklin Scott blickte zu seinem Großvater, der mindestens einen ganzen Kopf kleiner war, obwohl auch er eine beachtliche Größe hatte. Amelie war froh, dass die Betten über das Standardmaß hinausgingen.

»Ich würde gern das Zimmer im Erdgeschoss nehmen«, gab der ältere Mann zu. »Ich bin zwar sportlich, aber mein Knie macht ab und an Probleme.«

»Das ist gar kein Umstand. Allerdings haben wir nur ein Zimmer im Erdgeschoss frei.« Sie sah Franklin fragend an.

Er hob die Schultern. »Es macht nichts, wenn die Zimmer auseinanderliegen. Ich nehme gern das Zimmer in der dritten Etage, meine Beine sind noch jung.« Er grinste charmant.

»Warten Sie das Ende der Woche ab. Ich muss jeden Tag in die vierte Etage, weil dort meine Wohnung liegt, das geht ganz schön in die Beine. Ist aber auch ein gutes Training.« Sie lachte und wusste nicht, warum sie das überhaupt erzählte. Amelie schüttelte über sich selbst den Kopf. Dieser Mann brachte sie ganz durcheinander.

»Bewegung hält jung, Frau Zweig«, erklärte der ältere Herr.

»Oh, bitte, nennen Sie mich ruhig Amelie, so wie alle hier.« Sie wandte sich wieder dem Computer zu. »Dann buche ich einen der Herren ins Erdgeschoss und den anderen Herrn Scott in die dritte Etage.« Sie sah die beiden fragend an.

»Franklin«, sagte er schnell und nickte zustimmend.

»Und ich bin Georg«, stimmte sein Großvater mit ein.

»Gerne, die Herren.« Amelie händigte mit einem Lächeln die Zimmerkarten aus. »Die Rezeption ist bis zwanzig Uhr besetzt. Wenn etwas sein sollte, können Sie mich in der vierten Etage finden, dort gibt es nur eine Wohnungstür. Oder sie wählen einfach die Null, der Anruf wird weitergeleitet. Soll ich Ihnen Ihr Zimmer zeigen, Georg?«, fragte sie. Amelie hatte gesehen, dass die beiden das Weihnachtsmarkt-Paket gebucht hatten, und wollte sich besonders zuvorkommend zeigen.

»Das wäre sehr nett, liebe Amelie«, erklärte Georg. Er sah seinem Enkel ähnlich. Auch er war groß und schlank. Sein Haar grau, die Augen ebenfalls hellblau. Er war sehr elegant gekleidet mit einem Anzug, Krawatte und einem Wollmantel, den er über den Arm trug.

Als Amelie hinter dem Tresen hervorkam, hakte sich Georg bei ihr ein, und gemeinsam gingen alle drei den Flur im Erdgeschoss entlang, der zu den Gästezimmern führte.

»Es gibt hier unten drei Zimmer und die Wohnung meiner Großmutter. Die liegt allerdings auf der anderen Seite des Flurs. Zwei der Einzelzimmer sind noch nicht renoviert, daher nicht vermietet, also wird es hier sehr ruhig sein.«

»Ihre Großmutter ist die Inhaberin?«, fragte Georg interessiert nach.

»Ja, Ruth gehört das Hotel seit einer ganzen Weile. Schon ihre Eltern haben es betrieben. Jetzt werde ich es nach und nach übernehmen, damit Ruth sich langsam zur Ruhe setzen kann.«

»Ruth?«, fragte Georg nachdenklich. »Ich habe auch einmal eine Ruth gekannt. Aber das ist schon sehr lange her. Damals nach dem Krieg, als ich die Stadt verlassen habe und in die USA ging.« Er blickte sie nachdenklich an.

»Ah, daher Ihr amerikanischer Name«, sagte Amelie an Franklin gewandt, der zustimmend nickte.

»Ja, ich wurde in den USA geboren, doch mein Großvater fühlte sich dort nicht wohl und zog nach Lüneburg, wo meine Großmutter geboren wurde«, erzählte Franklin.

»Hier ist das Zimmer. Frisch renoviert. Ich hoffe, Sie fühlen sich wohl.« Amelie öffnete die Tür und schaltete das Licht an.

»Die Fenster gehen zur Seitenstraße hinaus, aber sie sind schalldicht, der Lärm dürfte Sie daher nicht stören.«

Georg winkte ab. »Ich höre ohnehin nicht mehr so gut. Mit achtundsiebzig stören einen gewisse Dinge weniger, als wenn man noch jung ist, mein Kind. Vielen Dank, das Zimmer ist wirklich sehr hübsch.«

»Ich stelle deinen Koffer auf der Ablage ab«, rief Franklin.

»Danke, mein Junge. Ich werde ihn gleich auspacken und mich ein wenig hinlegen. Holst du mich zum Abendessen ab?«

»Mache ich, Opa. Ich werde auch erst mal auspacken und mich ausruhen. Die Fahrt war wirklich anstrengend.« Franklin wandte sich der Tür zu.

»Mineralwasser finden Sie in der Minibar, zusammen mit ein paar Snacks.« Amelie deutete unter den Schreibtisch, wo sich der kleine Kühlschrank befand.

»Finde ich dort vielleicht auch ein kühles Bier?«, fragte Georg, und seine Augen funkelten hoffnungsvoll.

»Auch das werden Sie finden. Sagen Sie einfach Bescheid, wenn Sie etwas benötigen.«

»Vielen Dank, Amelie.«

Als sie die Tür hinter sich schloss, starrte sie auf eine breite Brust, da Franklin auf sie gewartet hatte.

»Danke, Amelie, dass Sie Rücksicht auf meinen Großvater nehmen.«

»Das ist doch selbstverständlich, wir sind in dieser Woche zwar ausgebucht, aber ein Einzelzimmer kann man immer schnell tauschen. Darf ich Ihnen nun Ihr Zimmer zeigen?«, fragte sie ein wenig atemlos.

»Wenn Sie Zeit dazu haben?«

»Das ist der Vorteil von kleinen Hotels, es bleibt mehr Zeit für die persönliche Betreuung. Ich darf vorgehen?«, fragte Amelie und setzte sich in Bewegung.

Sie liefen den kurzen Gang zurück zur Haupttreppe, wo Franklin sein Gepäck aufnahm, bevor sie zusammen die Stufen in den dritten Stock hinaufstiegen. Hier gab es nur zwei Doppelzimmer, da das Haus zum Dach hin spitz zulief. Das andere Zimmer war allerdings noch nicht vermietet.

Amelie öffnete die Tür und reichte Franklin die Codekarte. »Ich wünsche Ihnen und Ihrem Großvater einen angenehmen Aufenthalt.« Sie wandte sich der Tür zu.

»Wollen Sie mir nicht noch kurz das Zimmer zeigen?«, fragte er mit einem Grinsen auf den Lippen.

Flirtete er etwa mir ihr? Diese Herausforderung nahm sie gerne an. »Doch, natürlich. Wenn Sie darauf bestehen?« Sie nahm ihm die Schlüsselkarte wieder ab und schob sie in den Schlitz, damit das Licht aufflammte.

»So schalten Sie das Licht an.«

Franklin stellte im Zimmer den Koffer und die Reisetasche ab. »Indirekte Beleuchtung, hübsch versteckt hinter den Leisten an der Decke. Sehr gute Arbeit. Gefällt mir.« Er nickte anerkennend.

»Oh, Sie kennen sich aus?«, fragte Amelie interessiert.

Er knöpfte den Mantel auf und legte ihn ab. »Ja, ich bin von Beruf Zimmermann. Innenausbauten interessieren mich sehr.«

»Sobald die Weihnachtssaison vorbei ist, gehen die Renovierungsarbeiten an den letzten beiden Zimmern weiter.«

Franklin schaltete das Licht im Bad an und sah sich um. »Wow! Da hat aber jemand Geschmack bewiesen.« Er nickte zufrieden.

»Vielen Dank«, gab Amelie stolz zurück. Sie lehnte sich mit verschränkten Armen an die Türzarge.

»Haben Sie die Ausstattung ausgesucht?«

»Ja, die Kombination von Beige und Grün finde ich zeitlos. Und es ist mal etwas anderes als ein neutrales Weiß«, erklärte sie.

Die beigefarbene Badewanne, die Toilette und das Waschbecken aus mattem Naturstein standen im Gegensatz zu den dunkelgrünen Wänden und dem Steinboden. Auch die Dekoration und Handtücher waren darauf abgestimmt. Die hellen Handtücher harmonierten mit den üppigen Grünpflanzen.

Neben der Badewanne gab es zusätzlich eine ebenerdige Regendusche, da das Bad relativ groß war und sogar ein Fenster besaß.

»Ich bin begeistert«, gab Franklin zu.

»Wenn Sie noch etwas benötigen, sagen Sie Bescheid«, wiederholte Amelie.

»Ich weiß, einfach die Null wählen.« Er grinste.

»Oder die kleine Treppe im hinteren Bereich hinaufsteigen, dort gelangt man zu meiner Wohnung.« Erneut flammten ihre Wangen auf. Das war wohl *too much information*. Es hörte sich ja wie eine Einladung an. Sie sollte jetzt besser gehen. »Ich wünsche Ihnen einen angenehmen Aufenthalt.«

Bevor sie sich abwenden konnte, schob Franklin eine Frage hinterher. »Ähm, können Sie mir noch ein Restaurant empfehlen?«

»Direkt gegenüber gibt es die *Ratsstuben* und das *Goldene Lamm*. Beide Restaurants, die eine sehr gute Küche haben. Wenn Sie etwas weiter laufen wollen …«

»Nein, ich denke, mein Großvater wird heute keinen Wert mehr darauf legen. Vielen Dank, Amelie. Wir sehen uns morgen.« Er hielt ihr die Hand entgegen.

»Natürlich, ich freue mich schon auf unsere Woche und die Weihnachtsmarkttour. Ich wünsche Ihnen später eine gute Nacht. Träumen Sie etwas Schönes. In diesem Bett hat noch niemand geschlafen«, gab sie zu. Sie lächelte, schüttelte seine Hand und verließ dann schnell das Zimmer.

Der Duft, der diesen Mann umgab, war so angenehm, dass ihr ganz schwindelig wurde. Dass sie so krass auf einen Mann reagierte, den sie gerade mal ein paar Minuten kannte, war noch nie geschehen. Das konnte ja eine heitere Adventswoche werden.

6. Kapitel

In aller Ruhe packte Franklin sein Gepäck aus. Viel hatte er nicht mitgenommen, doch die Winterkleidung war sperrig und nahm viel Platz ein. Letztendlich freute es ihn, sich für das Hotel entschieden zu haben, denn das Zimmer war eine Wucht und Amelie Zweig war nicht nur jung, sondern auch überaus freundlich. Ihr offenes Lächeln hatte ihn sofort in seinen Bann gezogen. Die roten Locken erinnerte ihn ein wenig an *Merida*, einen Animationsfilm um ein Mädchen, das in den schottischen Highlands lebte. Eigentlich hatte er mit dieser Reise seinem Großvater eine Freude machen wollen, doch er war sich nicht sicher, ob er nicht auch etwas davon haben würde.

Gut gelaunt ließ er sich auf das Bett fallen. Georg würde zwei Stunden schlafen, dann gingen sie etwas essen. Bis dahin konnte er ein wenig durch die Fernsehkanäle zappen. Doch dann fiel ihm der Prospekt des Hotels in die Hände, und er blätterte ihn neugierig durch. Er erfuhr etwas über die Geschichte des Gebäudes, das unter Denkmalschutz stand. Schließlich blieb er an dem Foto von Amelie und ihrer Großmutter hängen. Sie sahen sich ähnlich, auch wenn die Haare von Ruth Zweig inzwischen ergraut waren. Beide hatten die gleichen wachen Augen. Dieses Grün war so erfrischend, dass es ihm gleich aufgefallen war. Keine Ahnung, warum er davon ausgegangen war, dass es in Rothenburg ob der Tauber nur alte Leute und Weihnachtsdeko gab.

Amelie Zweig war alles andere als eine alte Frau, sondern eine äußerst hübsche und interessante Persönlichkeit. Es war lange her, dass er das über eine Frau gesagt hatte. Seine letzte

Beziehung lag schon fünf Jahre zurück, und sie war alles andere als freundschaftlich geendet. Er dachte nicht gerne daran zurück. Er wusste nicht viel über Amelie Zweig, doch er war sicher, dass sie auch nicht liiert war. Zumindest hatte er keinen Ring an ihrer Hand entdeckt. Die Art, wie sie ihn angelächelt hatte, versprach eine spannende Woche. In den nächsten Tagen würde er bestimmt herausbekommen, ob es einen Mann in ihrem Leben gab. Blieb nur offen, warum er das über eine Frau wissen wollte, der er gerade erst begegnet war.

Er lächelte und schaltete das Licht aus. Die Vorhänge an seinem Fenster waren nicht zugezogen, sodass Tageslicht in sein Zimmer fiel. Neugierig erhob er sich und blickte in den Garten hinaus. Überrascht atmete er aus. Unter ihm breitete sich ein Meer von kleinen Lichtern aus. Der ganze Garten war mit Lichterketten erleuchtet. Einige waren zu Figuren geformt, andere verschönerten die Bäume und Büsche. Der Schnee hatte sich wie Puderzucker auf den Garten gelegt, und das warme Licht ließ alles funkeln und glänzen.

Schnell zückte er sein Smartphone, um ein Erinnerungsfoto vom Postkartenmotiv zu schießen. Auch wenn er kein großer Weihnachtsfan war, erkannte er, dass hier jemand mit großer Liebe zum Detail am Werk gewesen war. Er war sicher, dass Amelie dafür verantwortlich war. Sie hatte wirklich Geschmack, und irgendwie gefiel ihm das. Er wurde das Gefühl nicht los, dass diese Reise etwas Besonderes war und sein Leben verändern würde, auf welche Weise auch immer.

7. Kapitel

Amelie hatte gerade einem weiteren Gast die Codekarte überreicht. Bruno Mayr war aus München angereist. Er machte einen recht mürrischen Eindruck, hatte aber auch das Weihnachtsmarkt-Paket gebucht. Sie fragte sich, was wohl seine Geschichte war. Sie schätzte ihn nicht als großen Weihnachtsfan ein, und dennoch war er hier. Amelie würde schon herausbekommen, was dahintersteckte.

Ruth trat zu ihr und sah sich die Reservierungen an. Mittlerweile war sie mutig geworden, bediente ab und an den Computer, was Amelie mit Freude zur Kenntnis nahm. Der Computerkurs war inzwischen beendet und hatte Früchte getragen. Es war eine gute Idee gewesen, ihre Großmutter dort anzumelden. Auch wenn Ruth im ersten Moment am liebsten abgelehnt hätte, hatte sie es doch durchgezogen, was Amelie ihr hoch anrechnete.

»Es sind fast alle Gäste angekommen. Frau Pauly reist erst morgen an, sie hat uns eine E-Mail geschickt. Sie kommt aus Düsseldorf«, erklärte Amelie, während sie die Anmeldungen sortierte.

»Ja, ich kenne Martha. Sie besucht Rothenburg mehrmals im Jahr. Im Sommer wandert sie gern, und sie ist ein großer Weihnachtsmarkt-Fan. Martha ist so eine liebe Person. Vor einigen Jahren hat ihr Mann sie verlassen, seitdem lebt sie allein, weil sie kein Vertrauen mehr schenken kann. Es tut mir so leid. Du wirst sie mögen. Mit ihrer rheinischen guten Laune reißt sie alle mit.«

»Hat sie die Weihnachtstour gebucht?«, fragte Amelie

nachdenklich. Bruno Mayr war auch allein, es wäre doch schön, wenn die beiden zu zweit etwas unternehmen könnten.

Ruth schaute im Computer nach und schüttelte den Kopf. »Nein, noch nicht. Aber ich denke, wenn sie davon hört, wird sie begeistert sein. Sag mal, ist Georg Scott schon eingetroffen?« Sie ließ die Frage ganz belanglos klingen, jedoch hörte Amelie einen gewissen Unterton, der sie neugierig machte.

»Ja, die beiden Männer haben bereits eingecheckt. Franklin bewohnt das Zimmer in der dritten Etage, und Georg habe ich ins Erdgeschoss gebucht. Er ist schon ein wenig älter, und ich wollte ihm die Treppe nicht zumuten.«

Ruth hörte aufmerksam zu. »Und wie sieht er aus?«

»Nun, er hat welliges schwarzes Haar und hellblaue Augen. Solch eine Farbe habe ich noch nie gesehen. Er sieht wirklich gut aus und ist äußerst charmant.«

»Georg?«, rief Ruth ungläubig.

Amelie schüttelte lachend den Kopf. »Nein, Franklin natürlich, sein Enkel. Georg ist aber auch ein stattlicher Mann. Er hat die gleichen Augen, graues Haar und ist ein richtiger Gentleman«, erzählte sie. »Kann es sein, dass er dich interessiert?«

Ruth schnaufte. »Natürlich nicht. Ich wollte nur wissen, ob sie schon eingetroffen sind.« Als ob sie etwas Wichtiges zu tun hatte, machte sie sich auf den Weg in die Küche, während Amelie ihr grinsend nachblickte. Da war doch etwas im Busch. Sie würde schon rausbekommen, was los war. So ein Verhalten hatte ihre Großmutter noch nie an den Tag gelegt.

Als eine Nachricht auf ihrem Handy einging, warf sie einen Blick darauf.

> Abendessen heute 19 Uhr in den Stuben? Ich habe einen Tisch reserviert! Leopold

Überrascht zog Amelie eine Augenbraue hoch. Das hörte sich

nach einem Date an. Sie fragte sich, woher Leopold wohl ihre Nummer hatte, dann fiel ihr ein, dass diese ja auf der Homepage stand. Sie sollte sich eine betriebliche Nummer zulegen. Es ärgerte sie, dass er so kurzfristig einen Termin vorschlug und bereits reserviert hatte. Er konnte doch nicht einfach so über ihre Zeit verfügen. Sie hatte schließlich eine Menge Arbeit.

Genervt schrieb sie schnell eine Antwort. Erst wollte sie absagen, doch dann löschte sie den Text wieder. Es war sicherlich nicht förderlich, wenn sie sich Leopold gegenüber so abweisend verhielt. Eine Stunde könnte Ruth die Rezeption bestimmt übernehmen. Sie wollte herausbekommen, was Leopold dafür verlangte, dass er ihr einen Aufschub gewährte. Also sagte sie zu, um ihm persönlich zu sagen, dass dies eine Ausnahme war und bleiben würde.

Sie folgte ihrer Großmutter in die Küche und klärte ab, dass diese die Rezeption übernahm, damit Amelie sich für die Verabredung fertig machen konnte. Es war mittlerweile schon halb sechs, und sie wollte noch schnell duschen.

*

Amelie hatte sich für ein dunkelgrünes Wollkleid entschieden. Sie trug zwar keine High Heels, aber die Stiefel passten farblich gut zum Rest des Outfits. Ihr Haar trug sie offen, sodass die Rottöne gut zur Geltung kamen. Um den Hals trug sie ein kleines Amulett, das ihr Ruth zu ihrem achtzehnten Geburtstag geschenkt hatte. Es enthielt ein Bild, auf dem ihre Eltern zu sehen waren. Obwohl ihr die Verabredung nicht recht kam, wollte sie um ihres Selbstbewusstseins willen gut aussehen, denn sie brauchte etwas, das ihr helfen würde, sich gegen Leopold Mühlhaus zu behaupten.

Als sie das Restaurant auf der anderen Straßenseite betrat, schlugen ihr Wärme und das Geklapper von Geschirr entgegen. Der Laden war bis auf den letzten Platz gefüllt. An einem Tisch für zwei Personen erhob sich Leopold und winkte ihr zu.

Der Duft von gutem Essen hüllte sie ein und ließ ihren Magen knurren. Sie hatte Hunger mitgebracht und freute sich zwar nicht auf Leopold, aber auf eine deftige Mahlzeit. In den *Ratsstuben* hatte schon der dänische König Christian I. logiert, das war allerdings im Jahr 1474 gewesen. Schon damals hatte es hier köstliche fränkische Gerichte gegeben. Im Keller gab es ebenso Sitzplätze, doch Leopold hatte hier oben einen Tisch reserviert. Das Restaurant wurde von drei Italienern geführt, die nicht nur fränkische Spezialitäten anboten, sondern auch eine wunderbare italienische Küche.

»Schön, dass du gekommen bist.« Leopold half ihr aus dem Mantel. Es war empfindlich kalt, weshalb sie sich trotz des kurzen Fußwegs schnell einen Mantel übergeworfen hatte. Jetzt war ihr warm, und sie war froh, den Mantel wieder loszuwerden.

Leopold begrüßte sie mit zwei Küssen auf jeder Wange, was Amelie wortlos über sich ergehen ließ.

»Leopold! Deine Einladung kam ein wenig überraschend. Du hattest Glück, dass ich Zeit habe, in den nächsten Wochen sieht es ganz anders aus. Da bin ich mit unseren Gästen unterwegs. Wir haben einige Events geplant. Bei zukünftigen Terminen musst du mir also ein wenig mehr Zeit geben«, erklärte sie eindringlich. Nicht, dass er auf die Idee kam, dass sie jedes Mal Gewehr bei Fuß stand, wenn er sie treffen wollte.

»Bitte nimm doch Platz, ich wollte dir die gute Nachricht persönlich überbringen«, sagte er geheimnisvoll.

Der Kellner reichte ihnen die Speisekarten, und Leopold bestellte eine Flasche Wein.

Schnell entschied sich Amelie für Piccata al Limone. Kalbsschnitzel in Zitronensoße mit Salat. Das hatte sie hier schon oft gegessen und fand es jedes Mal köstlich. Leopold bestellte Spaghetti alla Willi. Nudeln mit Knoblauch, Oliven und Paprika. Er hatte wohl an diesem Abend nichts mehr vor.

Nachdem der Kellner die Bestellung aufgenommen und den Wein serviert hatte, kam Amelie direkt zum Punkt. »Was hast du denn für Neuigkeiten?«

»Ich kann dir einen Monat Zeit einräumen, um die fehlende Zahlung aufzuholen. Natürlich sind dann drei Raten fällig, aber das ist dir sicherlich klar.« Er grinste, als hätte er ihr einen Stern vom Himmel geholt.

»Das ist sehr nett.« Wenn Amelie ehrlich war, hatte sie mehr erwartet.

»Das ist alles, was du dazu zu sagen hast?« Leopold sah ein wenig enttäuscht aus. Er trug einen Anzug, aber keine Krawatte, das Hemd stand am Kragen offen. Auch sein Haar war nicht mehr so glatt gestriegelt. Er kam also nicht direkt aus der Bank, nahm sie an.

»Nun, du musst zugeben, dass ein Monat nicht gerade viel ist. Auch finde ich den Zinssatz nicht fair, den du meiner Großmutter aufs Auge gedrückt hast.« Amelie muss sich zusammennehmen, wenn das hier nicht in einer Katastrophe enden sollte, doch es fiel ihr schwer.

Leopold lachte leise auf. »Du nimmst wirklich kein Blatt vor den Mund.«

Nun lächelte auch Amelie. »Es tut mir leid. Ich bin nicht hier, um schön Wetter zu machen, das weißt du. Es geht um die Zukunft des *Mistelzweigs*. Und wenn drei Raten in Verzug sind, habt ihr die Möglichkeit, den Kredit komplett zu kündigen. Ich weiß nicht, ob das so eine gute Idee ist.«

Leopold legte seine Hand über Amelies und streichelte sanft ihre Haut. »Aber ich bin doch da, um dir zu helfen. Du kannst dich auf mich verlassen.«

Für einen Moment hielt Amelie die Luft an. Zum Glück wurde kurz darauf das Essen serviert, so hatte sie einen Grund, ihre Hand wegzuziehen. Die Berührung war ihr unangenehm. Sie wusste nicht, was Leopold sich herausnahm. Sollte er eine weitere derartige Aktion starten, würde sie deutlicher mit ihm sprechen müssen.

Verlegen sah sie sich im Restaurant um, ob jemand, den sie kannte, gesehen hatte, was eben passiert war, da blieb ihr Blick an einem Paar hellblauer Augen hängen. Ihr Herz setzte einen Schlag aus, und sie schnappte nach Luft, dann musste sie lächeln. Das hatte sie nicht erwartet.

8. Kapitel

Franklin hatte sie direkt entdeckt, als Amelie das Restaurant betreten hatte, und war ihr mit seinen Blicken gefolgt. Obwohl sie sich suchend umgesehen hatte, hatte sie ihn nicht entdeckt, denn ein Mann hatte sich erhoben und ihr zugewunken. Mit diesem saß sie nun an einem Tisch.

»Sie ist wirklich hübsch«, bemerkte Georg, dem aufgefallen war, dass er Amelie betrachtete. »Aber da scheint noch jemand ein Auge auf die schöne Amelie geworfen zu haben.«

Franklin legte sein Besteck zur Seite. »Wer sagt denn, dass ich ein Auge auf sie geworfen habe?«

Georg grinste. »Ich sehe deine Blicke. Es ist lange her, dass du eine Frau so angesehen hast, mein Junge. Ich bin zwar alt, aber habe Augen im Kopf.«

Verlegen grinste Franklin und zwang sich, seinen Blick wieder auf seinen Teller zu richten. »Ich glaube nicht, dass er ihr Partner ist. Sie sieht nicht besonders glücklich aus. Sie lächelt nicht mal«, berichtete er und nahm seine Gabel wieder auf.

Georg, der in dieselbe Richtung sah, nickte zustimmend. »Da hast du recht. Der Mann passt auch nicht zu ihr. Er ist zu glatt. Vermutlich verkauft er Versicherungen oder Autos«, mutmaßte er und schüttelte den Kopf.

Bei diesen Worten musste Franklin lachen. »Dann wollen wir mal hoffen, dass er ihr keine Schrottkiste andreht.«

Er beobachtete, wie der Mann seine Hand auf Amelies legte, die zusammenzuckte. In diesem Moment wurde das Essen am Tisch serviert, und sie entzog sich ihm sofort. Als sie sich umschaute, trafen sich ihre Blicke.

Franklin nickte ihr zu, und sie schenkte ihm ein Lächeln, wandte den Blick jedoch wieder ab. Färbten sich ihre Wangen etwa rot? Er konnte es kaum glauben. War es ihr peinlich, dass sie sich hier begegneten? Es war gar nicht so einfach, nicht ständig zu dem Tisch hinüberzuschauen. Amelie sah sehr hübsch aus in ihrem grünen Kleid. Hieß es nicht, rothaarige Frauen sollten grün tragen? Sie bewies gerade, dass das der Wahrheit entsprach. Sein Großvater hatte recht. Amelie interessierte ihn wie schon lange keine Frau mehr, obwohl er so gar nichts über sie wusste. Er hoffte, dass er in den nächsten Tagen die Möglichkeit bekäme, mehr über sie zu erfahren. Vielleicht bei den Besuchen auf den Weihnachtsmärkten?

Als sie mit dem Essen fertig waren, bezahlte Georg, das ließ er sich nicht nehmen. Immer wenn sie gemeinsam zum Essen gingen, bestand er darauf, die Rechnung zu übernehmen. Dass Franklin das Hotel bereits bezahlt hatte, war ihm gar nicht recht, doch in dem Punkt hatte Franklin sich durchgesetzt. Es war schließlich ein Geschenk.

»Wollen wir noch einen kleinen Spaziergang machen?«, fragte Georg.

Franklin hatte nichts dagegen. Er warf einen letzten Blick zum Tisch von Amelie. Sie hatte sich ihrem Essen gewidmet, sprach wenig und sah nicht glücklich aus. Wenn er mit ihr an einem Tisch säße, würde er dafür sorgen, dass sie sich amüsierte. Aber er saß nicht dort, sondern ein Mann, der sich wichtig nahm und wild gestikulierte. Der Kerl griff immer wieder zu seinem Weinglas, während Amelie ihres kaum berührte.

»Franklin, kommst du?«

Georg riss ihn aus seiner Beobachtung, und gemeinsam machten sie sich auf den Weg.

Die Luft war frisch, und die Stille in den Straßen tat gut, nachdem es im Restaurant so voll gewesen war. Die Wege waren vom Schnee befreit, doch es hatte Minusgrade und wurde glatt. Franklin nahm den Arm seines Großvaters, damit er nicht ausrutschte.

»Keine Angst, mein Junge. Meine Winterstiefel haben Spikes. Eine rutschfeste Sohle«, erklärte er.

»Du bist ja bestens gerüstet.«

»Natürlich. Immerhin bin ich hier aufgewachsen.«

Das wusste Franklin, aber mehr auch nicht. »Warum bist du damals von hier weggegangen?«

Darüber musste Georg eine Weile nachdenken. Als Franklin schon dachte, er würde nicht mehr antworten, sagte er: »Das kann man mit einem Satz nicht beantworten. Es war eine andere Zeit. Nach dem Krieg. Mein Vater … ich habe mich nicht gut mit ihm verstanden. Seine Weltanschauung und das, was er getan hat im Krieg, auf welcher Seite er stand, auch noch, nachdem die Nazis den Krieg verloren hatten … Es war für mich nicht nachvollziehbar, in meinen Augen falsch. Doch mein Vater war ein treuer Anhänger dieser Zeit. Wir haben uns ständig gestritten. Er wollte, dass ich auch Anwalt werde, so wie er, doch ich wollte etwas ganz anderes. Meine Freiheit. Du musst wissen, dass es in dieser Zeit nicht leicht war, sich gegen seine Eltern aufzulehnen, selbst wenn man erwachsen war, ganz anders als heute. Seitdem sind viele Jahre vergangen. Ich muss darüber nachdenken, dann werde ich dir alles in Ruhe erzählen, wenn du es wirklich wissen willst. Mit deinem Vater konnte ich nie darüber sprechen.«

Franklin war stehen geblieben und sah seinen Großvater an. »Ich möchte es nur wissen, wenn du bereit bist, darüber zu sprechen. Auf keinen Fall will ich dich drängen. Aber gerne höre ich mir deine Geschichte an.«

»Du bist ein guter Junge.« Georg drückte seinen Arm, und langsam liefen sie durch die inzwischen leeren Gassen der Stadt.

Sie kamen bei der Kirche an, umrundeten sie und blieben an einem Stein stehen, auf dem es eine Kupferminiatur der

Stadt zu sehen gab. Franklin wischte den Schnee fort, der sich darauf niedergelassen hatte. »Eine sehr schöne Arbeit«, lobte er.

Georg nickte. »Ja, das stimmt. Der Anblick erweckt das Gefühl von Heimat in mir. Ich weiß gar nicht, warum ich nach Lüneburg gezogen bin, nachdem ich zurückgekehrt war. Ich denke, es war ein Fehler. Mein Herz ist immer in Rothenburg geblieben. Hier ist mein Zuhause.«

Franklin nickte, er hatte bereits bemerkt, wie sehr sein Großvater aufgeblüht war, als sie die Stadt erreicht hatten. »Es ist nie zu spät, um sein Leben zu ändern, Opa«, sagte er leise, und sie machten sich auf den Weg zurück in Richtung Hotel. Als sie sich dem Eingang näherten, machte er zwei Personen aus, die vor der Tür standen. Eine davon war Amelie. Er erkannte das grüne Kleid unter dem schwarzen Mantel, den sie nicht geschlossen hatte, dabei waren es doch Minusgrade.

Als der Mann sich zu ihr beugte, stieß Amelie ihn unsanft weg. Hatte er sie etwa küssen wollen?

»Was fällt dir ein, mich küssen zu wollen? Lass mich in Ruhe!«, rief sie aufgebracht.

»Jetzt stell dich doch nicht so an. Du willst schließlich etwas von mir«, erwiderte der Kerl nicht gerade freundlich.

»Wenn dein Entgegenkommen mit einer Gegenleistung zusammenhängt, dann kann ich gerne darauf verzichten. Du wirst am Montag die erste Rate bekommen.«

Er hob die Hand, um nach ihrem Gesicht zu greifen, doch Amelie schlug sie weg. Daraufhin packte er grober zu.

»Hey, lassen Sie die Frau los«, rief Franklin, ohne lange zu zögern. Schnell lief er auf das Paar zu.

»Gehen Sie weiter, das hier geht Sie nichts an«, erklärte der Typ von oben herab, obwohl er einen Kopf kleiner war als Franklin.

»Amelie, belästigt Sie dieser Mann?«, mischte sich jetzt auch Georg ein.

»Georg … guten Abend. Danke, mir geht es gut. Herr Mühlhaus wollte gerade gehen. Ich denke, wir haben alles geklärt.« Sie blickte den Mann fragend an.

Dieser knöpfte seinen Mantel zu. »Meine Bank wird sich bei dir melden. Das wirst du noch bereuen. Es wird keinen anderen Weg geben, als zu verkaufen.« Sein Ton war unheilvoll, und er wandte sich grußlos ab.

Franklin sah, wie Amelie aufatmete, glücklich sah sie dabei jedoch nicht gerade aus.

»Vielen Dank für Ihre Hilfe«, sagte sie und öffnete die Eingangstür.

Franklin hielt sie ihr und seinem Großvater auf, dann schloss er sie hinter sich und überprüfte noch einmal, dass sie ganz zu war.

»Was für ein unangenehmer Zeitgenosse, liebe Amelie«, erklärte Georg, als er seinen Mantel auszog. »Sie sollten sich Ihre Freunde besser aussuchen.«

»Bitte entschuldigen Sie, Sie sollten dem nicht zu viel Aufmerksamkeit beimessen. Das war auf keinen Fall mein Freund, ich bin nicht liiert. Es war nur jemand von der Bank, mit dem ich etwas zu klären hatte, was gehörig schiefgelaufen ist. Aber ich lasse mich nicht einfach so unter Druck setzen. Keine Ahnung, was er damit bezwecken wollte, mich zu küssen. Er hat wohl zu tief ins Glas geschaut, die Flasche Wein hat er fast allein geleert«, gab sie kleinlaut zu.

»Von diesem Mann sollten Sie die Finger lassen. Es scheint, als hätte er nichts Gutes im Sinn.« Franklin sah sie eindringlich an. »Geht es Ihnen wirklich gut?«

Amelie winkte ab. »Ja, natürlich. Mit dem wäre ich schon allein fertig geworden, trotzdem danke für Ihre Hilfe.«

»Das glaube ich Ihnen, aber ich bin froh, dass mein Großvater und ich gerade zur rechten Zeit dazukamen. Wer weiß, was er noch von Ihnen verlangt hätte.«

»Von mir wird er gar nichts bekommen. Leopold hat mich

schon in der Schule nie gut behandelt, und wie man sieht, hat er sich nicht geändert. Ich werde mich in Zukunft von ihm fernhalten, das war mir eine Lehre.« Sie lachte beschämt auf. »Wie gesagt, es tut mir leid, dass Sie das mitansehen mussten. Ich bin wirklich dankbar, dass Sie mir zur Seite standen. Keine Ahnung, wie das noch hätte enden können.« Sie strich sich das rote Haar aus dem Gesicht und sah Franklin mit diesen hinreißenden grünen Augen dankbar an.

Er war so hypnotisiert, dass er nur nickte.

9. Kapitel

»Was ist denn hier los?« Ruth kam ins Foyer und sah sie der Reihe nach an.

»Schon gut, Omi. Leopold ist etwas aufdringlich geworden, und unsere Gäste waren so freundlich, mir zur Seite zu stehen. Er hat wohl ein wenig zu viel getrunken«, sagte sie in dem Versuch, die Situation zu erklären.

Ruth schüttelte den Kopf. »Ich wusste, dass es keine gute Idee ist, dich mit ihm zu treffen.«

»Es ist ja nichts geschehen. Darf ich Ihnen meine Großmutter Ruth Zweig vorstellen? Sie ist die Inhaberin des Hotels. Omi, das sind Franklin Scott und sein Großvater Georg.«

Franklin reichte ihr die Hand. »Wie schön, Sie kennenzulernen, Frau Zweig.«

Ruth ergriff sie. »Vielen Dank, aber ich bin hier für alle nur Ruth. Schließlich gibt es ja jetzt zwei Frau Zweigs, sonst kommen wir noch durcheinander.« Sie lachte wie ein junges Mädchen.

»Sehr gerne, Ruth. Sie haben wirklich ein sehr schönes Juwel.«

»Das habe ich alles meiner Enkelin zu verdanken. Sie hat in wenigen Monaten Wunder vollbracht.« Ruth blickte stolz zu Amelie.

»Guten Abend, Ruth. Ich bin Georg.« Er reichte ihr die Hand und blickte sie sehr intensiv an.

Ruth nahm seine Hand und schüttelte sie nachdenklich. »Guten Abend.« Sie blickte ihn an, dann wurden ihre Augen groß. Es war, als würde sie in ihm etwas erkennen, das sie schon lange vermisst hatte. Schnell wandte sie sich in Richtung Küche. »Sie entschuldigen mich bitte. Ich habe noch zu tun.« Es klang ein wenig unfreundlich, auch wenn es bestimmt nicht so gemeint war.

»Soll ich dir helfen?«, rief Amelie ihr hinterher, doch Ruth winkte ab, ohne sich umzublicken.

»Nein, danke, ich schaffe das schon allein. Ruh dich aus, mein Kind.«

Amelie zuckte mit den Schultern. Was war denn mit ihrer Großmutter los? So kannte sie sie gar nicht. »Nun, dann werde ich ihren Rat wohl befolgen. Ich wünsche Ihnen beiden eine gute Nacht. Und nochmals vielen Dank für Ihre Hilfe.«

Die Männer verabschiedeten sich, und Franklin brachte seinen Großvater zu seinem Zimmer.

Eigentlich sollte Amelie sich noch um die Buchhaltung kümmern, doch sie war müde, dass sie nur kurz ins Büro ging, um den Karton mit den losen Unterlagen zu holen. Sie würde zumindest die Belege nach Datum sortieren, das konnte sie ebenso in ihrer Wohnung tun. Mit dem Karton unter dem Arm stieg sie die Treppe hinauf. Am Absatz zur dritten Etage traf sie auf Franklin. Es war ihr, als hätte er dort auf sie gewartet.

»Ist das Arbeit?« Er deutete auf den vollen Karton.

»Ja, leider. Die Buchhaltung vom letzten Jahr.« Amelie verzog das Gesicht, und der Karton drohte ihr aus der Hand zu gleiten.

»Warten Sie, ich helfe Ihnen.« Franklin nahm ihr die schwere Kiste ab. »Wo müssen wir hin?«

»Dort entlang. Im hinteren Bereich des Flurs gibt es noch eine Treppe, die in den vierten Stock führt.« Amelie lief voran, an Franklins Zimmertür vorbei bis zum Ende und stieg dann die schmale Treppe hinauf. Franklin folgte ihr auf dem Fuß.

Der Flur in der vierten Etage war eng. Es gab nur die Tür, die zu Amelies Wohnung führte, und eine kleine Stiege.

»Wohin führt diese Treppe?«, fragte Franklin neugierig.

»Zum Dachboden. Irgendwann will ich ihn ausbauen, um mir dort eine größere Wohnung einzurichten. Dann könnte man hier zwei weitere Gästezimmer unterbringen. Aber das wird noch warten müssen. Es gibt wichtigere Dinge, um die ich mich zuerst kümmern muss.« Sie deutete auf den Karton.

»Ja, die liebe Steuer. Ich bin auch selbstständig und kenne das.« Er folgte ihr in die Wohnung.

»Bitte stellen Sie den Karton im Wohnzimmer auf dem Tisch ab. Ich denke, ich werde es mir gemütlich machen, wenn ich schon den Papierkrieg beginne.« Sie lachte und zog den Mantel aus.

»Ist das der Grund, warum der Mann sie eben so bedrängt hat?«, wollte Franklin wissen und zog ebenfalls seinen Mantel aus, nachdem er den Karton abgestellt hatte. »Bitte entschuldigen Sie, es geht mich natürlich nichts an, aber ich bin ganz geschickt, wenn es um die Buchführung geht. Vielleicht kann ich Ihnen helfen?«

Amelie hielt einen Moment inne. Sie hatte nach einer Flasche Wein gegriffen.

»Es tut mir leid, ich bin zu aufdringlich. Bitte entschuldigen Sie, Amelie.« Franklin nahm seinen Mantel zur Hand.

»Trinken Sie ein Glas mit? Der Weißwein ist wirklich gut und hat nicht so viel Säure.« Sie hielt die Flasche in die Höhe.

»Ist es Ihnen wirklich recht, dass ich noch bleibe? Ich meine, ich will Sie nicht bedrängen, und mein Zimmer ist unten und …«

»Nein, ist schon in Ordnung. Nach diesem Abend könnte ich ein wenig Gesellschaft gebrauchen.« Sie pustete sich eine Strähne ihres roten Haars aus dem Gesicht.

»Okay, dann trinke ich gerne ein Glas mit.« Franklin legte seinen Mantel zurück über die Stuhllehne.

»Bitte, machen Sie es sich bequem, ich hole schnell zwei Gläser.«

»Soll ich schon mal die Flasche öffnen?«, fragte er und kam zu ihr in die offene Küche.

»Ja, gern. In der Schublade dort gibt es einen Korkenzieher. Wenn Sie so nett wären?«

Nachdem er die Flasche geöffnet hatte, roch er kurz daran. »Er muss noch ein wenig atmen.«

»Oh, kennen Sie sich aus?«

Er schüttelte den Kopf. »Nicht wirklich. Alles, was ich über Wein weiß, hat Georg mir beigebracht. Er ist der Weinkenner in unserer Familie.« Er füllte die beiden Gläser, die Amelie neben ihm auf den Tresen stellte.

»Erzählen Sie mir etwas über sich«, sagte sie und nahm sich eines der Gläser, bevor sie sich auf die Couch setzte.

Franklin sah ihr nach, nahm das zweite Glas und setzte sich zu ihr. Er hielt einen gewissen Höflichkeitsabstand ein, wofür sie ihm sehr dankbar war.

»Mein Leben ist nicht besonders interessant. Nach meiner Scheidung habe ich Georg nach Deutschland begleitet. Ich hatte sehr jung geheiratet, gerade mal mit vierundzwanzig Jahren. Schnell haben wir gemerkt, dass es zu früh war und nicht mehr als eine Jugendliebe. Nach fünf Jahren haben wir uns wieder getrennt. Meine Ex-Frau hat vor einem Jahr erneut geheiratet und ist glücklich, das freut mich natürlich für sie. Meine Eltern sind auch zuerst nach Lüneburg gezogen, doch sie fühlten sich nicht wohl und sind letztendlich zurück in die Staaten. Eine Beziehung habe ich zurzeit nicht.«

»Und Sie sind in Deutschland geblieben?« Das überraschte Amelie.

»Ja, ich bin ausgebildeter Zimmermann, und Handwerker werden dringend gebraucht. Ich hatte mich gerade erst selbstständig gemacht und wollte das alles nicht aufgeben.«

»Ich dachte immer, jeder würde gerne in den USA leben.«

»Deutschland gefällt mir besser. Mein Großvater hat schon immer Deutsch mit mir gesprochen, auch mein Vater. Ich habe mich nie als reiner Amerikaner gefühlt«, gab Franklin zu.

»Und warum sind Sie jetzt in Rothenburg? Sie und Ihr Großvater machen nicht den Eindruck, als wären Sie große Weihnachtsfans.«

Leise lachte Franklin. »Wie sehen denn Weihnachtsfans aus?«

Amelie zuckte mit den Schultern. »Ich weiß auch nicht. Aber ich habe eine gute Menschenkenntnis, und ich glaube, Ihr Besuch in der Stadt hat einen anderen Grund. Wollen Sie mir etwas darüber erzählen?«

Er lächelte. »Sie haben wirklich eine gute Menschenkenntnis, das muss ich zugeben. Georg hatte großes Heimweh nach Rothenburg, auch wenn er es nicht zugeben würde. Da bin ich mir sicher. Ich kenne meinen Großvater gut. Er kann mir nichts vormachen.«

Lächeln hob Amelie ihr Glas. »Wollen wir auf einen ruhigen Abend trinken?«

»Trinken wir doch auf Männer, die auf Weihnachtsmärkte stehen.« Er schenkte ihr ebenfalls ein Lächeln, das Amelies Herz erwärmte.

»Gehören Sie dazu?«, fragte sie, bevor sie das Glas an die Lippen setzte.

»Ich gebe zu, ich beginne, mich langsam mit dem Gedanken anzufreunden. Ich bin gespannt, was Sie uns zeigen werden. Vielleicht werde ich ja bekehrt.«

»Dann sind Sie also ein Grinch? Dabei sehen Sie gar nicht grün aus.« Amelie lachte, und Franklin kam nicht umhin, zu grinsen.

10. Kapitel

Franklin sah sich in dem kleinen Wohnzimmer um. Es war modern eingerichtet, mit weißen Möbeln, wenn auch eher spartanisch. Es gab eine längliche Kommode, darüber einen Fernseher an der Wand, ein weißes Sofa und einen Sessel mit einem Couchtisch. Die Küche war lediglich durch einen Tresen vom Wohnzimmer abgetrennt. Den Flur entlang gab es zwei weitere Türen. Vermutlich das Schlafzimmer und ein Badezimmer.

»Sie haben es hier sehr gemütlich«, sagte er, nachdem er einen Schluck getrunken hatte, und stellte das Glas auf dem niedrigen Tisch ab.

»Aber nicht viel Platz«, erklärte Amelie und verzog den Mund.

»Ist der Dachboden denn größer?«

Amelie nickte und trank ebenfalls einen Schluck. »Ja, mindestens doppelt so groß, allerdings mit Schrägen. Doch damit käme ich zurecht.«

»Wie sieht es mit der Isolierung aus?«, wollte er wissen.

Amelie hob die Schultern. »Ich habe keine Ahnung, denn ich war noch nie dort oben. Ich kenne nur die Grundrisszeichnung.« Sie lächelte verlegen. »Dachböden sind nicht mein Ding.«

»Und, dann wollen Sie dort einziehen?« Er lachte auf. »Na, da bin ich ja mal gespannt.«

Amelie lachte ebenfalls. »Ich auch.«

»Wollen Sie mir vielleicht etwas über sich erzählen?«, fragte Franklin und griff wieder zu seinem Glas. Der Wein schmeckte gut, da hatte Amelie nicht gelogen.

»Ich bin hier aufgewachsen, bei meiner Großmutter, und habe noch eine Schwester, Coco. Unsere Eltern starben sehr früh bei einem Unfall. Coco studiert im Augenblick in London. Ich habe eine lange Zeit in München gelebt und gearbeitet, bevor ich hierher zurückgezogen bin. München war mir zu groß, zu teuer und zu unpersönlich. Hier kann ich mich um Ruth kümmern und das Hotel vor den Ruin retten.«

»Sieht es denn so schlecht aus?«

Sie machte eine kurze Pause, als würde sie die Worte mit Bedacht wählen. »Meine Großmutter ist nicht mit der Zeit gegangen, das hat sich irgendwann gerächt. Ich meine, sie war auch ganz allein, wie hätte sie das alles schaffen sollen? Ich hätte sie niemals alleinlassen dürfen, das ist mir jetzt auch klar. Doch jetzt helfe ich ihr und habe alles der Zeit angepasst. Ich denke, ich werde das hinbekommen. Es wird noch eine Weile dauern, aber wir werden es schaffen.« Sie hörte sich sehr zuversichtlich an, er wusste jedoch nicht, ob es nicht nur eine Hoffnung war, die sich nie erfüllen würde.

»Aber die Bank sitzt Ihnen im Nacken.« Das brauchte sie gar nicht zu bestätigen, er hatte das Gespräch vor der Tür mit diesem Banker mitbekommen.

»Es ist nicht einfach. Leopold ist mit mir zur Schule gegangen und meint nun, mich in der Hand zu haben. Doch so einfach werde ich es ihm nicht machen. Wir haben auch Rechte, und er kann nicht tun und lassen, was er will, nur weil ich nicht nach seiner Pfeife tanze.« Sie stellte entschlossen das Glas auf dem Tisch ab. »Ich werde jetzt erst mal die Unterlagen für das Finanzamt in den Griff bekommen, und dann sehen wir weiter. So schwierig kann das ja nicht sein.«

»Ist es auch nicht. Wenn Sie Hilfe brauchen oder Fragen haben, stehe ich Ihnen gerne zur Verfügung«, bot Franklin an. »Vielleicht sollten Sie das einem Steuerberater überlassen, der kann Ihnen auch bei den Gesprächen mit der Bank helfen.«

»Ja, aber sie sind teuer, und das Geld will ich lieber anderweitig investieren. Ich denke, das bekomme ich auch allein hin.«

»Wie gesagt, ich helfe Ihnen gerne, wenn es Ihnen nicht zu aufdringlich erscheint.«

Energisch schüttelte Amelie den Kopf. »Aber Sie haben doch Urlaub.«

Er grinste. »Ich begleite meinen Großvater an den Ort seiner Kindheit und will ihm einen Gefallen tun. Mein Urlaub hätte beim Snowboarden in den Alpen stattgefunden«, gab er ehrlich zu und lachte leise.

»Ihr Großvater stammt also aus Rothenburg?«, meinte Amelie überrascht. »Vielleicht kennt ihn Ruth ja.«

»Es hat zumindest vorhin nicht so ausgesehen. Er wollte unbedingt hierher, ich denke, sein Herz schlägt für diese Stadt«, gab er zu, auch wenn er nicht wusste, ob es Georg recht war, dass er sein Geheimnis preisgab.

»Und seine Frau?« Amelie schien die Zusammenhänge nicht ganz zu verstehen.

»Seine Frau kam aus Lüneburg, und sie haben sich in den USA kennengelernt. Nachdem meine Großmutter früh starb, wollte Georg unbedingt zurück nach Deutschland. Er ist damals nicht ganz freiwillig ausgewandert. Er kam mit seinen Eltern nicht zurecht. Das hat er mir heute erzählt.«

»Dann hatte ihr Großvater auch ein bewegtes Leben.«

Franklin nickte. »Ja, aber so ganz bin ich noch nicht hinter sein Geheimnis gekommen. Doch seit wir hier sind, ist er ein ganz anderer Mann. Viel lebendiger, und das gefällt mir.«

Amelie lächelte. »Aber so, wie ich Sie einschätze, wird es Ihnen noch gelingen, hinter das Geheimnis Ihres Großvaters zu kommen.«

»Ich gebe nicht so schnell auf«, gab Franklin zu, und das würde Amelie auch noch feststellen. Denn er wollte herausfinden, wer Amelie Zweig wirklich war.

11. Kapitel

Nachdem er sein Glas geleert hatte, war Franklin auf sein Zimmer verschwunden. Amelie hielt ihn für einen ehrlichen und anständigen Mann. Sie hatte noch eine Weile auf dem Sofa gesessen und ihr Gespräch Revue passieren lassen. Es war schön gewesen, sich mit ihm zu unterhalten. Er war ein angenehmer Gesprächspartner. Gerne hätte sie noch mehr Zeit mit ihm verbracht, doch sie musste ins Bett. Der Wecker würde sie früh aus den Federn werfen, da musste sie ausgeschlafen sein.

Ein kleines Lächeln huschte über ihre Lippen. Er war auch äußerst gut aussehend. Stark und so ungekünstelt. Kaum zu glauben, dass er nicht gebunden war. Solche Männer blieben nicht lange allein. Es gab doch immer eine Frau, die diese Diamanten im Sand fanden und festhielten. Aber eventuell war er ein Mann, der sich nach seiner Scheidung nicht mehr binden wollte?

Nach ihrem Fiasko mit Rupert, der ihr lange vorgegaukelt hatte, dass er ledig sei, obwohl er eine Frau und zwei Kinder hatte, war sie vorsichtig geworden. Solche Tiefschläge steckte man nicht mehrmals hintereinander weg. Amelie wusste nicht, ob sie es noch einmal ertragen könnte, hintergangen zu werden. Sie war eine starke Frau, doch wenn es um die Liebe ging, war sie äußerst dünnhäutig geworden. Wenn sie sich verliebte, dann mit ganzem Herzen, und wenn es nicht hielt, brach ihr Herz in tausend kleine Stücke, die kaum zusammenzufügen waren.

Wenn sie genauer darüber nachdachte, dann hatte sie Rupert wohl nicht aus vollem Herzen geliebt. Die Trennung war traurig gewesen, hatte sie allerdings nicht so tief berührt wie gedacht. Sobald sie wieder in Rothenburg aufgeschlagen war, waren Rupert und seine falschen Beteuerungen vergessen gewesen. Jeden Tag erinnerte sie sich weniger an ihn und München. Es gab sogar Tage, da dachte sie gar nicht mehr an ihn. Bald würde er nur noch eine blasse Erinnerung sein, und das war auch gut so. Trotzdem hatte diese Trennung einige Narben hinterlassen, die erst einmal heilen sollten.

*

Am frühen Morgen reiste Martha Pauly aus Düsseldorf an. Sie war eine gut gelaunte Rheinländerin und ein richtiger Weihnachtsfan, wie die Nikolausmütze auf ihrem Kopf bewies. An Ruth und Amelie verteilte sie kleine Schokonikoläuse.

»Ihr Zimmer liegt in der ersten Etage, Zimmer 102, Frau Pauly.«

»Wie nett, dass ich nicht bis in die dritte muss, lieben Dank, mein Kindchen.« Erleichtert lächelte sie Amelie an.

»Soll ich Ihnen mit Ihrem Gepäck helfen?«, fragte Amelie und war erstaunt, dass sie zwei Koffer dabeihatte.

»Nein, nicht nötig, der eine Koffer ist leer. Der ist für meine Einkäufe auf den Weihnachtsmärkten. Ich bin schon so gespannt. Ich habe eine ganze Liste an Dingen, die ich kaufen will. Mal schauen, ob ich auch wirklich alles finde. Meist komme ich mit mehr nach Hause, als ich geplant habe. Wann geht es denn morgen los?«

»Wir starten um elf nach dem Frühstück. Treffpunkt ist das Foyer.«

»Wunderbar. Ich hoffe, es gibt ein paar nette Männer in unserer Gruppe. Ich sehe schon, wir werden eine Menge Spaß haben«, rief Martha und lief beschwingt lachend die Treppe in die erste Etage hinauf.

Lächelnd wandte sich Amelie dem Computer zu. Alle

Zimmer, die zur Verfügung standen, waren nun ausgebucht. Was wollte man mehr? Einige hatten bereits im Voraus bezahlt, und so war sie in der Lage, heute die fehlende Rate an die Bank zu überweisen. Zwar war bereits eine neue Rate fällig, doch die würde sie in der nächsten Woche tilgen. Als sie nach den Reservierungen schaute, stellte sie fest, dass es für die nächsten Wochen bereits eine neue Buchung gab. Noch ein Grund zur Freude.

Als die Tür geöffnet wurde, erkannte sie zu spät, dass es kein neuer Gast war, sondern Leopold Mühlhaus.

»Hallo, Amelie.« Er wirkte kleinlaut und zerknirscht.

»Leopold, guten Morgen.« Amelie sah keinen Grund, unfreundlich zu sein, aber nett sah bei ihr anders aus.

»Hör mal, Amelie, ich bin hier …« Er fuhr sich mit einer Hand durch das ordentlich gekämmte Haar. »Also, ich muss mich entschuldigen, wegen gestern. Ich glaube, ich hatte zu viel Wein. Ich weiß auch nicht, was plötzlich in mich gefahren ist. So bin ich eigentlich nicht.«

Doch genau so bist du. Das sagte Amelie allerdings nicht laut. »Ja, das glaube ich auch«, sagte sie stattdessen und ärgerte sich über sich selbst, weil sie ihm so entgegenkam.

Er räusperte sich verlegen. Ein wenig genoss sie es, ihn so leiden zu sehen. Er war wie immer tadellos gekleidet, mit Anzug, weißem Hemd, Krawatte und einem Mantel, auf dem kleine Schneekristalle schimmerten. Da es wieder zu schneien begonnen hatte, wirkte er jedoch wie ein begossener Pudel.

»Unsere Abmachung, dass ich dir einen Monat Zeit gebe, die fällige Rate zu bezahlen, gilt natürlich weiterhin. Vergiss, was ich gestern Abend gesagt habe, das war nicht so gemeint.«

»Schon erledigt. Ich habe die Zahlung der verspätete Rate gerade angewiesen.« Es tat gut, ihm das unter die Nase zu reiben.

»Oh, aha. Ja, das ist gut. Dann sind ja nur noch zwei Raten offen.«

»Die bekommst du nächste Woche«, erklärte Amelie, vielleicht ein wenig zu fix.

»Ah, da ist ja unser Bankier. Schon so früh auf den Beinen? Lassen Sie sich nicht übers Ohr hauen, meine liebe Amelie. Bankern ist nicht zu trauen.« Georg ging an ihnen vorbei in Richtung Frühstücksraum.

»Guten Morgen, Georg. Ich hoffe, Sie haben gut geschlafen!«, rief sie ihm hinterher.

»Wie ein Baby«, entgegnete er und winkte, ohne sich umzudrehen.

Das hörte Amelie gern. Sie sah wieder zu Leopold. »Kann ich sonst noch etwas für dich tun?« Sie hatte eigentlich keine Zeit für einen Plausch.

»Ja, ich möchte es wiedergutmachen. Was hältst du davon, wenn wir nächste Woche klettern gehen?«, schlug er zu ihrer Überraschung vor.

Ihr war ganz und gar nicht nach einem weiteren Treffen mit ihm. »Klettern? Bei der Kälte?«, rief sie erschrocken, woraufhin Leopold leise lachte.

»Nein, natürlich nicht in der Natur. Ich bin Hallenkletterer, nehme manchmal an Wettkämpfen im Bouldern teil. In Nürnberg gibt es eine tolle Kletterhalle. Ich würde dich gerne einladen. Es wird dir bestimmt Spaß machen, und dann kommst du mal hier raus.«

Früher waren sie mit der ganzen Klasse klettern gegangen, doch heute war Amelie ziemlich aus der Übung. »Ich weiß nicht, ich bin nicht mehr sehr sportlich. Mr fehlt einfach die Zeit dafür.«

»Es ist nie zu spät, wieder damit zu beginnen. Ich bin sicher, es wird dir Spaß machen. Komm schon, lass mich meinen Fehler wiedergutmachen. Außerdem siehst du gar nicht so unsportlich aus.« Eindringlich blickte er sie an.

Amelie rang mit sich. Konnte sie ihm einfach so einen Korb geben? Nein, das brachte sie nicht übers Herz. »Ich bin

Montag, Mittwoch, Donnerstag und Samstag schon verplant«, zählte sie auf.

»Dann Dienstag. Da habe ich in der Bank frei, und wir könnten schon am Vormittag los, wenn es bei dir passt.« Diese Hoffnung in seiner Stimme konnte sie unmöglich zerstören, dafür war sie nicht hart genug.

Schließlich gab sie nach. »Gut, dann Dienstag. Aber sei nicht enttäuscht, wenn ich mich als Niete herausstelle.« Sie lachte leise.

»Wunderbar, ich freue mich. Du wirst sehen, wir werden einen schönen Tag haben.«

Sie hoffte nicht darauf.

Leopold verabschiedete sich mit einem Lächeln und wandte sich der Tür zu, gerade als Franklin die Treppe herunterkam.

»Hallo, Franklin. Ihr Großvater wartet bereits im Frühstücksraum«, rief Amelie ihm entgegen.

»Guten Morgen, Amelie. Vielen Dank. Haben Sie wieder Ärger mit der Bank?«, fragte er und blickte Leopold hinterher, der soeben das Hotel verließ.

»Nein, er war hier, um sich zu entschuldigen«, erklärte sie und winkte ab. Sie würde ganz sicher nicht erzählen, dass sie auf Leopolds Einladung eingegangen war. Vermutlich würde er ihr Verhalten nicht verstehen, so wie sie es selbst nicht tat. Was war nur in sie gefahren?

*

Nachdem Amelie den Frühstücksraum aufgeräumt hatte, sah sie Ruth am Computer stehen. Neuerdings entdeckte sie ihre Großmutter immer öfter dort, und das freute sie. Der Computerkurs an der Volkshochschule hatte ihr gutgetan, hatte sie mutiger werden lassen, und es schien ihr mittlerweile sogar Spaß zu machen.

»Kann ich dir helfen?«, fragte Amelie, und Ruth zuckte erschrocken zusammen, als hätte Amelie sie mit den Fingern im Bonbonglas erwischt.

»Nein, ich wollte nur etwas nachsehen«, murmelte Ruth und scrollte die Gästeliste durch. Sie blieb an dem Namen Georg Scott hängen.

»Bist du sicher, dass dieser Georg wirklich Scott mit Nachnamen heißt?« Sie schien davon nicht überzeugt zu sein, wenn man ihre Frage richtig deutete.

Amelie dachte nach. »Franklin hat mir seinen Ausweis gezeigt, weil er die Zimmer gebucht hat. Bei Georg habe ich darauf verzichtet. Er heißt aber Brunner mit Nachnamen, hat er gesagt. Das muss ich noch ändern, ich habe es falsch eingetragen. Kennst du ihn vielleicht?«, fragte sie leise, damit niemand ihre Bedenken hören konnte.

»Ich bin mir nicht sicher«, sagte sie nur und schloss das Fenster auf dem Computerbildschirm wieder. »Aber ich werde es schon rausfinden.« Sie reckte ihr Kinn in die Höhe, als wäre sie Miss Marple auf der Jagd nach einem Mörder.

Amelie nahm den Autoschlüssel vom Board. »Ich bin mal kurz in der Garage und schaue nach dem Bus. Vermutlich muss ich ihn noch volltanken, wenn ich morgen mit den Gästen nach Nürnberg will.«

Ruth nickte. »Ja, und du solltest nach dem Ölstand schauen. Hoffentlich springt er überhaupt an bei dieser Kälte.«

Amelie zog eine dicke Jacke an und ging um die Ecke, wo sich der Eingang der Garage befand. Der VW Bulli war noch gut in Schuss und hatte gerade mal siebzigtausend Kilometer auf dem Buckel. Ruth war nie gerne Auto gefahren und hatte die Stadt nicht oft verlassen. Von innen sah der Wagen wie neu aus. Er hatte neun Plätze, drei Reihen mit jeweils drei Sitzplätzen. Bis auf Dr. Schmitt und seine Freundin Jennifer hatten sich alle Gäste für die Tour angemeldet, was Amelie freute. Ihre Idee war richtig gut angekommen. Jetzt musste sie nur dafür sorgen, dass es ein schöner Tag wurde.

Amelie nahm die Plane von der Windschutzscheibe und schloss den Bus auf. Sie setzte sich hinter das Lenkrad und steckte den Schlüssel ins Zündschloss, drehte ihn und … nichts passierte außer ein leises Klackern. Irritiert drehte sie den Schlüssel zurück und versuchte es erneut. Aber wieder geschah nichts. Sie trat die Kupplung ein paarmal durch. Versuchte es ein weiteres Mal.

»Oh nein, das darf doch nicht wahr sein!«, rief sie laut und war den Tränen nahe.

12. Kapitel

August 1965

Das Wetter war eher bedeckt als sonnig, aber die Temperaturen waren in den letzten Tagen sehr angenehm. Mild und nicht zu heiß. Ruth trug heute ihr neues Kleid, weiß mit kurzen Ärmeln und einem U-Boot-Ausschnitt. Der Petticoat wippte bei jedem Schritt, den sie tat, fröhlich hin und her.

Es war ein angenehmer Sonntag, und sie hatte heute frei. Obwohl sie noch zur Schule ging, half sie seit kurzer Zeit ihren Eltern im Hotel, wo sie die Zimmer reinigte und für das Frühstücksbüfett zuständig war. Keine schwierigen Aufgaben, und sie verdiente sich gern etwas dazu. Ihr erstes Gehalt hatte sie in das neue Kleid investiert.

Gerade war sie auf dem Weg hinauf zum Burggarten. Es war ihr geheimer Treffpunkt, und sie musste sich beeilen, damit sie nicht zu spät kam. An Sonntagen war der Burggarten ein beliebtes Ausflugsziel und dementsprechend gut besucht. Familien mit ihren Kindern, ältere Paare und junge Verliebte stiegen die Wege hinauf, um einen weitschweifenden Blick auf Rothenburg und das Taubertal zu haben. Bei gutem Wetter war die Sicht einige Kilometer weit und eine der besonderen Attraktionen, die die Stadt zu bieten hatte. Heute war so ein Tag.

Doch der Ausblick interessierte Ruth an diesem Tag nicht. Sie hatte etwas anderes vor. Ein Treffen mit Georg. Davon träumte sie schon die ganze Woche. Er hatte sie gebeten, sich mit ihr am Sonntagmittag hier zu treffen, weil er ihr etwas Wichtiges sagen musste. Was konnte es nur sein?

Sie waren auf die gleiche Schule gegangen, und Georgs jüngere Schwester war in Ruths Klasse. Sie waren gute Freundinnen. Immer wenn sie Ilse besuchte, öffnete Georg die Tür und schenkte ihr ein wunderschönes Lächeln. Es gab viele Mädchen, die in Georg verliebt waren. Auch welche, die in seinem Alter waren, aber das war nicht verwunderlich. Alles an diesem jungen Mann war bemerkenswert. Er war groß, athletisch, hatte hellblaue Augen, die einen sofort in den Bann zogen, und war sehr charmant, ja, sie würde ihn als liebenswürdig bezeichnen.

Zuerst hatte er Ilse und Ruth auf ein Eis eingeladen, damals war sie noch sehr jung gewesen. Es dauerte nicht lange, dann führte er Ruth allein aus. Erst in die Eisdiele, danach ins Kino. Dort hatte er sie zum ersten Mal geküsst. Ruth war in ihn verliebt. Schon seit weit vor dem Kuss. Sie war sicher, sie würden einmal heiraten. Nachdem sie die Schule abgeschlossen hatte, würde sie auf die Hauswirtschaftsschule gehen, und sobald sie verheiratet waren, würde sie sich um ihre Kinder kümmern und irgendwann das Hotel ihrer Eltern übernehmen. Ihr Leben hatte Ruth bereits klar vor Augen. Es sah wundervoll aus mit Georg an ihrer Seite.

Ihre Mutter hatte darauf bestanden, dass sie die Jacke ihres Twinsets anzog, und nun zog sie diese enger um ihren Körper, weil sie so aufgeregt war. Was, wenn er sie heute schon um ihre Hand bitten würde? Es wäre noch etwas früh, aber bis zum Ende der Schule war es nicht mehr lang. Er müsste natürlich noch mit ihrem Vater sprechen, doch Ruth war sicher, dass er nichts dagegen haben würde, wenn Ruth die Frau eines Anwalts wurde. Georg studierte Rechtswissenschaften und wollte in die Fußstapfen seines Vaters treten. Er würde sicherlich irgendwann die Kanzlei übernehmen.

Am Aussichtspunkt angekommen, ließ sie ihren Blick über das Tal gleiten. Auch wenn die Sonne es nicht durch die Wolken schaffte, so sah das Tal wunderschön aus. Was hatte sie nur für ein Glück, in einer so traumhaften Gegend Deutschlands zu leben?

Sie wandte den Blick ab, und ihr stockte der Atem. Mit schnellen Schritten kam Georg auf sie zu. Sein schönes Gesicht blickte sie ernst an, nicht wie sonst mit einem strahlenden Lächeln. Auch hatte er keine Blumen dabei, wie es sonst immer der Fall war.

»Meine liebe Ruth«, flüsterte er und nahm ihre Hände in seine. »Wie schön du aussiehst.« Er drückte schnell zwei Küsse auf ihre Knöchel. Dann blickte er ihr tief in die Augen.

»Was ist los? Du bist so ernst!«, sagte Ruth sofort. Ihr war klar, dass etwas geschehen sein musste, denn so hatte sich Georg noch nie verhalten. Er machte ihr fast ein wenig Angst.

Georg sah sich nach einer freien Bank um. »Komm, setzen wir uns.« Er nahm ihre Hand und zog sie hinter sich her. So waren sie außer Hörweite der anderen Besucher.

»Ruth, ich muss dich um etwas bitten, was dir bestimmt nicht leichtfallen wird.«

Ruth presste die Lippen aufeinander, war auf alles gefasst. »Was denn?«, flüsterte sie, als ob ein lautes Wort ihn verschrecken könnte. Ihr würden gleich die Tränen kommen, wenn er nicht endlich sagte, was geschehen war. Die Anspannung war ja nicht zu ertragen.

Leise seufzte Georg. »Es tut mir leid, dir das zu sagen, aber ich werde Deutschland verlassen. Und ich bitte dich, mich zu begleiten.« Mit großen Augen sah er sie an.

Ruth verstand nicht ganz, wovon Georg hier sprach. Hatte sie sich verhört? »Was meinst du damit, Deutschland verlassen? Für wie lange?«

Er schüttelte den Kopf. »Ruth, du verstehst mich nicht. Es geht nicht um eine Urlaubsreise. Ich will auswandern, Deutschland für immer verlassen.«

»Aber wo willst du denn hin?« Ihre Stimme wurde höher. »Ich werde nach Amerika auswandern, das ist das Land der ungeahnten Möglichkeiten, dort ist alles möglich. Ich ertrage das Leben hier mit meinem Vater nicht mehr. Wir stehen auf unterschiedlichen Seiten, und ich kann nicht verstehen, warum er die Taten, die er im Krieg begangen hat, verteidigt. Es ist unerträglich, und ich kann nicht mit ihm im selben Haus leben, nicht einmal im selben Land. Ich will hier weg, und ich will, dass du mich begleitest. Du weißt, dass ich dich liebe. Ich kann dich nicht hier alleinlassen.«

»Aber, Georg, ich kann doch meine Familie nicht einfach so im Stich lassen. Sie haben niemanden. Ich werde einmal das Hotel übernehmen, ich trage Verantwortung für meine Eltern. Warum kannst du nicht nach Ansbach oder Nürnberg ziehen, von mir aus nach München? Aber Amerika ... das ist doch am Ende der Welt.« Nun überschlug sich ihre Stimme vor Panik.

Georg wollte weg, er würde sie allein hier zurücklassen und ein neues Leben beginnen. Sie konnte nicht mit ihm gehen. Das war vollkommen absurd.

»Du wirst also nicht mitkommen?«, fragte er, und Ruth sah die Enttäuschung in seinem Gesicht.

»Aber wie soll ich denn? Ich bin nicht einmal volljährig. Ich brauche die Erlaubnis meiner Eltern. Ich muss doch die Schule beenden. Wovon sollen wir denn in Amerika leben? Dort liegt das Geld auch nicht auf der Straße. Außerdem ist Rothenburg meine Heimat. Ich liebe diese Stadt und will hier nicht weg.« Sie schüttelte bei diesen Worten unentwegt den Kopf.

»In Amerika wird man vom Tellerwäscher zum Millionär. Wir werden es schon irgendwie schaffen. Wir können heiraten und werden ein wundervolles Leben haben, Ruth. Du musst nur Mut fassen. Ich weiß, dass es ein großer Schritt für dich ist. Aber wir lieben uns doch. Oder etwa nicht?«

Natürlich liebte sie ihn. Aber genug, um alle Brücken hinter sich abzubrechen? Ihre Familie heimlich zu verlassen?

Denn eine andere Möglichkeit würde es nicht geben. Ihre Eltern würden niemals zustimmen, dass sie Rothenburg verließ, ohne Schulabschluss. Sie hatten Pläne mit ihr, und sie musste auf das hören, was ihre Eltern wollten. Sie war immerhin noch nicht erwachsen, auch wenn sie sich so fühlte.

»Ruth! Was sagst du?«, drängte Georg. »Wirst du mit mir gehen?«

»Ich habe nicht einen Pfennig. Wovon soll ich denn leben?«

»Ich werde für dich sorgen, Liebes.«

Sie schüttelte den Kopf. »Wir sind nicht verheiratet, man wird uns nicht einmal eine Wohnung vermieten. Das ist in Amerika auch nicht anders als in Deutschland.«

Er blickte ihr tief in die Augen, doch Ruth wandte den Blick ab, weil sie nicht in der Lage war, dem standzuhalten.

»Gut, dann weiß ich Bescheid, Ruth. Ich gebe zu, ich habe nicht wirklich damit gerechnet, dass deine Liebe groß genug für ein ganzes Leben ist.«

Langsam wallte Wut in ihr auf, und sie erhob sich von der Bank. »Du hast keine Ahnung davon, wie groß meine Liebe zu dir ist. Du kommst hierher und erwartest, dass ich solche wichtigen Entscheidungen von einer Sekunde auf die andere treffe. Wie kannst du so etwas von mir verlangen? Ich glaube eher, dass deine Liebe zu mir nicht groß genug ist. Wie kannst du nur? Wie kannst du mich und auch Ilse einfach so im Stich lassen? Denkst du denn gar nicht an deine Schwester?«, rief Ruth so laut, dass die Menschen in ihrer Nähe ihnen neugierige Blicke zuwarfen.

»Sei nicht so laut«, ermahnte sie Georg. »Du hast ja keine Ahnung, wie es zu Hause zugeht. Wenn du es wüsstest, dann würdest du nicht von mir verlangen, dass ich hierbleibe. Dann würdest du verstehen, dass ich nicht so egoistisch bin, wie du mir unterstellst.« Er machte einen Schritt auf sie zu, rahmte Ruths Gesicht mit seinen Händen ein. »Ich werde dich immer lieben, Ruth. Und wenn du nicht jetzt mitkommen kannst, dann wirst du nachkommen, wenn du alt genug bist, um allein darüber zu entscheiden. Ich werde auf dich warten, das verspreche ich dir.«

»Aber wie soll ich dich denn finden?« Langsam sammelten sich Tränen in ihren Augen, und seine Gestalt verschwamm vor ihrem Blick. »Ich bin nicht so mutig wie du.«

»Ich werde dir schreiben, sobald ich dort angekommen bin. Es wird sich alles finden. Ich liebe dich, Ruth, werde es immer tun. Vertraue mir. Warte auf ein Zeichen von mir, wir werden uns finden.« Dann beugte er sich herunter und gab ihr einen zärtlichen Kuss.

Ruth war es egal, ob sie jemand beobachtete, der sie kannte. Sie liebte Georg, und er liebte sie. Sie würden wieder zueinanderfinden, da war sie sich sicher. Sie musste nur ein wenig warten, bis sie alt genug war. Mit einundzwanzig war sie volljährig, und dann konnte sie selbst über ihr Leben bestimmen. Trotzdem wollten ihre Tränen nicht versiegen. Sie würde Georg erst einmal verlieren, und wer weiß, wann sie sich wiedersehen würden?

»Ich muss jetzt gehen, Liebes. Ich werde dir schreiben, versprochen. Sobald ich in Amerika eine Arbeit gefunden habe, werde ich dir Geld schicken, damit du zu mir kommen kannst.« Er nahm sie in die Arme und drückte sie fest an sich.

Ruth schlang ihre Arme um seine Taille und begann wieder zu weinen. Georg zog ein Taschentuch aus seiner Hosentasche und trocknete ihre Tränen.

»Du darfst nicht so traurig sein. Wir müssen stark sein. Versprich mir, dass du dich um Ilse kümmerst, wenn ich weg bin. Es wird sie hart treffen. Aber ich kann ihr nichts sagen, Ilse würde unseren Eltern Bescheid geben. Das kann ich nicht riskieren.«

Ruth hob den Kopf, sah ihn flehend an. »Gibt es keine andere Lösung?«

Nachdenklich schüttelte er den Kopf und drückte Ruth sein Taschentuch in die Hand. Sein Monogramm war an einer Ecke eingestickt. G. B. Georg Brunner. Ruth hatte es ihm geschenkt. Sie war nicht sehr geschickt gewesen, aber ihre Mutter hatte ihr geholfen.

»Ich muss jetzt gehen. Es tut mir sehr leid, Ruth. Vergiss nicht, dass ich dich liebe. Und das wird sich niemals ändern.« Er berührte kurz ihre Lippen, dann wandte er sich ab und lief den Berg hinunter. Er drehte sich noch einmal um, und Ruth winkte ihm mit dem Taschentuch hinterher.

13. Kapitel

Anfang Dezember

Amelie stand ratlos vor dem Heck des Wagens und starrte auf den Motor. Sie stemmte die Hände in die Hüften und sah sich hilflos in der Garage um. Woran konnte es liegen, dass der Kleinbus nicht ansprang? Sie hatte keine Ahnung von Motoren. Es reichte ihr, wenn der Wagen fuhr. Er war ein Gebrauchsgegenstand für sie, mehr nicht. Die Leidenschaft, die manche Menschen für ihr Fahrzeug entwickelten, konnte sie nicht verstehen. Aber man musste nicht alles lieben. Solange es Werkstätten gab, die sich darum kümmerten, war alles in Butter. Nur war heute Sonntag, und die Werkstätten hatten geschlossen.

Sollte sie die Pannenhilfe anrufen? Es blieb ihr wohl keine andere Wahl, wenn die Fahrt morgen nicht ins Wasser fallen sollte. Sie brauchte ein Fahrzeug, das genügend Plätze bot.

Ihr Handy lag im Büro, also ging sie zurück ins Hotel, wo ihr Franklin über den Weg lief.

»Hallo, Amelie! Ist alles in Ordnung? Sie sehen so besorgt aus«, sagte er und blieb am unteren Absatz der Treppe stehen.

Fahrig strich Amelie sich über die Stirn. »Nein … ja, also doch. Der Kleinbus springt nicht an, und ich weiß nicht, woran es liegt, weil ich überhaupt keine Ahnung von Autos habe, schon gar nicht von so alten Kisten wie dem Bus meiner Großmutter. Ich werde wohl den Pannendienst rufen müssen. Hoffentlich erreiche ich dort jemanden.«

»Um welchen Wagen handelt es sich denn?« Franklin trat interessiert näher.

»Es ist ein VW Bus T1 Modell 1500 aus dem Jahr 1967. So viel habe ich bisher rausgefunden. Sie kennen sich nicht zufällig mit Autos aus?«, fragte sie ein wenig hoffnungsvoll und knetete ihre Hände.

Ein kleines Lächeln breitete sich auf Franklins Gesicht aus. »Ich bin kein Mechaniker, aber schraube gerne an meinem Wagen herum. Ich kann auf jeden Fall einen Blick darauf werfen. Versprechen kann ich nichts, aber schaden kann es auch nicht«, erwiderte er voller Eifer.

»Oh, das wäre wunderbar.« Hoffnung keimte in Amelie auf. Gemeinsam gingen sie in die Garage, und Franklin zückte sein Handy, um die Taschenlampenfunktion zu betätigen. Die Beleuchtung der Garage war nicht die beste, und durch das hölzerne Tor drang nur das fahle Licht der Straßenlaterne.

Er sah sich den Motor genau an. »Der Motor ist noch gut erhalten. Wie ist denn der Kilometerstand?«, fragte er, ohne seine Arbeit zu unterbrechen. Er tauchte mit dem Kopf unter die Haube.

»Er wurde nicht oft genutzt. Mein Großvater hat ihn gefahren, als er noch lebte. Der Wagen hat gerade mal hundertachtunddreißigtausend Kilometer auf dem Buckel«, erzählte sie und kam sich so hilflos vor, weil sie nichts tun konnte, um ihm zu helfen. Sie stand nur herum und wartete auf sein Urteil.

»Ist denn genug Benzin im Tank?«, lautete Franklins nächste Frage. »Nicht, dass es bei diesen Temperaturen vielleicht eingefroren ist, wenn er so lange nicht bewegt wurde?«

»Ich weiß nicht, weil er ja nicht anspringt.« Langsam war Amelie den Tränen nah. Was sollte sie machen, wenn der Wagen bis morgen nicht fuhr? Sie konnte unmöglich die Fahrten zu den Weihnachtsmärkten absagen. Sie würde den Gästen das Geld dafür erstatten müssen, das wäre die reinste Katastrophe, denn so viel hatte sie nicht mehr auf dem Konto, nachdem sie die erste Rate an die Bank überwiesen hatte.

»Was haben wir denn hier? Haben Sie einen Schraubenzieher?«, fragte Franklin. Seine Stimme war nur undeutlich aus dem Motorraum zu verstehen.

Amelie schaute zur Wand, wo eine Menge Werkzeug fein säuberlich aufgehängt war. Ihr Großvater war ein ordentlicher Mann gewesen und hatte Dinge gern selbst repariert. Sie hatte sich einiges von ihm abgeschaut, zumindest mit Werkzeug kannte sie sich aus. »Schlitz oder Kreuz?«, fragte sie.

»Schlitz bitte.« Er hielt ihr die Hand entgegen, ohne mit dem Kopf aufzutauchen.

Amelie nahm zwei verschiedene Größen aus der Halterung und reichte Franklin eine. »Ich habe noch einen größeren, wenn dieser nicht passt.«

»Nein, danke. Der hier ist genau richtig.« Er schraubte hier und da, schob ein Kabel an Ort und Stelle, zog die Schraube wieder fest. »Starten Sie bitte mal«, forderte er sie auf.

»Ja, sofort.« Amelie kletterte auf den Fahrersitz. »Haben Sie Ihre Finger in Sicherheit gebracht?«, rief sie vorsichtshalber, nicht dass er sich noch verletzte.

»Solange Sie nicht den Rückwärtsgang einlegen, ist alles in Butter!«, rief er ihr zu.

Okay, sie schloss die Augen und betete: *Bitte, lass ihn anspringen.* Ihre Hände waren schweißnass, und sie wischte sie an ihrer Hose ab. Mit zittrigen Fingern schob sie den Schlüssel ins Zündschloss und drehte ihn. Zuerst stotterte der Motor, und sie hatte schon Hoffnung, doch der Wagen sprang nicht an. All ihre Zuversicht sank auf den Nullpunkt. Das durfte doch nicht wahr sein.

»Hm, wir sollten ihn anschieben. Helfen Sie mir, den Wagen auf die Straße zu lenken. Stellen Sie auf Leerlauf, und setzen Sie sich rein. Sie müssen die Handbremse lösen, sonst bekomme ich ihn nicht von der Stelle. Ich schiebe Sie raus, und Sie lenken.«

Amelie wurde schwarz vor Augen. Oh Gott! Wenn das

nur gut ging. Sie half ihm, den Wagen anzuschieben, und sprang dann schnell hinein, sobald er rollte. Franklin war enorm kräftig, wie sie feststellte.

»Versuchen Sie, ihn zu starten!«, rief er ihr zu, während er neben dem Wagen herlief.

Amelie versuchte es erneut, und zu ihrer Verwunderung sprang der Motor diesmal an. Er stotterte, und sie gab im Leerlauf Gas, woraufhin eine dunkle Rauchwolke aus dem Auspuff kam. Franklin schloss das Tor der Garage und sprang auf den Beifahrersitz. »Wir sollten ein wenig fahren, damit die alte Dame wieder in die Gänge kommt.« Er sah sie lachend an.

»Aber die Rauchwolke! Nicht dass der Motor plötzlich explodiert«, sagte sie ängstlich.

»Keine Sorge, das ist nur das Öl. Wir sollten den Stand später prüfen.«

»Sie sind mein Held. Niemals hätte ich gedacht, dass ich den Wagen wieder flottbekomme.«

»So ein Viertakt-Boxermotor ist recht unempfindlich. Aber Sie sollten auf jeden Fall tanken.« Franklin deutete auf die Anzeige.

»Oh ja, damit werden wir sonst nicht weit kommen.« Er stand schon auf Reserve.

»Im Winter sollten Sie den Tank mindestens ein Viertel voll halten. Es ist doch ein Benziner?«

Sie nickte. »Zur Tankstelle ist es nicht weit, das werden wir noch schaffen.«

»Nicht, dass ich wieder schieben muss.« Er grinste.

Sie erwiderte sein Lächeln. »Sie sind doch kräftig, das schaffen Sie schon«, scherzte Amelie und gab Gas, sodass die Räder auf dem Schnee durchdrehten. »Ups«, rief sie und lachte auf.

»Sind Sie sicher, dass Sie fahren wollen?« Er hielt sich besorgt am Türgriff fest.

»Natürlich, ich bin eine super Autofahrerin. Allerdings nur im Sommer«, schob sie hinterher.

»Na, dann bin ich ja in den besten Händen.«

An der Tankstelle füllte sie den Tank bis zum Rand, und Franklin schaute derweil nach dem Wasser, füllte Frostschutz ein, überprüfte den Reifendruck, säuberte die Scheiben und goss Öl nach. Dann kaufte er noch neue Scheibenwischer, montierte diese direkt und wischte auch die Leuchten sauber. Er bewegte sich absolut routiniert, und Amelie sah ihm fasziniert dabei zu.

»So, jetzt müsste die alte Dame wieder topfit sein. Haben Sie etwas dagegen, wenn ich zurückfahre?«, fragte Franklin und sah sie hoffnungsvoll an.

»Ich werde den Eindruck nicht los, dass Sie Gefallen an der alten Dame finden. Oder haben Sie etwa Angst um Ihr Leben?« Amelie lächelte und reichte ihm den Schlüssel, an dem ein kleiner Eiffelturm baumelte. »Bei mir sind Sie sicher wie in Abrahams Schoß.«

»Sie waren in Paris?«, fragte er interessiert.

»Ja, es ist meine Lieblingsstadt. Ich fahre einmal im Jahr für ein Wochenende dorthin. Es ist sozusagen mein Jahresurlaub«, erklärte sie, während sie sich auf dem Beifahrersitz niederließ. Sie unterließ es, zu erwähnen, dass Rupert sie zuletzt dorthin begleitet hatte. In Zukunft würde sie den Kurztrip allein unternehmen. »Waren Sie schon mal dort?«, wollte sie wissen.

Er schüttelte den Kopf. »Nein, dafür hatte ich bisher keine Zeit. Ich denke, für diese Stadt braucht man auch den passenden Partner, und den habe ich nicht. Haben Sie jemanden?«, fragte er freiheraus.

Sie schüttelte den Kopf, während sie die Tankstelle verließen. »Nein, nicht mehr. Als ich noch in München war, ja, da gab es jemanden, aber das hat sich erledigt. Ich habe eine große Aufgabe und muss mich um meine Großmutter kümmern, da bleibt nicht viel Zeit.«

Franklin nickte. »Ja, das kenne ich, ich scheine nicht besonders viel Glück in der Liebe zu haben. Ich kümmere mich um Georg und habe meine Zimmerei verkauft. Ich habe nur gearbeitet, und irgendwann dachte ich, es muss doch noch etwas anderes geben. Meine letzte Beziehung ging deswegen in die Brüche.«

»Das ist eine sehr lobenswerte Einstellung.« Amelie war beeindruckt. Sie hätte ihn nicht für einen Mann gehalten, der so ein Abenteuer eingeht. »Was haben Sie jetzt vor?« Er machte nicht den Eindruck, als würde er in den Tag hineinleben.

»Ich überlege noch. Ich will mich auf Innenausbauten spezialisieren. Georg hat ein Haus, das ich umgestalten soll. Das wird eine Herausforderung, aber sicher auch Spaß machen.«

»Das klingt spannend. Mir ging es ähnlich. Ich habe in München auch nur gearbeitet und wurde ausgenutzt. Das Hotel hier in Rothenburg zu übernehmen war eine logische Schlussfolgerung, denn Ruth hat sich ihren Rentenabend verdient. Sie soll nicht mehr so viel arbeiten, auch wenn sie wohl nicht ganz aus ihrer Haut kann. Aber es macht mir Spaß, mein eigener Herr zu sein. Auch wenn es nicht immer einfach ist, wenn zum Beispiel der Wagen nicht anspringen will.« Sie lächelte Franklin an.

»Dann haben Sie ja immer noch mich«, sagte er leise und konzentrierte sich wieder auf die Straße, denn es hatte zu schneien begonnen. Kleine Flocken fielen auf die geteilte Windschutzscheibe, und die Scheibenwischer hatten alle Mühe, die Sicht frei zu halten.

Sein letzter Satz traf Amelie mitten ins Herz. Das war ein schöner Gedanke – jemanden zu haben, auf den man sich verlassen konnte.

Sie fuhren in einem größeren Kreis um den Stadtkern, sodass der Motor sich warmlaufen konnte. Es machte Spaß, mit Franklin durch die Nacht zu streifen. Er war ein sicherer Fahrer und hatte den Bus im Griff, selbst bei der langsam einsetzenden Glätte.

»Dass Sie diese Reise für Ihren Großvater geplant haben, finde ich wirklich großartig«, sagte sie leise in die Stille hinein, die sich im Bus ausgebreitet hatte.

»Danke. Ja, ich habe Georg viel zu verdanken, nachdem meine Eltern zurück in die Staaten gegangen sind, und will ihm etwas zurückgeben. Er hat so oft von Rothenburg gesprochen, ich glaube, er hat sein Herz hier verloren, und es wartet immer noch auf ihn.«

Amelie blickte ihn nachdenklich an. Obwohl er so groß und kräftig daherkam, war er ein feinfühliger Mensch. »Das haben Sie sehr schön gesagt.«

Er parkte den Bus wieder in der Garage und stieg aus. »Dann ist der Bus für morgen ja gerüstet«, sagte er, während er das Holztor schloss.

»Dafür haben Sie etwas bei mir gut«, erklärte Amelie dankbar. »Wenn Sie mal Zeit haben, lade ich Sie zum Essen ein«, schlug sie vor.

»Das ist doch nicht notwendig, das habe ich gerne getan«, sagte er abwinkend.

»Dann möchten Sie also nicht mit mir essen gehen?«, fragte sie vorsichtig. Sie gab ihr Bestes, nicht enttäuscht zu klingen, war damit jedoch nicht sehr erfolgreich. Sie hätte gerne einen Abend mit ihm in einer schönen Umgebung verbracht.

»Doch, das möchte ich, Amelie.« Er blieb stehen und sah sie ernst an, während Schnee auf sein Haar fiel. »Aber ich möchte es tun, weil ich gerne Zeit mit Ihnen verbringe, nicht weil Sie der Meinung sind, mir etwas schuldig zu sein.« Er hob seine Hand und wischte eine Schneeflocke von ihrer Wange, die sich dorthin verirrt hatte, bevor sie schmelzen konnte.

Es war nur eine kurze Berührung, aber so angenehm, dass Amelie am liebsten leise gestöhnt hätte. Sie ließ seine Worte auf sich wirken, dann lächelte sie. »Gut, dann gehen wir essen, weil ich auch gerne Zeit mit Ihnen verbringen würde. Wann wäre es Ihnen recht? Ich würde vorschlagen, wir gehen zum Italiener.«

Er grinste und breitete seine Arme aus. »Ich habe Urlaub. Suchen Sie sich etwas aus. Und Italienisch klingt wunderbar. Ich meine, wer mag die italienische Küche nicht?«

»Morgen sind wir auf Tour. Wie wäre es am Dienstagabend? Ich bin zwar vormittags unterwegs, aber der Abend ist noch frei. Wäre Ihnen zwanzig Uhr recht?«, überlegte sie laut und zog eine Augenbraue hoch.

Franklin öffnete die Tür zum Hotel und ließ ihr den Vortritt. »Gerne, ich stehe ganz zu Ihrer Verfügung. Wie geht es mit der Buchhaltung voran?«

Damit traf er einen wunden Punkt. Amelie winkte ab. »Fragen Sie nicht. Ich habe bisher noch nicht mal die Belege sortieren können.« Wenn sie daran dachte, lief es ihr kalt den Rücken hinunter. Dieses Thema verdrängte sie lieber.

»Wenn Sie meine Hilfe brauchen – ein Wort genügt.« Franklin stand am Fuß der Treppe und sah sie abwartend an.

»Das ist wirklich sehr freundlich, aber Sie haben Urlaub, da werde ich Ihnen ganz gewiss nicht meine Buchhaltung aufs Auge drücken.« Sie schüttelte entschieden den Kopf. Das konnte sie nicht mit ihrem Gewissen vereinbaren. Auch wenn sie das Angebot nur zu gerne angenommen hätte.

»Darüber werden wir beim Abendessen noch mal sprechen. Gute Nacht, Amelie.« Er berührte kurz ihren Arm, dann lief er mit schnellen Schritten die Treppe hinauf, bevor sie etwas erwidern konnte. Er drehte sich nicht mehr um, was ein Glück war, denn sonst hätte die Gefahr bestanden, dass Amelie ihn aufgehalten hätte.

Nachdenklich sah Amelie ihm nach. Er war wirklich ein

beeindruckender Mann. Dann seufzte sie leise. Schade, dass er ein Gast war. Dieser Gedanke wanderte nicht zum ersten Mal durch ihren Kopf.

14. Kapitel

»Passen wir überhaupt alle in den Bus?«, fragte Bruno Mayr und warf einen skeptischen Blick auf das Fahrzeug.

»Jetzt seien Sie doch nicht so pessimistisch. Amelie würde uns ganz sicher nicht in einen Bus setzen, wenn wir nicht alle einen Platz bekämen. Das Gefährt ist schon älter, aber noch gut in Schuss, genau wie Sie, Bruno«, sagte Martha Pauly gut gelaunt und stieg als Erste ein. Bruno folgte ihr und kam so neben ihr zum Sitzen.

»Hoffentlich stecken Sie mich mit Ihrer guten Laune nicht noch an«, brummte er. »Außerdem bin ich nicht so alt, wie ich aussehe.« Er sagte es, ohne sie anzublicken.

»Dann geben Sie sich nicht wie ein Griesgram. Wir wollen doch ein wenig Spaß haben.« Martha war nicht auf den Mund gefallen und lächelte immerzu. So, wie sie auf ihrem Platz hin und her rutschte, konnte sie es gar nicht abwarten, endlich den Nürnberger Christkindlesmarkt zu erreichen.

Die Schwestern Berta und Isa Schwarz saßen in der Mitte, zu ihnen gesellten sich Ebba und Johann Johannsen, die aus Flensburg angereist waren. Georg freute sich, dass er in der ersten Reihe sitzen konnte.

»Was halten Sie davon, wenn ich den Wagen fahre und Sie sich zu Georg setzen? So können Sie sich um Ihre Gäste kümmern«, schlug Franklin Amelie vor.

Sie schaute ihn überrascht an. »Das würden Sie tun?«, fragte sie leise.

»Sehr gern. Sie wissen, ich habe mein Herz an diese alte Dame verloren«, verriet er ihr.

»Wohl nicht nur an das Auto«, warf Georg leise ein und blickte grinsend aus dem Seitenfenster.

Franklin räusperte sich verlegen. »Also, es würde mir wirklich nichts ausmachen, Amelie. Fährt Ruth nicht mit?«

Sie schüttelte den Kopf. »Nein, es ist ihr zu anstrengend. Aber sie wird uns auf den Reiterlesmarkt hier in Rothenburg begleiten.«

»Gut, dann steigen Sie bitte ein, die Fahrt geht sofort los.«

»Ich werde den Gedanken nicht los, dass Sie fahren wollen, weil Sie meinen Fahrkünsten nicht recht trauen«, erklärte Amelie, erntete aber nur ein feines Lächeln.

Franklin zog seine dicke Skijacke aus und drückte sie Amelie in die Hand. »Wenn Sie so freundlich wären, darauf aufzupassen.« Er ging zur Fahrerseite und stieg ein, während Amelie sich auf dem Beifahrersitz niederließ. Das Gepäck hatten sie hinter der letzten Sitzreihe verstaut.

Franklin warf ihr ein Lächeln zu. Diese Fahrt schien ihm wirklich Spaß zu machen. Die anderen Gäste unterhielten sich angeregt, wie Amelie freudig bemerkte. Es war eine nette Truppe, die gut zusammenpasste.

Während der Bus auf der Autobahn langsam Richtung Nürnberg steuerte, gab Amelie einige Informationen über den Christkindlesmarkt preis.

»Der Markt wird in jedem Jahr mit einem feierlichen Prolog vom Christkind eröffnet. Nach dem Krieg fand 1948 zum ersten Mal der Markt zur Weihnachtszeit statt. Zuerst wurde die Rolle des Christkinds von einer Schauspielerin übernommen, später dann von einem Mädchen der Stadt. Da der Markt von einer Empore der Frauenkirche eröffnet wird, sollte man dafür schwindelfrei sein. Ein offenes Wesen, Freundlichkeit und Belastbarkeit gehören auch dazu. Jedes zweite Jahr wird eine neue Bewerberin ausgewählt, und es gibt viele, die sich um diesen Job reißen.«

»Dann wäre das auch etwas für Sie, liebe Amelie«, warf Georg ein, und die anderen Gäste stimmten ihm zu.

Amelie lachte ebenfalls. »Danke für die Lorbeeren, aber dafür bin ich wohl etwas zu alt.«

»Man ist nie zu alt, um ein Abenteuer zu beginnen«, warf Franklin ein und sah sie kurz an. »Gold würde Ihnen gut stehen.« Er zwinkerte ihr zu.

»Ich bin aber nicht in Nürnberg geboren, was ebenfalls eine Bedingung ist. Also begnüge ich mich damit, den Markt privat zu besuchen«, erklärte sie mit einem Lachen.

*

Als sie Nürnberg erreichten, ließ Franklin die Gäste in der Nähe des Marktes aussteigen und fuhr dann den Bus in ein Parkhaus. Mit den Parkplätzen rund um den Markt sah es nicht gerade rosig aus. Sie machten einen Treffpunkt vor der Frauenkirche aus, und es dauerte nicht lange, bis Franklin zu ihnen stieß.

»Wollen wir uns später wieder hier treffen? So kann jeder auf eigene Faust den Markt erkunden«, rief Amelie in die Gruppe hinein.

Die beiden Schwestern Schwarz waren sofort begeistert und verabschiedeten sich schnell. Auch das Ehepaar Johannsen war schon öfter hier gewesen und machte sich allein auf den Weg, während Bruno Mayr ein wenig verloren wirkte.

»Sie können sich gerne uns anschließen«, sagte Amelie an ihn gewandt, und er nickte dankbar.

»Oh, da bin ich auch gerne dabei«, rief Martha begeistert und warf Bruno einen Seitenblick zu, der so tat, als hätte er nichts gehört.

Wenn Amelie seinen Ausdruck richtig deutete, war er nicht ganz so begeistert davon, doch er sagte nichts. Dabei war Martha eine nette Frau. Vielleicht ein wenig lebhaft für einen stillen Mann wie Bruno, aber dennoch.

»Können mein Enkel und ich uns auch anschließen?«, fragte Georg fast ein wenig unsicher.

»Aber natürlich, Georg. Davon bin ich ausgegangen. Sie wollen mich doch nicht alleinlassen.« Amelie hakte sich bei ihm ein. »Es ist mir eine Freude, Ihnen in den nächsten Tagen unsere Märkte näherzubringen. Ich darf nur nicht vergessen, für Ruth ein kleines Andenken zu besorgen«, erklärte sie nachdenklich. »Sie sammelt diese Räuchermännchen.«

»Ich werde Sie daran erinnern, liebe Amelie. Da werden wir sicher etwas Schönes finden.« Georg strahlte sie an, als handele es sich um ein Geschenk für ihn persönlich.

Georg lotste sie in eine der begehbaren Buden, in denen es ausschließlich aus Holz gearbeiteten Weihnachtsschmuck gab. Die anderen begaben sich lieber an den Glühweinstand, der direkt gegenüberlag.

»Sagen Sie, Amelie, wie hieß Ihre Großmutter mit Mädchennamen?«, fragte Georg, der einen Schwibbogen genauer unter die Lupe nahm.

»Ruth? Sie hieß früher Mistel, so wie das Hotel. Nach ihrer Hochzeit haben wir einen Zweig drangehangen, wegen ihres neuen Nachnamens. Eine komische Geschichte, oder? Da trifft ein Fräulein Mistel auf einen Jungen namens Zweig, und sie heiraten und nennen ihr Hotel *Mistelzweig*.« Amelie schüttelte den Kopf. Diese Geschichte hatte sie schon oft erzählt, und doch fand sie sie immer wieder bemerkenswert.

»Ja, das Leben geht oft seltsame Wege«, murmelte Georg und stellte den Kerzenbogen auf seinen Platz zurück, bevor er zu einem Räuchermännchen griff, das einen Lehrer darstellte. »Der ist doch hübsch, oder? Ich denke, er könnte Ihrer Großmutter gefallen.«

Amelie nahm den kleinen Kerl in die Hand und begutachtete ihn von allen Seiten. »Darf ich fragen, warum Sie das so interessiert?« Sie drehte sich zu Georg um.

»Nun, ich denke, dass ich ihre Großmutter gut kenne, Amelie. Ich bin hier in Rothenburg aufgewachsen und habe es verlassen, als ich volljährig wurde. Ich habe meine damalige Freundin gebeten, mitzukommen, doch sie wollte ihre Eltern nicht verlassen, weil sie ein kleines Hotel betrieben. Außerdem war sie noch keine einundzwanzig. Früher war man noch nicht mit achtzehn erwachsen. Ruth versprach mir, zu schreiben und nachzukommen, aber ich habe auf meine Briefe nie eine Antwort erhalten. Ich weiß nicht, was geschehen ist, doch ich denke, dass sie mich einfach vergessen hat.« Er sah sehr traurig aus, nachdem er geendet hatte.

»Und Sie meinen, diese Frau ist meine Großmutter Ruth?«, fragte sie erstaunt.

Georg nickte. »Ich bin mir sicher. Die Liebe seines Lebens vergisst man nicht. Ich erkenne in Ihrer Großmutter die junge Frau, die ich damals zurückließ.«

Amelie starrte ihn an. »Das ist ja kaum zu glauben. Ich meine, Ruth hat mir erst letztens davon erzählt, dass sie früher einen Georg kannte, aber sie konnte ja kaum wissen, dass Sie hinter der Reservierung steckten. Ich meine ... oder hat sie Sie erkannt?«

Georg schüttelte den Kopf. »Nein, Sie hat nichts gesagt und geht mir aus dem Weg.«

»Dann hat Ruth Sie erkannt«, stellte Amelie fest. »Es ist ganz ihre Art, Dingen aus dem Weg zu gehen, die ihr unangenehm sind.«

»Sie glauben, ich bin ihr unangenehm?« Nun sah Georg noch trauriger aus.

»Nein, nicht Sie, Georg, sondern dass sie Ihnen nicht geschrieben hat. Aber es muss einen Grund dafür geben, so verhält Ruth sich normalerweise nicht.« Da war Amelie sich sicher.

»Es war eine andere Zeit, mein Kind, vielleicht ist ihr das Leben dazwischengekommen. Immerhin hat sie geheiratet.«

»Ja, aber erst, als sie Ende zwanzig war, und ich glaube nicht, dass mein Großvater sie glücklich gemacht hat. Ich hatte als Kind immer das Gefühl, es war eine Zweckehe, weil sie gerne Kinder wollte. Aber wissen Sie was, Georg, ich werde das für uns herausbekommen.«

Georg schüttelte den Kopf. »Nein, mein Kind. Ich möchte nicht, dass Sie für mich spionieren. Ich bin es gewohnt, meine Angelegenheiten selbst zu regeln.«

Amelie nickte. »Natürlich, ich will mich auch auf keinen Fall einmischen. Wenn Sie es so wollen, bleibt es ein Geheimnis zwischen uns, und ich werde Ruth auf keinen Fall sagen, wer Sie sind, das verspreche ich Ihnen.«

»Danke, mein Kind. Ich habe Ruth über all die Jahre nicht vergessen können, das muss doch etwas bedeuten. Ich werde schon herausfinden, warum sie mir nicht auf meine Briefe geantwortet hat.«

Sie schüttelte ungläubig den Kopf. »Ich kann das alles nicht fassen. Es ist so ein Zufall, dass Sie ausgerechnet in unserem Hotel gelandet sind.«

»Franklin hat es ausgesucht. Daran bin ich völlig unschuldig. Aber ich bin ihm sehr dankbar.«

Plötzlich tauchte Franklin vor ihnen auf und sah sie abwechselnd an. »Wo bleibt ihr denn? Euer Glühwein ist inzwischen ganz kalt.«

»Tut mir leid, ich habe Georg aufgehalten, weil ich mich einfach nicht für ein Geschenk entscheiden kann. Ich sollte Ruth diesen kleinen Kerl hier schenken. Georg hat ihn ausgesucht«, erklärte Amelie mit einem entschuldigenden Lächeln auf den Lippen.

»Ein Lehrer? Das passt zu Georg. Ja, er sieht schön aus«, erwiderte Franklin.

»Ich brauche noch diese Duftkegel, die den Rauch entwickeln.« Amelie sah sich suchend um, fand die kleinen Päckchen an der Kasse und ließ es direkt als Geschenk einpacken, nachdem sie gezahlt hatte.

»Kommen Sie, Georg. Gönnen wir uns ein wärmendes Getränk. Das haben wir uns jetzt verdient.« Sie hakte sich bei ihm unter, und gemeinsam liefen sie zum Getränkestand hinüber.

Dort trafen sie auf Martha und Bruno, die in ein Gespräch vertieft waren. Bruno hatte bereits eine zweite Tasse vor sich stehen, und es sah so aus, als wäre er etwas aufgetaut. Er lächelte sogar hin und wieder, was Amelie besonders gefiel. Er war ein netter Mann, wenn er nicht gerade verschlossen war. Das schien wohl auch Martha zu denken, die ihn immer wieder am Arm berührte. Sie war eine gut aussehende Frau Mitte vierzig, mit klugen Augen und einem mitreißenden Wesen. Bruno schien gar keine andere Wahl zu haben, als darauf einzugehen.

15. Kapitel

Irgendwie wurde Franklin den Eindruck nicht los, als hätten Amelie und sein Großvater ein Geheimnis, von dem er nichts wusste. Aber immer wenn er versuchte, mit Amelie unter vier Augen zu sprechen, kam einer der Gäste hinzu. Man nahm sie ständig in Beschlag mit Fragen und Ideen, sodass sich keine Zeit ergab, um ihr auf den Zahn zu fühlen. Auch Georg hüllte sich in Schweigen, lächelte nur, wenn das Gespräch auf die hübsche Hotelmanagerin fiel.

Er musste zugeben, auch wenn der Weihnachtsmarkt in Nürnberg recht überfüllt war, machte es Spaß, durch die Gänge zu streifen und sich den Duft von Glühwein, Zimt und Weihnachtsgebäck um die Nase wehen zu lassen. Zum Mittagessen kehrten sie in einem kleinen Restaurant ein und aßen eine kräftige Suppe. Sie hatten auf dem Markt schon Reibeküchlein, kandierte Äpfel, karamellisierte Mandeln und Schokobananen gegessen. Um sechzehn Uhr trafen sich alle an der Frauenkirche, und Franklin holte den Bus aus dem Parkhaus. Es hatte wieder zu schneien begonnen, und sie wollten auf keinen Fall auf der Autobahn in einem Stau stecken bleiben, daher mahnte Amelie zum Aufbruch.

Alle Gäste waren begeistert, aber auch ganz schön müde. Selbst Bruno hatte sich von Martha überreden lassen, eine Pudelmütze zu kaufen, für die er ein großes Lob von Isa und Berta Schwarz erhielt. Das rang ihm sogar ein richtiges Lächeln ab.

»Oh, etwas Unerwartetes in Ihrem Gesicht!«, rief Martha begeistert.

»Was denn?«, wollte Bruno wissen und wischte sich über den Mund.

»Ein Lachen. Das ist fast so kostbar wie die Kronjuwelen des Kings, denn es ist ein seltenes Gut.« Sie hob eine Augenbraue und schmunzelte.

Bruno blickte Martha ernst an, dann schüttelte er den Kopf und stieg in den Bus. Doch auch dort konnte er ihr nicht entfliehen.

»Ich werde ihn noch knacken, wir verstehen uns schon recht gut«, flüsterte Martha Franklin zu und zwinkerte.

Franklin blickte ihr überrascht nach. Die Befürchtung hatte er auch. Martha hatte so eine Art an sich, der man sich nur schwer entziehen konnte.

Er sah zu seinem Großvater und bemerkte das müde Gesicht. Ein Glück, dass die nächste Tour erst übermorgen stattfinden sollte. So konnte er sich morgen den ganzen Tag ausruhen. So ein Ausflug war wohl doch anstrengender, als er gedacht hatte. Auch Franklin selbst war ganz schön erschlagen. Diese ganzen Eindrücke und Gerüche waren neu für ihn. Doch ein Duft schwirrte ihm immer um die Nase, und das war das Parfüm von Amelie, das ihm den Verstand raubte.

Während der Rückfahrt schaltete er das Radio an, das leise Weihnachtsmusik spielte. Alle Gäste waren müde, und es gab nur wenige Gespräche.

»Das war ein sehr schöner Tag«, sagte er zu Amelie, die ebenfalls recht schweigsam war.

»Finde ich auch.« Sie schaute sich um und ließ ihren Blick über die Köpfe der Gäste wandern. »Sie sind alle ganz schön erledigt, genau wie ich. Ich freue mich auf ein Bad und eine Tasse heiße Schokolade.« Sie stöhnte leise auf, und Franklin vermied es, sich Amelie in einem warmen Schaumbad vorzustellen. Zu einer Tasse heiße Schokolade würde er auch nicht Nein sagen, er war ganz schön durchgefroren.

Die Rückfahrt dauerte mehr als zwei Stunden. Sie kamen

auf der Autobahn nur schleppend voran, denn der Schneefall wurde immer dichter, und es hatte einen Auffahrunfall gegeben, sodass nur eine Fahrspur freigegeben war. Als sie von der A7 nach Rothenburg abbogen, atmete Franklin erleichtert auf. Jetzt war es nicht mehr weit und der Verkehr nicht mehr so dicht.

Großer Applaus erklang, als sie vor dem Hotel hielten und alle Gäste aussteigen konnten.

»Vielen Dank, Franklin, für die sichere Fahrt«, bedankte sich das Ehepaar Johannsen, und auch Martha drückte ihm die Hand. Bruno schien froh zu sein, endlich allein auf sein Zimmer zu flüchten, während die anderen Gäste noch gemeinsam zum Abendessen gingen.

»Danke für Ihre Hilfe, Franklin. Ohne Sie wäre ich total aufgeschmissen gewesen. Die Fahrt hätte ich mir ehrlich gesagt nicht wirklich zugetraut, zumindest nicht in der alten Dame. Ich sollte darüber nachdenken, ein neues Fahrzeug anzuschaffen.« Amelie lächelte zaghaft. Er wusste, dass sie vermutlich kein Geld dafür hatte, aber träumen durfte man ja wohl. »Na ja, wenn irgendwann was dafür übrig ist.«

»Das habe ich gern gemacht, außerdem winkt mir ja eine Belohnung morgen Abend«, gab er zu. »Ich werde jetzt noch mit Georg zu Abend essen und denke, dass er früh ins Bett gehen wird.«

»Dann wünsche ich Ihnen einen guten Appetit. Ich werde erst mal nach meiner Großmutter sehen. Sie wird sicher wissen wollen, wie der Tag verlaufen ist.«

Sie machte sich auf den Weg und winkte Georg zu. Franklin sah ihr nach, bis die Tür des Hotels ins Schloss fiel.

»Gab es da was Schönes zu sehen?«, fragte Georg, der zu ihm trat und schelmisch grinste. »Warum verbringst du nicht mal einen gemütlichen Abend mit ihr?«, wollte er wissen.

»Wer sagt denn, dass ich das überhaupt will?«, fragte Franklin leicht gereizt, weil er sich ertappt fühlte. Warum bekam Georg das immer mit?

»Deine Blicke, mein Junge. Sei nicht so dumm, wie ich es einmal war.«

»Es hat doch keinen Sinn. Sie lebt hier und ich sieben Autostunden entfernt. Du weißt, dass ich von Fernbeziehungen nichts halte.«

»Nun, du hast deine Firma verkauft. Was hält dich denn noch in Lüneburg?«, fragte Georg, während sie den anderen Gästen ins Lokal folgten.

»Du. Ich werde dich ganz sicher nicht alleinlassen.«

George hob die Schultern. »Nun, vielleicht habe ich vor, wieder nach Rothenburg zu ziehen, dann wärst du ja quasi gezwungen, dich ebenfalls hier niederzulassen. Es hat doch einen Grund, warum ich das Haus renovieren will.«

Franklin schüttelte den Kopf. »Ich kann nicht glauben, dass du zu solchen Mitteln greifst, nur damit ich mich auf ein Date mit einer Frau einlasse.«

»Dann kennst du mich eben nicht richtig, mein Junge«, erklärte Georg, und seine Augen blitzten auf, als wäre er ein junger Mann.

War das wirklich sein Ernst, sich hier in Rothenburg niederzulassen? Die Vorstellung war ungewohnt, aber nicht auszuschließen. Und vielleicht würde es Franklin hier auch gefallen. Zumindest gab es schon mal einen Grund, der dafürsprach.

*

Das Essen dauerte länger als geplant, und es war schon gegen zweiundzwanzig Uhr, als Franklin sich von Georg verabschiedete und sein Zimmer betrat. Es war ein anstrengender, aber auch schöner Tag gewesen. Allein ihn mit Amelie zu verbringen, hatte ihn zu etwas Besonderem gemacht.

Er sprang unter die Dusche und zog einen bequemen Jogginganzug an. Im Lokal hatte er eine Flasche Rotwein gekauft, für die er nun zwei Gläser aus der Bar nahm. Damit bewaffnet stieg er die Treppe in den vierten Stock hinauf und klopfte an Amelies Tür. Es war eventuell vermessen, hier so einfach aufzutauchen, aber einen Versuch war es zumindest wert. Er hatte keine Ahnung, ob sie überhaupt schon in ihrer Wohnung war oder gar bereits schlief. Hoffentlich weckte er sie nicht auf.

Als er hörte, wie sich die Tür öffnete, tat sein Herz einen kleinen Hüpfer.

»Hi! Ist etwas passiert?«, fragte Amelie erschrocken.

»Nein, seien Sie ganz beruhigt. Ich wollte nur fragen, ob Sie vielleicht Lust auf einen Schluck Wein hätten?« Er zauberte Gläser und Flasche hervor.

»Oh ja, eine schöne Idee. Ich sitze über die Buchhaltung und könnte ein bisschen Ablenkung gebrauchen«, gab sie zu und strich sich mit beiden Händen ihr zerzaustes Haar hinter die Ohren. Sie hatte wohl wirklich gebadet, denn es roch angenehm nach Lavendelöl und Rosmarin. Sie trug eine lockere Yogahose und ein weites Shirt, dazu dicke Wollsocken. »Kommen Sie rein, wenn Sie die Unordnung nicht stört.« Sie öffnete die Tür, damit er eintreten konnte.

»Wie geht es Ihrer Großmutter?«, wollte er wissen, während er die Gläser und den bereits geöffneten Wein abstellte.

»Ruth hat schon aufgeregt auf mich gewartet, und ich musste ihr alles genau erzählen. Ich glaube, sie wäre gerne dabei gewesen. Auf jeden Fall hat sie sich über das Räuchermännchen gefreut. Da hat mich Georg richtig beraten.«

»Wir sollten sie übermorgen mitnehmen. Da fast alle Gäste mit von der Partie sind, können Sie doch das Hotel für einen Tag schließen«, schlug er vor.

»Aber in den Bus passen nur neun Personen«, gab Amelie zu bedenken.

Franklin reichte ihr ein halb gefülltes Glas, und sie setzten sich auf die Couch. Er trank einen Schluck und stellte fest, dass der Wein von guter Qualität war.

»Ich habe mir bereits Gedanken darüber gemacht. Es gibt kleine Transporter, die für elf Personen zugelassen sind. Es wird doch hier sicherlich eine Autovermietung geben. Wir könnten uns morgen früh darum kümmern und einen Wagen für Mittwoch mieten.«

»Ähm, morgen bin ich schon verabredet. Ich muss zum Klettern«, erzählte sie.

»Klettern? Ich hoffe nicht in der freien Natur«, gab er erschrocken zurück.

Amelie trank einen Schluck, und als sie sich mit der Zunge über die Lippen fuhr, konnte er den Blick einfach nicht abwenden. »Nein, natürlich nicht. Ich bin auf die Einladung von Leopold Mühlhaus eingegangen, Sie wissen schon, der Banker. Ich weiß nicht, ob es eine kluge Idee war, aber nun kann ich ihn nicht vor den Kopf stoßen, indem ich absage.«

Franklin setzte sich auf einen Fuß und rückte so unbewusst ein wenig näher. »Ich werde das Gefühl nicht los, dass dieser Mann etwas gegen Sie in der Hand hat und Sie damit erpresst.«

Sie blickte ihn an, als würde sie überlegen, ob sie ihn ins Vertrauen ziehen konnte, worauf er sehr hoffte.

»Bitte verzeihen Sie mir, es geht mich auch gar nichts an. Aber Sie machen nicht den Eindruck, als würden Sie sich auf diesen Ausflug freuen.«

Amelie schüttelte den Kopf. »Da trügt sie Ihr Eindruck nicht. Ich hatte einfach Angst, dass die Situation weiter eskaliert, wenn ich nicht auf seine Einladung eingehe. Er wollte sich entschuldigen, und es hörte sich ehrlich an.«

Sie nahm erneut einen Schluck Wein und blickte ins Leere.

In diesem Moment hätte Franklin alles dafür gegeben, ihre Gedanken lesen zu können. Diese Frau hatte mehr Geheimnisse, als gut für sie war. Er würde ihr gerne eine paar davon abnehmen, doch das konnte er nicht, wenn sie ihn nicht einweihte. Und das musste von ihr kommen, er konnte sie schlecht zwingen. Franklin wollte das zwischen ihnen nicht kaputtmachen. Ihre Beziehung war ein zartes Pflänzchen, das sich langsam entfaltete.

Er betrachtete sie und fand sie wunderschön. Ihre wachen grünen Augen, die jetzt ein wenig müde wirkten, hatten nichts von ihrer Intensität verloren. Er hätte sie gerne berührt, doch er hielt sich zurück. Es würde alles nur verkomplizieren, und das konnte er nicht gebrauchen.

16. Kapitel

Erneut trank Amelie einen Schluck, um etwas Zeit zu gewinnen. Sie wusste nicht, ob sie Franklin wirklich trauen konnte. Er war ein Gast, das durfte sie nie aus den Augen verlieren. Konnte sie ihm sie Wahrheit sagen, wie es um das Hotel stand? Es wäre so schön, wenn sie sich diese Last einmal von der Seele reden könnte. Doch wie würde er über sie denken, wenn er erfuhr, dass sie eine Menge Schulden hatte? Zumindest haben würde, sobald sie das Hotel übernahm.

Schließlich gab sie sich einen Ruck. »Auf eine Art ist es so, wie Sie vermuten.« Sie setzte sich so, dass sie Franklin richtig ansehen konnte. Dazu stützte sie den Kopf auf einen angewinkelten Arm. »Meine Großmutter hat einen Kredit aufgenommen, um die Umbauarbeiten zu finanzieren. Über mehr Geld, als sie einnimmt. Jetzt fordert die Bank die Raten ein, die wir nur schwerlich bedienen können. Leopold ist der Leiter der Filiale und denkt wohl, ich würde auf ihn stehen, aber so ist es nicht.« Sie sah Franklin in die Augen und war erneut überrascht, wie hell das Blau seiner Iriden war.

»Ich danke dir für deine Offenheit«, sagte er, dann verbesserte er sich: »Ich meine natürlich Ihre Offenheit.«

Amelie winkte ab. »Wir können uns gerne duzen. Du gehörst ja als Fahrer schon fast zum Team«, sagte sie lächelnd.

»Gerne. Vielleicht brauchst du ja auch noch jemanden, der Holz hackt oder den Dachboden ausbaut, dafür wäre ich neben dem Fahren gut zu gebrauchen.« Er trank einen Schluck und stellte dann das Glas auf dem kleinen Tisch vor der Couch ab.

»Ich würde Leopold so gerne die Meinung sagen, doch ich

habe Angst, wenn ich mich dazu verleiten lasse, wird er meiner Großmutter den Kredit kündigen.«

»Na, so einfach geht das auch nicht.«

»Doch, wenn man mit den Raten in Rückstand gerät, ist das möglich«, erklärte sie kleinlaut.

»Oh ja, dann ... natürlich. Und du hast keine Möglichkeit, eventuell einzuspringen?«

Traurig schüttelte Amelie den Kopf. »Nein, mein ganzes Geld steckt in der Renovierung der Bäder. Sie sind sehr schön, waren aber auch nicht günstig. Ruth wusste noch nicht einmal davon, dass ich mein gesamtes Gespartes darauf verwendet habe. Wir brauchen einfach mehr Zeit, und die bekomme ich nur, wenn ich mit Mühlhaus zum Klettern gehe.«

»Mir ist dieser Kerl ehrlich gesagt nicht ganz geheuer. Er scheint doch einen Hintergedanken zu haben. Entweder will er dich rumkriegen oder es steckt sogar etwas ganz anderes dahinter«, überlegte Franklin laut.

»Aber was könnte es denn sein? Er spricht immer davon, dass ich das Hotel schließen und das Haus verkaufen soll. Das kommt gar nicht infrage, das könnte ich Ruth niemals antun. Sie wurde hier geboren, und das Hotel haben schon ihre Eltern betrieben. Ihr Herz hängt daran, und es wäre ihr Untergang, wenn wir verkaufen müssten.« Dieser Gedanke nahm Amelie so mit, dass ihr Tränen in die Augen traten.

»Hey, das ist kein Grund zu weinen. Wir werden einen Weg finden.« Franklin rückte näher, wischte ihr mit dem Daumen eine einzelne Träne weg und legte einen Arm um ihre Schulter, um sie zu trösten.

»Danke für dein Mitgefühl, das ist lieb von dir. Diese Last trage ich ständig mit mir herum, und manchmal habe ich Angst, dass ich das alles nicht schaffe. Vielleicht ist es auch nur diese Weihnachtszeit, die mich so sentimental macht.« Sie legte den Kopf an seine Schulter und musste zugeben, dass es ein schönes Gefühl war, sich an eine starke Schulter anlehnen zu können. »Du musst mich für eine schreckliche Heulsuse halten.« Sie hob den Kopf und blickte ihn an.

»Nein, ich halte dich für etwas ganz anderes«, sagte er mit leiser Stimme.

»Für was denn?«

»Für eine sehr begehrenswerte Frau, die eine Menge geschafft hat.« Er blickte auf ihre Lippen.

»Vielleicht habe ich eine Menge geschafft, aber ich denke nicht, dass ich besonders begehrenswert bin.«

Er lachte flüchtig. »Ich glaube, du hast keine Ahnung, wie du auf andere wirkst, Amelie. Du kannst mir glauben, dass du eine große Versuchung bist.«

»Auch für dich?«, fragte sie so leise, dass man kaum einen Laut hören konnte.

»Gerade für mich.« Er berührte ihr Gesicht mit den Fingerspitzen, fuhr zärtlich darüber. »Ich weiß, es ist nicht richtig, weil wir uns kaum kennen, aber darf ich dich küssen?«

Sie spürte förmlich, wie Franklin den Atem anhielt, während er auf eine Antwort wartete. Was, wenn sie Nein sagte? Wäre er eingeschnappt? Wollte sie überhaupt Nein sagen?

Das »Ja« kam aus ihrem Mund, ohne dass sie den Befehl dazu gab. Ihr Mund schien das Denken übernommen zu haben.

Franklin lächelte und senkte seine Lippen auf ihre. Er küsste sie ganz behutsam, als wäre sie ein kostbares Gut, das er beschützen musste. Er wartete in Ruhe ab, ob sie sich auf den Kuss einließ … und das tat sie. Sie küsste ihn zurück und legte eine Hand in seinen Nacken, um ihn dichter an sich zu ziehen. Es dauerte nicht lang, dann rutschte sie auf der Couch in eine liegende Position.

Er schmeckte so gut nach Wein und Mann. Sie wusste nicht, wann sie zuletzt einen so schönen Kuss erhalten hatte. Es musste lange her sein.

Die Couch war breit, und Franklin drehte sich zur Seite

und zog sie mit, so spürte sie nicht sein volles Gewicht auf ihrem Körper, obwohl sie sich ganz nah waren. Er streichelte ihren Rücken, und irgendwann rutschte seine Hand unter ihr Shirt und berührte ihre nackte Haut, wovon sie eine Gänsehaut bekam.

»Es ist so schön, dich zu berühren«, raunte er an ihren Lippen.

Amelie war nicht in der Lage, ihm zu antworten. Sie genoss diese Berührungen und hatte Angst, dass sie enden würden. Sie zerrte an seinem Shirt, doch als sie es ihm über den Kopf ziehen wollte, hielt er sie auf.

»Warte, Amelie. Wir sind keine Teenager mehr. Wenn wir weitermachen, wissen wir beide, wie es enden wird. Die Frage ist, ob wir es beide wollen.« Er sah sie ernst an.

»Du willst es also nicht«, schlussfolgerte sie und rutschte von der Couch, um aufzustehen. »Bitte entschuldige. Du hast recht, ich habe nicht nachgedacht. Wir sollten diese Linie nicht überschreiten.«

Entnervt stöhnte Franklin auf und kämmte sich mit den Händen das Haar aus der Stirn. »Du verstehst mich falsch. Ich möchte es, aber wir sollten uns der Konsequenzen bewusst sein. Ich bin kein Mann, der sich auf Spielchen einlässt. Wenn ich etwas will, dann ganz und gar. Ich habe keine One-Night-Stands, dafür bin ich nicht der Richtige.«

»Aber du denkst, dass ich die Frau dafür bin?«, rief sie lauter als beabsichtigt.

»Nein, das habe ich so nicht gesagt. Warum werde ich den Eindruck nicht los, dass du dich mit mir streiten willst?«

»Das will ich doch gar nicht. Franklin, ich denke, du hast recht, wir sollten das hier beenden, bevor es zu weit geht. Du bist ein Gast in meinem Hotel, und ich sollte das nicht ausnutzen. Es tut mir leid, dass ich es überhaupt so weit habe kommen lassen.«

»Du bereust es also doch. Gibt es eventuell doch einen anderen Mann in deinem Leben?« Franklin erhob sich und trat auf sie zu.

»Nein, natürlich nicht. Glaubst du, ich würde dich anlügen? Hältst du mich für so unehrlich?« Sie hatte keine Ahnung, warum dieses Gespräch in eine völlig falsche Richtung verlief. Das alles hier war keine gute Idee. Wie hatte sie sich nur dazu hinreißen lassen können?

»Ich glaube eher, dass du mich absichtlich falsch verstehen willst. Wenn es dir nicht gefallen hat, dass ich dich geküsst habe, hättest du nur ein Wort sagen müssen.« Er schien tatsächlich verärgert zu sein.

Amelie seufzte laut auf. »Das ist alles so absurd. Keine von deinen Vermutungen entsprechen der Wahrheit. Ich habe dich sehr gerne geküsst, ich bin einfach durcheinander und habe so etwas schon lange nicht mehr erlebt.«

»Was bringt dich denn so durcheinander?«, rief Franklin belustigt, was Amelie wirklich wütend machte.

»Vielleicht, dass dein Großvater und meine Großmutter einmal ein Liebespaar waren!«, verriet sie lautstark. Sofort schlug Amelie die Hände vor den Mund.

Verdammt!

Verdammt!

Verdammt!

Warum war ihr das jetzt herausgerutscht? Sie hatte das doch für sich behalten sollen. Wie konnte ihr nur so ein Fehler passieren? Sie hatte es Georg doch versprochen.

»Wie bitte?« Franklin blinzelte, als würde er gerade erst erwachen.

»Bitte vergiss, was ich gesagt habe«, sagte sie schnell, doch sie wusste, dass sie damit keinen Erfolg haben würde. Franklin hatte sie sehr gut verstanden und würde seine Schlüsse ziehen. Sie konnte nur hoffen, er würde sie nicht verraten.

»Warum soll ich es vergessen?« Franklin stemmte die

Hände in die Hüften, und sein Shirt spannte über der breiten Brust.

»Weil ich Georg versprochen habe, es für mich zu behalten. Wie du siehst, bin ich darin äußerst zuverlässig«, sagte sie ironisch. »Es tut mir so leid. Wie konnte mir das nur rausrutschen?« Sie schüttelte den Kopf über sich selbst.

»Würdest du mir die ganze Geschichte erzählen?«

»Nein, das darf ich nicht. Ich meine, es ist die Geschichte unserer Großeltern, und ich kenne sie noch nicht mal richtig. Ich weiß nur, dass Georg Ruth erkannt hat. Sie hat mir erzählt, dass sie früher mit einem Georg befreundet war, aber ich wusste ja nicht, dass es sich dabei um deinen Großvater handelte. Ruth hält sich bisher sehr bedeckt, aber das ist ihre Art, wenn sie nicht Herrin der Lage ist.« Ihr wurde regelrecht übel. »Bitte verrate mich nicht an Georg. Er wäre sicher enttäuscht von mir.« Ihr Herz klopfte heftig in ihrer Brust.

»Du hast wirklich ein Talent dafür, dich in unmögliche Situationen zu bringen. Natürlich werde ich dich nicht verraten«, sagte er und trat einen weiteren Schritt auf sie zu. »Aber ich habe eine Forderung.«

»Was kommt denn jetzt?«

»Lass mich deine Buchhaltung übernehmen, ich werde mich darum kümmern. Denk an unsere Verabredung morgen Abend, ich hole dich ab.« Ohne auf eine Antwort zu warten, ging er zur Tür und verschwand ohne ein weiteres Wort.

»Na prima«, murmelte Amelie, nachdem die Tür ins Schloss gefallen war. Er war ein Gast, und sie hatte bereits eine Grenze überschritten. Ob es so eine gute Idee war, noch weiterzugehen?

17. Kapitel

Amelie spürte die Hände von Leopold Mühlhaus an ihrem Po und fühlte sich mehr als unwohl. Sie drehte sich zu ihm, trat einen Schritt zurück, nahm ihm so die Möglichkeit, sie weiter zu berühren.

»Du musst dir einen besseren Halt suchen«, erklärte er ihr. »Sonst wirst du immer wieder runterfallen. Sei froh, dass ich dich sichere.« Er tat ganz cool, doch ihr war klar, dass er es nur darauf anlegte, sie anzufassen, was ihr mehr als unangenehm war.

Sie lächelte Leopold unsicher an und wünschte, dieser Vormittag wäre schon vorbei. Mehr als ein Mal bereute sie es, diesem Treffen überhaupt zugesagt zu haben. Sie wünschte sich überall hin, nur nicht hier zu sein.

Leopold hatte sie abgeholt und war sehr charmant gewesen, doch egal, was er sagte oder tat, alles fand Amelies Missfallen. Sie wollte einfach keine Zeit mit ihm verbringen. Er machte eine gute Figur beim Klettern, war flink und sicher in seinen Bewegungen, doch Amelie ging der Kuss, den sie mit Franklin ausgetauscht hatte, einfach nicht aus dem Kopf. Er hatte sie die ganze Nacht wachgehalten, und dementsprechend hatte sie am Morgen verschlafen. Nun musste sie, müde und abgelenkt, wie sie war, freundlich zu Leopold sein, was ihr wirklich schwerfiel.

»Hast du eigentlich noch mal über den Verkauf des Hauses nachgedacht?«, fragte er plötzlich aus dem Nichts, während er seine Hände mit Magnesium einrieb. Er konnte so schnell umschalten, dass ihr ganz schwindelig wurde.

»Nein, ich sagte doch schon, es kommt weder für mich

noch für meine Großmutter infrage. Wir werden uns nie von dem Gebäude trennen«, setzte sie noch hinzu. Sie hoffte, dass er nun Ruhe geben würde.

»Und wenn ihr müsst?« Er sah sie nicht an, sondern die Wand hinauf, an der er gleich hochklettern würde. Das hier war also mehr als nur eine einfache Sporteinheit.

Amelie wusste nicht, ob Leopold das ernst meinte oder ihr bloß Angst machen wollte. Sie entschied sich dafür, keine zu zeigen.

»Ich wüsste nicht, welches Szenario entstehen müsste, damit es so weit kommt.«

»Sicherst du mich?«, fragte Leopold, hakte seine Sicherungsleine ein und reichte ihr das Zugseil, mit dem sie ihn vor einen Absturz bewahren konnte. Ohne auf ihre Antwort einzugehen, begann er mit dem Aufstieg. Er hielt sich nur mit den Fingerspitzen fest und kletterte in einem enormen Tempo die Wand hinauf.

Amelie war unfreiwillig beeindruckt, doch das würde sie nie zugeben. Für eine Sekunde dachte sie daran, dass sie auch einfach loslassen könnte. Wenn er abstürzte, dann …

Sofort verbot sie sich solche Gedanken. Das wäre fahrlässig und so etwas wie ein Mordanschlag. Wie kam sie nur auf so etwas? Sie war nicht so verzweifelt, dass sie zu diesen Mitteln greifen würde. Ihre Hände klammerten sich fester um das Seil, nicht dass noch etwas passierte. Sie schaute wohl zu viele True-Crime-Storys im Fernsehen, was zu ihren Feierabendaktivitäten gehörte und sich langsam zu einer Sucht entwickelte. Ein Glück, dass sie in den letzten Wochen keine Zeit dazu gehabt hatte.

Es stellte sich heraus, dass Leopold ein geübter Kletterer war, der ihre Hilfe gar nicht benötigte und sicher wieder herunterkam. Amelie atmete erleichtert auf. »Das war gut«, erklärte sie. Man brauchte es mit dem Lob ja nicht zu übertreiben. Er wusste, dass er gut darin war, sie musste sein Ego nicht noch weiter aufblasen.

»Willst du noch mal hoch?«, fragte Leopold und blickte zur Wand.

Amelie schaute zu der großen Uhr, die über der Hallentür angebracht war. »Es tut mir leid, aber ich muss langsam zurück. Meine Großmutter hat heute etwas vor und ich ebenfalls.« Entschuldigend sah sie ihn an.

»Schade, ich hätte dich gerne noch mal von hier unten beobachtet.« Sollte das eine Anspielung sein, so ließ er es sich nicht anmerken. Er lächelte bloß, und sie verdrehte innerlich die Augen.

»Ja, aber leider nicht zu ändern. Ich werde mich dann mal umziehen gehen.« Schnell lief sie in Richtung der Umkleideräume, als würde sie vor ihm flüchten. Dieser ganze Ausflug stand unter keinem guten Stern. Sie hätte von Anfang an ablehnen sollen.

Eine halbe Stunde später saß sie neben Leopold im Wagen und ließ die Landschaft an sich vorbeiziehen. Der Himmel erstrahlte in einem hellen Blau, was in den letzten Tagen selten vorgekommen war. Die meisten Tage waren trübe, und es wurde schnell dunkel. Das schlug auf das Gemüt.

»Wollen wir heute Abend essen gehen?«, fragte Leopold und schaltete das Radio an, aus dem leise Musik drang.

»Hör mal, Leopold. Es war sehr nett, dass du mich heute eingeladen hast, aber glaub mir, es hat keinen Sinn, dass wir uns weiter treffen. Es gibt da bereits jemanden in meinem Leben«, sagte sie schnell, auch wenn es nicht der Wahrheit entsprach. Doch wie sollte sie ihm erklären, dass es einen Mann gab, der sie zur Weißglut brachte, aber auch ihr Herz höherschlagen ließ? Sie hatte in der Nacht von Franklin geträumt, und ihr war klar, dass sie noch nicht fertig mit ihm war. Und er anscheinend auch nicht mit ihr. Auch wenn nichts aus ihnen werden würde, Leopold war einfach nicht ihr Typ, und das musste sie ihm klarmachen, ohne ihn vor den Kopf zu stoßen. Was keine leichte Aufgabe war.

»Aber das macht doch nichts, wir können doch trotzdem etwas essen gehen.« Er gab einfach nicht auf. Wenn sie etwas für ihn empfunden hätte, wäre sie von seiner Hartnäckigkeit vielleicht geschmeichelt gewesen.

»Nein, Leopold, das können wir nicht. Ich möchte mich nicht mit einem Mann treffen, wenn mein Herz einem anderen gehört.« Sie kreuzte heimlich ihre Finger. Was sollte sie denn noch sagen, damit er es endlich verstand?

»Ich glaube, du verstehst deine Lage nicht, Amelie. Dir bleibt nichts anderes übrig, wenn du dich nicht von deinem Haus trennen willst. Wenn die Raten nicht gezahlt werden, muss ich den Vertrag kündigen, gerichtlich gegen dich vorgehen, und dann wird das Haus zwangsversteigert. Es wäre wirklich das Beste, wenn du es von vornherein verkaufst. So holst du das Bestmögliche heraus. Du solltest auf mich hören. Immerhin kenne ich mich aus.«

Das klang sehr von oben herab. Amelie hatte zwar keine Ahnung, was ihre Verabredung mit dem Verkauf des Hauses zu tun hatte, fragte aber nicht nach, weil es ihr egal war. Sie würde weder ihre Großmutter dazu verleiten, das Haus zu verkaufen, noch das Hotel zu schließen. Und sie würde schon gar nicht mit ihm essen gehen.

»Du magst dich vielleicht auskennen, das ändert jedoch nichts an meiner Meinung. Es tut mir leid, ich bin heute Abend bereits zum Essen verabredet. Wenn ich ehrlich sein soll, werde ich auch in Zukunft keine Zeit haben. Ich habe ein Hotel zu führen und muss mich um meine Großmutter kümmern. Ich hatte in München eine Beziehung, aus der ich eine Menge gelernt habe.« Sie hoffte, dass dies nun endlich deutlich genug war.

»Dann ist das hier eine eiskalte Abfuhr?«, fragte Leopold und blickte sie ungläubig an.

»Wenn du es so sehen willst, dann ja. Es tut mir leid, Leopold, aber aus uns wird ganz sicher kein Paar.« Auf einmal fiel es ihr leicht, ein deutliches Nein auszusprechen.

Sie sah, wie Leopold die Lippen fest aufeinanderpresste und wie seine Hände das Lenkrad so fest umklammerten, dass die Knöchel weiß hervortraten.

»Es ist deine Beziehung aus München, nicht wahr? Du bist also immer noch nicht über ihn hinweg. Nun, das tut mir leid.«

Er fuhr endlich von der Autobahn ab, und es dauerte nicht lange, da hielt er in der Nähe des Hotels. In die Fußgängerzone konnte er mit dem Wagen nicht hineinfahren.

»Danke, Leopold, für den schönen Vormittag«, sagte Amelie, um ihn nicht einfach so zu verlassen.

»Du wirst dir noch wünschen, du hättest auf mich gehört«, brachte er leise hervor.

Sie langte nach dem Türgriff, hielt dann aber inne. »Soll das eine Drohung sein?«

Er schüttelte den Kopf und sah sie an. »Nein, es ist nur ein Hinweis. Du wirst noch an meine Worte denken und dir wünschen, du hättest mich nicht so einfach abserviert.«

»Ich serviere dich nicht ab, denn ich habe nie Interesse an dir gezeigt. Ich dachte, wir könnten Freunde werden, aber da muss ich mich wohl geirrt haben.«

»Falsch, ich bin derjenige, der sich geirrt hat. Du hast mir von Anfang an Avancen gemacht. Das war nicht fair von dir, daher werde ich auch nicht fair zu dir sein, Amelie. Mit Frauen wie dir kenne ich mich aus, ich war mit einer verheiratet.«

Amelie traute ihren Ohren nicht. Was redete er denn da? Hatte er den Verstand verloren? Sie war froh, dass sie bereits neben dem Hotel angekommen waren. Langsam bekam sie Angst vor ihm.

»Mach's gut, Leopold. Du wirst sicher bald eine Frau finden, die für eine Beziehung bereit ist. Ich bin es nicht«, sagte sie, stieg schnell aus und warf die Tür zu, nachdem sie ihre Tasche an sich genommen hatte. Hart atmete sie aus. Leopold gehörte wohl zu den Männern, die mit einer Zurückweisung nicht zurechtkamen.

Mit durchdrehenden Reifen fuhr er davon, ohne ihr einen weiteren Blick zuzuwerfen.

Was für ein Idiot. Amelie blickte ihm hinterher und schüttelte den Kopf. Sie sollte dieses Gespräch so schnell wie möglich einfach vergessen. Mit schnellen Schritten steuerte sie direkt auf das Hotel zu. Erst als sie die Tür hinter sich schloss, fühlte sie sich in Sicherheit und holte Luft.

18. Kapitel

»Guten Morgen, Georg.« Franklin nahm gegenüber seinem Großvater Platz und stellte den Teller auf den Tisch, den er sich am Büfett gefüllt hatte.

»Franklin! Wie hast du geschlafen?«, wollte Georg wissen und trank von seinem Kaffee.

»Danke, sehr gut. Und du? Wie geht es dir?«

»Mir geht es sehr gut, mein Junge. Ich brauche nur eine weitere Tasse Kaffee.« Er wollte sich erheben, doch Franklin war schneller und nahm ihm die Tasse ab.

»Lass mal, ich muss mir auch einen Kaffee holen und bringe dir gleich einen mit.«

Schnell füllte er an der Bar beide Tassen und brachte sie zurück zum Tisch. Sie saßen allein im Frühstücksraum. Die anderen Gäste waren entweder noch nicht aufgestanden oder bereits unterwegs. Franklin tippte auf die zweite Alternative, weil es mittlerweile elf Uhr war. Für seine Verhältnisse war Georg auch spät dran. Aber der Tag gestern war sehr anstrengend gewesen. In jeglicher Hinsicht. Auch Franklin war noch müde.

»Du hast lange geschlafen«, sagte Georg, »war es ein ereignisreicher Abend?«

Franklin verschluckte sich an dem Kaffee, den er gerade trank. »Verflucht, ist der heiß«, murmelte er und wischte sich mit einer Serviette den Mund ab. »Nein, ich war nur müde.« Er erwähnte nicht, dass er den Abend bei Amelie verbracht hatte. Vor allem nicht, dass sie sich gestritten hatten.

»Du wirst langsam alt, mein Junge. Wer hätte das gedacht? Aber ich gebe zu, der Tag gestern war wirklich anstrengend.

Trotzdem freue ich mich auf den Ausflug morgen nach Würzburg. Es ist lange her, seit ich die Stadt gesehen habe.«

»Sag mal, Georg, als du hier gelebt hast, hattest du viele Freunde? Vielleicht leben ja noch einige, und wir könnten sie besuchen.« Franklin hatte nicht vor, Amelie zu verraten, doch es konnte nicht schaden, unauffällig nachzuhorchen, auch wenn er damit im Trüben fischte.

»Ich denke nicht, und wenn, dann kann ich mich an die Namen nicht mehr erinnern. Meine Schwester, also deine Großtante, starb, kurz nachdem ich Deutschland verlassen hatte«, gab er preis.

Franklin setzte seinen Becher auf der Untertasse ab. »Du hattest eine Schwester? Warum hast du nie von ihr erzählt?« Damit hatte Franklin nicht gerechnet.

Nachdenklich hob Georg die Schultern. »Sie ist bei einem Unfall ums Leben gekommen. Meine Mutter hat immer mir die Schuld an ihrem Tod gegeben, weil ich weggegangen bin. Ilse hat sehr darunter gelitten, wir standen uns sehr nah. Nach ihrem Tod hatte meine Mutter nicht nur ein, sondern gleich zwei Kinder verloren. Das hat sie nicht verkraftet und musste jemandem die Schuld daran geben. Ich weiß auch nicht, es tat weh, an meine Schwester, an meine ganze Familie zu denken. Vielleicht habe ich deshalb nie etwas gesagt.«

»Und irgendwann hast du sie vergessen?«, wollte Franklin wissen.

»Nein, nicht vergessen. Wohl eher verdrängt. Ich will ihre Gräber in den nächsten Tagen besuchen«, erklärte Georg bestimmt.

»Glaubst du, dass sie nach all der Zeit noch bestehen?«

Georg nickte. »Ja, ich habe einen Anwalt beauftragt, sich darum zu kümmern. Meine Familie hat hier eine Gruft, in der ich auch beerdigt werden will, wenn meine Zeit gekommen ist.«

»Na, das wird ja wohl noch einige Zeit dauern.« Franklin

sprach nicht gerne über den Tod. Schon gar nicht mit Georg. Er wusste, dass sein Großvater mit achtundsiebzig bereits ein hohes Alter erreicht hatte, wollte jedoch nicht an dessen Ende denken. Trotzdem schlug er vor: »Ich würde dich gerne auf den Friedhof begleiten, wenn es dir recht ist.«

»Das wäre sehr nett, mein Junge.«

»Und gibt es sonst noch jemanden, den du hiergelassen hast, als du Rothenburg verlassen hast?«, bohrte er weiter nach. Er wollte von Georg hören, was Amelie ihm erzählt hatte.

»Sag mal, hast du mit Amelie gesprochen?«, fragte Georg irritiert nach.

Schnell schüttelte er den Kopf. »Also gestern Abend schon, aber wir haben über das Hotel und ihre Schwierigkeiten gesprochen«, erzählte er leise.

»Schwierigkeiten? Du meinst, das Hotel steckt in einer Krise?«

»Du hast doch diesen Kerl von der Bank erlebt. Ich denke, er hat nichts Gutes im Sinn, und ich werde Amelie davor bewahren, einen Fehler zu begehen.«

Georg biss nachdenklich in sein Brötchen. »Du meinst, du wirst ihm die Freundin ausspannen?«

»Amelie ist nicht seine Freundin, ganz im Gegenteil. Er ist ein fieser Kerl, den sie loswerden will.«

»Aber ich habe vorhin beobachtet, wie er sie abgeholt hat. Sie hatte eine Tasche dabei.«

»Ja, weil er sie drängt, mit ihm Klettern zu gehen. Wenn du mich fragst, ist dieser Kerl kriminell.«

Ein leichtes Lächeln glitt über Georgs Züge. »Du magst das Mädchen. Du brauchst es gar nicht abzustreiten. Ich habe ein Gespür dafür, und ihr beiden passt sehr gut zusammen. Es würde mich freuen, wenn du endlich mal wieder ein nettes Mädchen kennenlernst.«

Plötzlich kam Ruth in den Raum und schaute nach, ob

noch genug Kaffee und Tee vorhanden waren. Sofort verstummte Georg.

»Guten Morgen, meine Herren. Ich hoffe, Sie hatten eine gute Nacht«, rief sie freundlich.

»Ja, vielen Dank, Ruth. Ich hoffe, Sie sind morgen bei unserem Ausflug dabei«, gab Franklin zurück.

»Es gibt leider nicht genug Plätze im Bus«, erklärte Ruth und trat einen Schritt näher, darauf bedachte, einen gewissen Abstand einzuhalten, als würde sie die Nähe von Georg meiden wollen.

»Darum werde ich mich heute kümmern. Ich rechne mit Ihnen, Ruth«, rief Franklin freundlich, nachdem sie sich schon wieder auf den Weg ins Büro gemacht hatte.

»Es hat den Anschein, als könnte sie mich nicht leiden«, kommentierte Georg ihr Verhalten.

»Vielleicht liegt es ja daran, dass du sie verlassen hast.« Franklin hatte nicht vorgehabt, so direkt zu sein, doch es war klar, dass sein Großvater nicht von allein mit der Sprache herausrücken wollte.

Georg wurde weiß wie die Wand hinter ihm. »Du hast also doch mit Amelie gesprochen«, sagte er sehr leise.

Schnell schüttelte Franklin den Kopf. Er wollte Amelie nicht verraten, also musste er sich schnell etwas einfallen lassen. »Nein, ich habe … euch gehört«, sagte er, ein Schuss ins Blaue.

»Bei dem Stand auf dem Weihnachtsmarkt gestern? Ich habe mir schon so etwas gedacht. Ja, Ruth ist die Frau, die ich geliebt habe und heiraten wollte, bevor ich in die Staaten ging. Sie sollte mit mir nach Amerika gehen, doch sie war noch nicht volljährig und wollte ihre Eltern nicht allein zurücklassen. Sie hat mir versprochen, mir zu schreiben. Ich habe ihr unzählige Briefe geschickt, aber nie eine Antwort erhalten. Ich muss sie schwer verletzt haben, wenn man nach ihrem jetzigen Verhalten geht.«

»Du glaubst, sie hat dich erkannt?«

»Ich glaube schon. Aber sicher bin ich mir nicht«, gab Georg zu.

»Warum sprichst du sie nicht einfach darauf an? Vielleicht ist es einfach nur ein Schock für sie. Ruth wusste ja nicht, dass du plötzlich vor ihr stehen würdest. Ein ehrliches Wort bewirkt manchmal Wunder.«

Georg lachte leise. »Ich bin kein junger Mann wie du. Ich kann sie doch nicht einfach so ansprechen. Sechzig Jahre kann man nicht mit einem kleinen Hallo fortwischen. Es bedarf genauer Planung.« Er hatte sich vorgebeugt und sprach so leise, als würde es sich hier um eine Geheimsache handeln.

»Gut, dann plane du mal, und ich werde versuchen, für morgen einen Elfsitzer zu besorgen. Ich habe nicht viel Vertrauen in den VW-Bus, der vermutlich älter ist als alles, was hier so auf den Straßen herumkurvt. Im Übrigen bin ich heute Abend mit Amelie zum Essen verabredet. Ist das für dich in Ordnung? Kommst du allein klar?«

Ein Lächeln flutete das Gesicht seines Großvaters. »Natürlich. Ich werde mir ein paar Kartoffelpuffer auf dem Weihnachtsmarkt besorgen und auf meinem Zimmer essen. Dann kann ich mir das Footballspiel ansehen, das ich gestern aufgenommen habe. Ein ruhiger Tag wird mir guttun, so bin ich für morgen wieder fit.«

»Na, dann bist du ja bestens versorgt.«

*

»Ihr Vierzehn-Uhr-Termin wartet bereits in Ihrem Büro, Herr Mühlhaus«, hörte Franklin die Sekretärin sagen. Kurz darauf öffnete sich die Tür, die bisher nur angelehnt gewesen war, und der Banker betrat den Raum.

»Guten Tag! Ich bin Leopold Mühlhaus, der Leiter dieser

Filiale. Sie möchten ein Konto eröffnen und einen größeren Betrag einzahlen, Herr …?« Mühlhaus reichte ihm die Hand.

»Franklin Scott ist mein Name«, erklärte er und erhob sich kurz. Er hatte sich in einen Anzug geschmissen, den er erst am Vormittag gekauft hatte. Dazu ein weißes Hemd und Lederschuhe. Die Idee war ihm gekommen, als er an das Abendessen mit Amelie dachte. Er wollte sie nicht mit Jeans und Holzfällerhemd ausführen, obwohl es ihr bestimmt egal war. Ihm aber nicht. Sie sollte sich nicht für ihn genieren. Und er wollte zeigen, dass er auch in einem Anzug eine gute Figur machen konnte.

»Herr Scott, sie stammen aus den Staaten?«, fragte Leopold irritiert.

»Ja, dort wurde ich geboren, ich lebe aber bereits seit einigen Jahren in Deutschland«, erklärte Franklin in freundlichem Ton. Mühlhaus schien ihn wohl nicht wiederzuerkennen, obwohl sie sich bereits begegnet waren und diese Begegnung nicht freundlich geendet hatte. Er hatte aber auch einiges getrunken gehabt.

»Darf ich fragen, warum Sie in Rothenburg ein Konto eröffnen wollen?« Er sah ihn freundlich an, doch diese Neugier machte ihn nicht unbedingt sympathisch.

Franklin sah sich kurz im Zimmer um. Während er hier gesessen hatte, waren ihm an einem Whiteboard einige Prospekte aufgefallen, in denen Wohnungen angepriesen wurden.

»Ich habe vor, mich hier niederzulassen, und bin auf der Suche nach einer Wohnung. Ich will etwas Eigenes, also kaufen, nicht mieten. Das Geld soll für die Anzahlung dienen.«

Leopold Mühlhaus nickte zustimmend. »Das ist eine sehr gute Idee. Eine eigene Wohnung kann schnell an Wert gewinnen, gerade in der heutigen Zeit. Sie haben Glück, unsere Bank finanziert ein Bauprojekt, danach werden sich in einigen Jahren viele die Finger lecken. Aber wer zuerst kommt, der mahlt bekanntlich zuerst.« Er lachte gewinnend.

Franklin nickte. »Können Sie mir etwas Genaueres zu diesem Projekt erzählen?«

»Nun, eigentlich ist es noch geheim, wir sind gerade erst in der Planung, aber es ist ja nicht so, als müssten die Häuser dafür erst gebaut werden. Sie sind schon da. Weil Sie es sind, Herr Scott, kann ich Ihnen bereits einige Details verraten. Es geht um eine Häuserzeile in der Fußgängerzone. Wir haben bereits alle wichtigen Gebäude in einer Reihe aufgekauft. Es fehlt nur noch das Filetstück, doch das werden wir auch noch bekommen, daran habe ich keinen Zweifel. Die Häuser werden kernsaniert, von außen darf nichts verändert werden, weil sie unter Denkmalschutz stehen. Aber die Wohnungen werden nach den neusten Standards ausgestattet. Sie werden begeistert sein. Das wird allerdings nicht günstig. Wie viel dachten Sie, für eine Wohnung anzusetzen?«

Franklin wusste, dass eine Wohnung in bevorzugter Lage je nach Größe durchaus mehrere Millionen kosten konnte. »Nun, ich habe einen siebenstelligen Betrag zur Verfügung«, sagte er und wurde nicht einmal rot dabei. Es entsprach der Wahrheit.

Er sah das wölfische Grinsen von Mühlhaus, der ein großes Geschäft witterte. »Damit werden Sie sich eine der besten Wohnungen sichern können. Haben Sie schon eine Vorstellung, wie groß ihre Wohnung sein soll?«

Franklin zuckte mit den Schultern. »Es kommt darauf an, ob meine Freundin sich dazu entscheidet, mit mir zusammenzuziehen. Aber ich gehe von ungefähr hundert Quadratmetern aus, so wäre auf jeden Fall Platz für ein Kinderzimmer.«

»Sie sagen es, man sollte immer an die Zukunft denken. Darf ich dann ein Konto für Sie eröffnen, Herr Scott?«

»Zuerst hätte ich gern ein paar Informationen über die Konditionen. Wenn Sie vielleicht etwas Schriftliches für mich hätten?«

»Aber sicher doch.« Mühlhaus sah einen Haufen Unterlagen durch, die auf seinem Schreibtisch lagen, wurde aber nicht fündig. »Moment bitte, ich hole Ihnen einen Vertrag.« Er erhob sich und ging hinaus zu seiner Assistentin.

Die Zeit nutzte Franklin, um sich einen Flyer vom Board zu schnappen und ihn schnell in die Innenseite seiner Jackentasche zu stecken.

»So, hier haben wir es. Dort finden Sie unsere Konditionen. Ich bin mir sicher, dass Sie bei keiner anderen Bank bessere finden werden.« Mühlhaus' Überheblichkeit machte ihn nicht gerade sympathisch.

»Danke, ich werde mich melden, sobald ich die Angebote verglichen habe«, versprach Franklin und erhob sich, um Mühlhaus die Hand zu reichen.

»Sie können natürlich auch eine der Wohnungen kaufen, wenn Sie kein Kunde unserer Bank sind, allerdings könnte ich Ihnen einen kleinen Rabatt einräumen.« Er sprach so leise, als würde es sich um ein Staatsgeheimnis handeln.

»Das ist wirklich sehr zuvorkommend. Ich werde mir Ihren Namen merken, Herr Mühlhaus.«

»Immer wieder gern.« Mühlhaus brachte es tatsächlich fertig, sich leicht zu verbeugen. Dann verengte er die Augen. »Sagen Sie, sind wir uns nicht schon mal begegnet? Sie kommen mir so bekannt vor. Ich weiß nur nicht, woher.«

»Nein, nicht dass ich wüsste«, überlegte Franklin laut und schüttelte den Kopf.

»Aber ihr Gesicht vergisst man nicht so leicht. Ich muss mich wohl täuschen.«

Was war er doch für ein Speichellecker, ging es Franklin durch den Kopf. Wenn Amelie seinen Auftritt nur erlebt hätte. Sie würde ihm vermutlich gehörig den Kopf waschen. Er war froh, dass er hier vorbeigeschaut hatte. Eines war klar, bei dieser Bank würde er mit Sicherheit niemals ein Konto eröffnen, darüber brauchte er gar nicht nachzudenken.

Mit einem Lächeln auf den Lippen verließ Franklin das

Gebäude und machte sich auf den Weg zur Autoverleihung. Er hatte online bereits einen Wagen reserviert, nun musste er ihn nur noch abholen.

19. Kapitel

Amelie hatte auf dem Christkindlesmarkt etwas Weihnachtsdeko erstanden und dekorierte einige Zweige, die in der Halle in einer großen Vase standen, mit kleinen Holzengeln und Feenhaar.

»Das sieht sehr schön aus.«

Sie drehte sich um und erblickte ihre Großmutter, die hinter dem Tresen stand. Sie hatte sie gar nicht gehört. »Findest du? Ich konnte gestern nicht daran vorbeigehen. Die kleinen Engel aus Holz sehen so süß aus.« Sie blickte sich im Empfangsraum um, den sie schon vor zwei Wochen weihnachtlich geschmückt hatte. In den Zweigen hingen kleine Lichterketten, über dem Eingang hatte sie den üblichen Mistelzweig aufgehängt. Er gehörte einfach dorthin, sie mussten ihrem Hotelnamen schließlich alle Ehre machen. Auf dem Tresen stand eine Amaryllis in einem wunderschönen Rot. Ihre Blüte hatte sich gerade erst geöffnet. Die Pflanze gehörte zu ihren Lieblingen, und sie hatte auch eine für ihre Wohnung gekauft.

»Sag mal, Amelie, ich habe heute mit Franklin gesprochen. Er hat etwas davon erzählt, dass ich morgen mit nach Würzburg fahren soll?«

»Wann hast du ihn gesehen?«, rief Amelie überrascht.

»Heute Morgen beim Frühstück. Er hat mit seinem Großvater zusammengesessen.«

»Aha, und hast du dich auch mit Georg unterhalten?«

Sofort verdunkelte sich Ruths Blick. »Nein, warum sollte ich?«, entgegnete sie schnippisch.

»Weil er ein Gast in unserem Haus ist.« Amelie verstand nicht, warum Ruth sich so anstellte.

Wie immer wandte sich ihre Großmutter ab und ging in die Küche. Das war Amelie ganz recht, so konnte niemand ihr Gespräch belauschen. Sie schloss die Schiebetür, die auf Augenhöhe ein kleines rundes Fenster hatte, damit man sehen konnte, wenn jemand am Empfang stand.

»Ich will aber nicht mitfahren«, erklärte Ruth hitzig. »Was soll ich denn da?«

»Du kannst dich um unsere Gäste kümmern. Niemand kennt sich auf den Weihnachtsmärkten besser aus als du, Ruth. Wann springst du endlich über deinen Schatten und redest mit Georg?«

»Pah! Was soll ich ihm denn sagen?« Sie verschränkte die Arme vor der Brust, und Amelie hatte das Gefühl, ein trotziger Teenager stände vor ihr.

»Vielleicht erst mal, dass du ihn erkannt hast, das wäre doch schon mal ein guter Anfang. Ich bin mir sicher, dass es Georg sehr freuen würde. Bist du dir denn sicher, dass es dein Georg ist?«, fragte Amelie und biss sich auf die Unterlippe. Diese Art von Scheinheiligkeit war sonst nicht ihre Art.

»Ja, ich bin mir ganz sicher. Daran gibt es keinen Zweifel. Aber warum soll ich den Anfang machen? Ich bin nicht von hier weggegangen, das war er, und er hat mich zurückgelassen. Ich weiß gar nicht, was er jetzt hier will. Er hätte ja auch mir sagen können, dass er mich erkannt hat.«

»Dann ist dir aber sicherlich auch klar, dass er wegen dir zurückgekehrt ist. Das sieht doch ein Blinder. Du solltest es ihm nicht so schwer machen. Ihr hattet beide eure Leben, und jetzt hat euch das Schicksal wieder zusammengeführt. Ihr habt euch doch mit Sicherheit eine Menge zu erzählen.« Amelie legte eine Hand auf die Schulter ihrer Großmutter. »Ich weiß, dass du gerne wegläufst, wenn dir etwas unangenehm ist. Aber es ist nur ein kleiner Schritt, auf jemanden zuzugehen und ihm die Hand zu reichen. Du bist nicht der kaltherzige

Mensch, den du uns hier vorspielst. Ich kenne dich gut genug, um das zu wissen.«

Ruth seufzte.

»Bitte fahre morgen mit uns mit. Es wird dir Spaß machen. Wir werden einen schönen Tag verbringen. Ich werde Birgit fragen, ob sie den Empfang übernehmen kann, solange wir weg sind.« Birgit war eine der Aushilfen, eine alleinerziehende Mutter von zwei Kindern, die tagsüber in der Schule waren, und hatte angedeutet, dass sie gerne mehr arbeiten würde, besonders in der Weihnachtszeit, weil sie das Geld gut gebrauchen konnte.

»Ist Birgit denn zuverlässig?«, wollte Ruth wissen.

»Du weißt, dass sie das ist. Sie arbeitet bereits seit zwei Monaten für uns, und es gab nie Beschwerden. Ich werde gleich mal mit ihr sprechen.«

»Sie putzt gerade die 201. Das Doppelzimmer der Johannsens. Sie haben länger geschlafen und sind nun zu einer Stadterkundung aufgebrochen.«

Amelie nickte. »Gut, ich bin übrigens heute Abend zum Essen verabredet, nur damit du Bescheid weißt.«

»Mit diesem Leopold?«, rief Ruth aufgebracht.

Amelie schüttelte lächelnd den Kopf. »Nein, ich denke, dass mit Leopold hat sich erledigt. Er wird sich nicht mehr bei mir melden. Außer wenn er uns den Kredit kündigen will, aber das werde ich zu verhindern wissen. Ich habe ihm klargemacht, dass es keinen Sinn hat, dass wir uns weiterhin treffen. Er ist nicht der Mann, mit dem ich Zeit verbringen will, das habe ich ihm sehr deutlich erklärt. Er war über diese Zurückweisung nicht sonderlich erfreut, aber es ist nicht zu ändern.«

»Dann bin ich ja beruhigt. Mit wem wirst du dann heute Abend deine Zeit verbringen?«, wollte Ruth neugierig wissen.

»Ich habe Franklin zum Essen eingeladen, als Dank dafür, dass er sich um den Bus gekümmert hat.«

Ruth lächelte milde. »Soso. Das ist sehr freundlich von dir.« Sie zwinkerte ihr zu.

Amelie grinste ebenfalls. »Ja, das finde ich auch. Soll ich dir etwas zum Abendessen kochen?«

Ihre Großmutter winkte ab. »Nein, das ist nicht notwendig. Ich werde mir heute Abend ein paar Kartoffelpuffer auf dem Weihnachtsmarkt besorgen. Das reicht mir.«

*

Amelie stand vor dem Kleiderschrank und wusste nicht, was sie anziehen sollte. Ein Hosenanzug war vielleicht zu overdressed und förmlich. Rock und Bluse sahen an ihr nicht wirklich schön aus. Dann fiel ihr das Weihnachtskleid aus dem letzten Jahr in die Hände. Ein schwarzes Cocktailkleid und eine Jacke mit halblangen Ärmeln. Der Stoff war seidig und umspielte locker ihre Knie. Wenn sie braune Stiefel dazu trug, zusammen mit einer großen Handtasche in der gleichen Farbe, lockerte es das Bild ein wenig auf. Ja, das war genau das Richtige. Sie ließ ihr Haar offen, das sich nach dem Waschen besonders lockte. Ihre grünen Augen betonte sie mit etwas Lidschatten und Mascara, die Lippen mit einem roten Lippenstift, der zu ihrem Haar passte.

Kurz nach zwanzig Uhr klopfte es an ihrer Tür. Mist! Sie hatte bei der Rezeption auf ihn warten wollen, doch sie war etwas spät dran. Schnell zog sie die Reißverschlüsse ihrer Stiefel zu und nahm den Mantel, zog ihn jedoch noch nicht an. Zum Schluss schnappte sie ihre Handtasche und öffnete die Tür.

»Hallo, Amelie. Ich dachte schon, du hättest unsere Verabredung vergessen.«

Franklin stand vor ihr und atmete erleichtert auf. Sie hätte ihn auf den ersten Blick fast nicht erkannt. Er trug einen feinen anthrazitfarbenen Anzug mit einem schwarzen Hemd und schwarzen Schuhen. Zwar keine Krawatte, aber so gefiel er ihr auch wesentlich besser, da das Hemd am Kragen offen stand. Er hatte sich nicht rasiert, was ihn verwegen wirken ließ. Er sah aus, wie aus einem Modemagazin entsprungen.

Mit einer Hand fuhr er sich durchs Haar. »Wow! Wenn so Weihnachten aussieht, freue ich mich darauf«, sagte er bewundernd.

»Na, du passt hervorragend dazu mit deinem schicken Anzug«, gab sie zurück und schloss ihre Tür ab.

»Den habe ich mir heute extra zugelegt. Ich wollte dich nicht blamieren«, gab er zu, und sie sah eine leichte Unsicherheit in seinen Augen.

»Das könntest du gar nicht. Komm, ich habe einen Tisch im *Michelangelo* reserviert. Ich hoffe, du magst italienisches Essen.«

»Ich bin nicht wählerisch und lasse mich gerne überraschen.«

Er half ihr in den Mantel und kam ihr dadurch ziemlich nah. Der Duft, den er verströmte, war so angenehm, dass sie am liebsten weiter an ihm geschnuppert hätte. Gemeinsam verließen sie das Hotel.

»Wir können zu Fuß gehen, es ist nicht sehr weit«, erklärte Amelie und deutete Richtung Westen.

»Dann können wir uns ja ein Glas Wein gönnen.«

Amelie nickte. »Ja, aber nur ein Glas, weil ich morgen mit den Gästen nach Würzburg fahren muss.«

»Du meinst, ich werde euch fahren.«

»Ja, natürlich ... ups!« Sie ruderte mit den Armen und wäre beinahe ausgerutscht, es war verdammt glatt.

»Vorsicht, nicht dass du dir noch etwas brichst. Dann fällt die Weihnachtsmarktwoche ins Wasser.« Franklin nahm ihren Arm und ließ sie nicht mehr los, bis sie das Restaurant erreichten.

Es war wirklich nicht weit. Der Weg dauerte gerade mal

zehn Minuten. Zuletzt hatte Amelie hier im Sommer gegessen, da hatte sie mit ihrer Schwester und Ruth draußen einen Tisch ergattert. Heute saßen sie auf einer der Rundcouchen, wo sie nebeneinandersitzen konnte. Diese Tische waren eigentlich für vier Personen vorgesehen, doch Amelie kannte die Inhaber, die ihr mit dem größeren Tisch einen Gefallen tun wollten.

»Amelie! Wie schön, Sie hier zu sehen.« Der Oberkellner reichte ihr und Franklin die Speisekarte, nachdem sie Platz genommen hatten. »Was darf ich an Getränken reichen?«, wollte er wissen.

Amelie sah Franklin auffordernd an.

»Wir nehmen zwei Gläser Weißwein, halbtrocken, und eine Karaffe Mineralwasser. Ist das okay für dich?«, fragte Franklin an Amelie gerichtet, und sie stimmte zu.

Der Oberkellner nickte und ließ sie allein.

Neugierig schaute Franklin sich um. »Das ist wirklich ein angenehmes Restaurant. Ich mag es, wenn die Geräuschkulisse leise genug ist, dass man sich in Ruhe unterhalten kann, ohne sich anschreien zu müssen.«

»Na, dann habe ich ja das richtige Restaurant ausgesucht. Ich kann dir übrigens das Rinderfilet mit Garnelen, Rucola, Tomaten und Mozzarella mit Rosmarinkartoffeln empfehlen. Das ist wirklich eine Wucht.«

Franklin blätterte durch die Karte. »Was nimmst du?«

»Ich werde mir als Vorspeise Königskrabben-Garnelen-Tatar bestellen und zum Hauptgang ... das Lachsfilet auf Kartoffelcreme mit Trüffel, Brokkoli, Avocadocreme und Kaviar.«

Franklin sah sie mit großen Augen an.

»Was? Ich habe einen Mordshunger. Seit heute Morgen habe ich nichts gegessen, weil ich wusste, dass ich heute hier landen würde.« Sie grinste breit. »Es ist mein Lieblingsrestaurant, und da hungere ich gerne den ganzen Tag.« Sie lacht befreit auf.

»Und du bist sicher, dass du das alles essen kannst?«

»Klar, und zum Nachtisch werde ich mir das hausgemachte Schokoladen-Soufflé gönnen.«

»Na, dann hast du ja einiges vor. Ich hoffe, ich muss dich nicht nach Hause tragen«, witzelte er.

»Warum? Ich dachte, du hast starke Arme.« Sie grinste und genoss es, dass ihr Streit von gestern wohl vergessen war.

»Flirtest du etwa mit mir?«, fragte er neugierig.

»Sind wir wieder fein miteinander? Es tut mir leid, wie ich gestern reagiert habe«, gab sie zu. Sie war die Erste, die bereit war, einen Fehler einzugestehen. »Die Situation hat mich ein wenig überfordert. Es tut mir wirklich leid, wie ich reagiert habe.«

»Ich habe mich auch nicht vorbildlich verhalten. Vergessen wir es einfach, wenn es dir recht ist.« Er hielt ihr die Hand entgegen, und Amelie ergriff sie.

»Wir vergessen es.« Seine Hand fühlte sich warm und weich an. Sie mochte es, ihn zu berühren, und hätte ihn am liebsten gar nicht mehr losgelassen. Er drückte ihr einen kleinen Kuss auf den Handrücken. Sie saßen eng nebeneinander, sodass sein Oberschenkel ihren berührte, nur getrennt durch den Stoff, den beide trugen. Trotzdem spürte sie die Hitze, die von ihm ausging. Es fiel ihr schwer, sich wieder auf die Speisekarte zu konzentrieren.

Nachdem sie die Bestellung aufgegeben hatten, wurden die Getränke gebracht. »Lass uns auf einen schönen Abend anstoßen, ich habe ein paar Neuigkeiten für dich«, verriet ihr Franklin geheimnisvoll.

Amelie nahm ihr Glas auf, und die beiden Gläser klirrten leise, als sie sich berührten. Sie trank einen Schluck und stellte fest, dass der Wein angenehm weich schmeckte. »Mhm, der schmeckt gut«, sagte sie, und auch Franklin nickte. »Was denn für eine Neuigkeit?«

»Zuerst musst du mir von deinem Ausflug mit Mühlhaus erzählen«, forderte Franklin.

Das war ein Thema, das Amelie nicht so gerne anschneiden wollte, doch sie musste ihm zumindest erklären, dass es keine weiteren Treffen mit Leopold geben würde, obwohl es ihn ja eigentlich nichts anging. Doch Amelie wollte, dass er wusste, dass es keinen anderen Mann in ihrem Leben gab. »Es ist nicht gut ausgegangen. Ich habe ihm erklärt, dass es das letzte Treffen war. Er hat natürlich nicht besonders galant reagiert. Er kommt mit einem Nein wohl nicht gut zurecht.«

»Das hast du getan?« Franklin war überrascht. Er hielt sie wohl nicht für eine Frau, die für klare Verhältnisse sorgte.

Sie nickte zustimmend. »Ja, es hat doch keinen Sinn, ihm etwas vorzumachen, auch wenn ich jetzt nicht mehr weiß, woher ich den Mut genommen habe. Er war natürlich sauer. Ich habe keine Ahnung, was dahintersteckt, warum er sich so auf mich fixiert. Ich bin froh, dass ich ihn nicht mehr privat treffen muss. Aber seine Verabschiedung klang wie eine Drohung.«

»Ich kann dir sagen, was dahintersteckt.« Franklin griff in die Innentasche seines Jacketts und zog einen Flyer heraus. »Schau dir das mal in Ruhe an.« Er reichte ihr das Papier.

Neugierig faltete Amelie es auseinander. »Woher hast du das?«, fragte sie überrascht. »Das ist ja die Häuserzeile, in der das Hotel steht. Sie wollen dort neue Eigentumswohnungen bauen? Das bekommen sie niemals durch! Sie müssen doch wissen, dass die Häuser unter Denkmalschutz stehen.«

Franklin schüttelte den Kopf. »Die Häuser werden modernisiert, nicht neu gebaut. Sie wissen natürlich von dem Denkmalschutz. Ihnen fehlt nur das Filetstück. Das ist euer Hotel. Es ist das größte Haus in der Zeile, dazu steht es noch ganz am Anfang.«

»Woher hast du diesen Flyer? Ich habe noch nichts davon gehört, dass dort gebaut werden soll.« Zwar hatte sie gehört, dass einige Häuser verkauft worden waren, aber niemand hatte damit gerechnet, dass dort neue Eigentumswohnungen entstehen sollten.

»Aus dem Büro von Leopold Mühlhaus«, flüsterte er ihr leise zu.

»Was? Wie bist du da hineingekommen?« Amelie hatte Not, ihre Stimme leise zu halten. Diese Nachricht war kaum zu glauben.

Franklin konnte nur schwerlich ein Schmunzeln zurückhalten. »Nun, indem ich um einen Beratungstermin gebeten habe. Und zum Glück war heute Nachmittag etwas frei. Ich habe ihm erklärt, dass ich eventuell ein Konto eröffnen will, weil ich mir hier niederlassen will. Und so kamen wir auf das Thema Eigentumswohnung zu sprechen. Er kam nicht umhin, mir ein *Filetstück* anzubieten, das er in Kürze im Angebot haben würde.«

Mit offenem Mund starrte Amelie ihn an. Als die Vorspeise serviert wurde, klappe sie schnell die Kinnlade hoch. Franklin hatte sich für das gleiche Essen entschieden, nur bei der Hauptspeise war er beim Rinderfilet geblieben.

»Ich fasse es nicht«, murmelte Amelie, als sie wieder allein am Tisch waren. »Jetzt verstehe ich, warum er immer wieder darauf zu sprechen kam, dass ein Verkauf das Beste wäre. So ein hinterhältiger Mistkerl.« Sie schüttelte erneut den Kopf. »Aber ... hat er dich denn nicht erkannt?«

»Anscheinend nicht. Er denkt, er hat einen neuen Kunden am Haken, der es sich überlegt, bei ihm ein Konto zu eröffnen und eine der teuersten Eigentumswohnungen zu kaufen.« Franklin zwinkerte ihm zu.

»Unglaublich. Er hat meiner Großmutter mit Absicht einen Kredit gewährt, von dem er wusste, dass die Raten viel zu hoch für sie sind, damit er an das Grundstück und Gebäude kommt. Wie kann man nur so berechnend sein?« Ihr war der Appetit vergangen.

»Lassen wir uns den Abend von so einer Kanalratte nicht verderben. Komm schon, iss, es schmeckt hervorragend.« Franklin strich ihr mit dem Daumen über die Wange. »Wenn wir eine Strategie erarbeiten wollen, dann müssen wir uns stärken.«

Sie nickte. Er hatte ja recht, das Essen war viel zu gut, um es unberührt zu lassen. »Ich verstehe nur nicht, dass er dich nicht erkannt hat.«

»Na ja, gegen Ende unseres Termins kam ich ihm bekannt vor. Aber die Aussicht auf einen vorteilhaften Deal hat ihn wohl blind gemacht. Er wird noch früh genug bemerken, dass daraus nichts wird. Wenn ich vorhabe, hier ein Konto zu eröffnen, dann sicherlich nicht bei seiner Bank.«

20. Kapitel

Ruth hoffte, dass der Kartoffelpufferwagen noch nicht geschlossen hatte und lief hinüber zum Stand auf dem Weihnachtsmarkt. Es war zehn Minuten vor sieben. Bis neunzehn Uhr hatten sie unter der Woche geöffnet, sie war spät dran. Die Zwillingsschwestern Schwarz hatten sie aufgehalten, weil sie ihr die neu erstandenen Schwibbögen hatten zeigen wollen. Zum Glück schneite es heute nicht, trotzdem musste sie aufpassen, weil es glatt wurde, sobald die Sonne am Horizont versank. Als Ruth an dem Wagen ankam, zog die Bedienung gerade den Rollladen herunter.

»Tut mir leid, für heute ist Schluss. Wir sind total ausverkauft. Morgen gibt es wieder neue Ware.«

»Oh nein, ich habe mich so darauf gefreut, wie ärgerlich. Tja, da kann man wohl nichts machen, ich bin ein wenig spät dran.« Ruth zuckte mit den Schultern. Sie sah sich nach einem anderen Stand um, der noch etwas zu essen anbot, doch langsam gingen alle Lichter aus, weil der Markt jetzt schloss. Nur die Weihnachtsbeleuchtung hinter den Fenstern der Privatwohnungen vermittelte noch etwas Wärme. Nun, dann würde sie sich wohl selbst etwas kochen müssen. Sie hätte eher losgehen müssen, aber wie hätte sie die Zwillinge einfach so stehen lassen sollen? Das wäre zu unhöflich gewesen. Langsam wandte Ruth sich um und machte sich auf den Heimweg.

»Ich habe die letzte Portion bekommen. Wir könnten sie uns teilen. Es ist eine extra große.«

Ruth blieb stehen und blickte über ihre Schulter. Direkt hinter ihr stand Georg, der eine Tüte in die Höhe hielt, aus der es verführerisch duftete.

»Hallo, Ruth, es ist schön, dich nach all den Jahren wiederzusehen.« Er sah sie an und für einen kurzen Augenblick fühlte sich Ruth, als wäre sie wieder siebzehn Jahre alt.

Sprachlos starrte Ruth Georg an, und ihr Blick ging immer wieder zu der Tüte.

»Isst du immer noch so gerne Kartoffelpuffer? Die hast du früher schon geliebt, wenn ich mich recht erinnere«, erklärte Georg, als sie nichts sagte.

Verlegen räusperte sie sich, damit sie ihre Stimme wieder fand. »Hallo, Georg.« Ruth blickte ihn an, blinzelte, weil sie kaum glauben konnte, dass er hier vor ihr stand. Ihre Wangen wurden ganz heiß, obwohl es eiskalt hier draußen war. »Wir können die Kartoffelpuffer im Hotel essen, bevor sie noch kalt werden.«

Georg nickte. »Pass auf, es ist sehr glatt. Darf ich deinen Arm nehmen, damit du nicht ausrutschst?«

»Du willst dich wohl an mir festhalten, damit du dir nicht die Beine brichst«, erklärte sie entrüstet.

»So kann man es auch sehen.« Er nahm ihren Arm und hakte ihn bei sich ein. »So können wir sichergehen, wenn einer fällt, fallen wir beide.«

»Das könnte dir so passen«, murmelte sie. Ruths Herz schlug so schnell, dass sie Angst bekam, sie würde jeden Augenblick in Ohnmacht fallen.

Gemeinsam liefen sie zurück zum Hotel und setzten sich in den Frühstücksraum. Ruth holte zwei Teller, Messer und Gabel, und Georg teilte die Kartoffelpuffer zusammen mit dem Apfelmus in zwei gerechte Portionen.

»Was möchtest du trinken? Ich habe einen Apfelpunsch da.«

Georg nickte begeistert. »Gerne.«

Ruth ging in die Küche, kehrte kurz darauf zurück und stellte zwei Gläser Punsch ab.

»Guten Appetit«, wünschte Georg und sah Ruth dabei zu, wie sie genüsslich zu essen begann.

»Warum isst du nicht? Es wird ja ganz kalt.« Ruth sah ihn fragend an und schob seinen Teller dichter zu ihm.

»Ja, ich mach ja schon.« Er nahm lächelnd sein Besteck auf und schnitt ein Stück ab, gab etwas Mus darauf und schob es sich in den Mund. Er kaute und stöhnte leise auf. »Das habe ich vermisst. Nirgendwo schmecken sie so gut wie in Rothenburg.«

»Ich hole sie mir jedes Jahr. Erinnerst du dich daran, dass meine Mutter immer welche für uns gebraten hat? Die Küche hat noch zwei Tage später danach gerochen.«

Georg lachte leise auf. »Ja, daran kann ich mich erinnern. Ilse war auch immer ganz verrückt danach.«

Ruth blickte von ihrem Teller auf. »Warst du schon an ihrem Grab?«

Er schüttelte den Kopf. »Nein, noch nicht. Aber Franklin will mich in den nächsten Tagen begleiten. Vielleicht willst du ja auch mitkommen.«

Sie sah ihn an und nickte. Ruth hatte so viele Fragen an Georg, doch als sie nun mit ihm hier saß, konnte sie sich nicht an eine einzige erinnern.

»Franklin ist ein guter Junge, das sieht man auf den ersten Blick«, sagte sie stattdessen.

»Ja, das ist er, und ich bin sehr stolz auf ihn. Ich hätte nicht gedacht, dass mein Enkel bei mir in Deutschland bleiben will. Mein Sohn ist zurück in die Staaten gegangen. Er konnte hier keine Wurzeln fassen, ganz anders als Franklin. Er ist Zimmermann und hatte eine Firma, die er vor Kurzem verkauft hat, weil er sich verändern will.«

Ruth hatte ihm aufmerksam zugehört. »So wie du. Du wolltest auch etwas anderes, als du jung warst. Hast du gefunden, was du in den Staaten gesucht hast?« Endlich war die Frage raus, die ihr seit all den Jahren auf der Seele lag.

»Nein, Ruth. Das habe ich nicht. Im Nachhinein muss ich zugeben, dass es ein Fehler war, Deutschland überhaupt zu verlassen. Dich zu verlassen. Das ist das Gute am Altsein. Man ist in der Lage, ohne Umschweife seine Fehler einzugestehen.«

»Ist das so?«

»Ja, was mich betrifft schon«, gab Georg zu und legte das Besteck zur Seite, weil er seine Portion bereits aufgegessen hatte. »Ich war ein Leben lang auf der Suche nach etwas. Erst seit ich wieder hier in Rothenburg bin, habe ich das Gefühl, es gefunden zu haben. Es kehrte eine Ruhe ein, die ich all die Jahre vermisst habe. Heimat lässt sich durch nichts ersetzen.«

Ruth schnitt von ihrer Portion noch ein Stück ab und legte sie Georg auf den Teller. »Ich bin schon fast satt«, erklärte sie.

Georg machte sich über die zweite Portion her. »Wie ist es dir ergangen?«, wollte er wissen.

»Ich ... nun, ich bin bei meinen Eltern geblieben. Ich habe geheiratet, aber mein Mann ist schon viele Jahre tot. Ich hatte ein schönes Leben. Meine Tochter, sie hatte einen Unfall zusammen mit ihrem Mann, und ihre beiden Töchter sind bei mir aufgewachsen. Amelie kennst du ja, und ihre Schwester Carina studiert in London. Es sind wundervolle Mädchen. Leider wird sie in diesem Jahr zu Weihnachten nicht nach Hause kommen. Es ist das erste Mal, aber die Mädchen werden flügge.«

Georg nickte. »Ja, Amelie ist ganz reizend. Ich glaube, Franklin sieht das auch so.«

»Er ist auch ein schneidiger Kerl ... er ist dir sehr ähnlich, wie du früher warst. So gut aussehend und charmant.«

Leise lachte Georg und strich sich über das mittlerweile ergraute Haar. »Ja, das ist nun vorbei.«

»Wir haben alle Zeichen der Zeit, die uns nicht schöner machen«, urteilte Ruth und trank einen Schluck von ihrem Punsch.

»Du bist noch genauso schön wie vor vielen Jahren, Ruth. Ich habe dich auf den ersten Blick erkannt und war wie vom Donner gerührt.«

»Und du bist immer noch genauso ein Schmeichler, nur dass ich nicht mehr auf deine Sprüche hereinfalle.«

Schmerzlich verzog Georg das Gesicht. »Du tust mir unrecht. Ich meine das vollkommen ernst. Ich habe immer gewollt, dass wir ein Leben zusammen verbringen.« Langsam trank Georg sein Glas leer. »Ruth, sag mir die Wahrheit. Warum hast du nie auf meine Briefe geantwortet? Ich habe dir unzählige geschrieben, aber nie eine Antwort erhalten. Warum?«

Ruth erhob sich von ihrem Stuhl. »Ich denke, wir sind hier fertig, Georg. Vielen Dank für das Essen. Ich wünsche dir eine gute Nacht. Lass deinen Teller einfach stehen, die Putzhilfe wird morgen früh abräumen.« Sie nahm ihren Teller und das Glas und stellte beides in die Küche.

Hinter ihr hörte sie die Tür, und als sie sich umdrehte, sah sie Georg dort stehen. Er war ihr gefolgt. »Ruth, bitte. Ich hätte gerne eine Antwort auf meine Frage. Seit fast fünfzig Jahren geht sie mir nicht aus dem Kopf, lässt mich nicht schlafen. Gab es einen anderen?«

Ruth schüttelte den Kopf und hantierte mit dem Geschirr. »Nein, Georg, den gab es nicht. Aber das alles ist schon so lange her, dass ich nicht darüber sprechen will. Lassen wir die alten Geschichten doch dort, wo sie gut aufgehoben sind. Begraben unter der Zeit, die hinter uns liegt. Wir sollten in die Zukunft blicken. Lass das Vergangene vergangen sein. Ich bitte dich darum.«

Georg stand ganz dicht vor ihr, blickte auf sie herunter. Er war schon immer so groß gewesen, dass sie zu ihm aufblicken musste. Trotz seines Alters war er immer noch ein schöner Mann.

»Warum kannst du das alles so abhaken? Hast du denn keine Fragen an mich?«

Sie schüttelte den Kopf. »Nein, weil es nichts ändern würde. Es würde weder meine Tochter lebendig machen noch Ilse. Es bringt die Zeit nicht zurück, die wir nicht gemeinsam verbracht haben, sondern nur den Schmerz des Vergangenen. Ich habe damit abgeschlossen, und du solltest es auch tun, Georg.«

Sie wollte ihn stehen lassen, doch er hielt sie auf. »Ruth, warte. Ich will, dass du weißt, dass ich nur nach Rothenburg gekommen bin, um dich zu suchen. Ich hatte nicht erwartet, dass du immer noch am selben Ort bist, wo ich dich verlassen habe.«

»Ja, aber wir werden nicht dort weitermachen, wo wir vor fünfzig Jahren aufgehört haben. Die Welt hat sich weitergedreht, hat sich verändert, und wir haben das auch. Ich bin nicht mehr die kleine ahnungslose Ruth, die in Deutschland geblieben ist.«

»Das habe ich auch nicht erwartet. Aber du bist immer noch die Frau, für die mein Herz schlägt.« Dann beugte er sich vor und gab ihr einen kleinen Kuss auf die Lippen. »Ich warte seit fünfzig Jahren darauf, diesen Kuss einzulösen«, gab er zu. Dann drehte er sich um und verließ den Raum. Von dort nahm er den direkten Weg zu seinem Zimmer, ohne sich noch mal nach ihr umzudrehen.

Ruth berührte ihre Lippen, blickte ihm nach, ohne sich zu bewegen. Sie war wie versteinert und konnte nicht fassen, dass er sie geküsst hatte. Einfach so.

21. Kapitel

Mai 1965

Ruth drückte auf den Klingelknopf mit der Aufschrift *Brunner*. Zweimal kurz, einmal lang. Das war ihr Zeichen für Ilse. So wusste sie, dass Ruth vor der Tür stand.

»Das ist für mich«, hörte man hinter der Tür sowie laute Schritte auf der Treppe.

Die Tür wurde aufgerissen, doch anstatt Ilses Gesicht kam Georgs Gestalt zum Vorschein. »Ah, das Fräulein Ruth ist zu Besuch«, erklärte er mit einem Lächeln und zwinkerte ihr zu.

»Irrtum, Georg! Ich komme nicht zu Besuch, sondern hole Ilse ab«, sagte sie in forschem Ton.

»So? Wo soll es denn hingehen? Vielleicht ins Kino?«

Ruth schüttelte den Kopf. »Dafür ist es viel zu schön draußen. Wir wollen in die Eisdiele.«

»Also ein leckeres Eis soll es heute sein. Darf ich Sie vielleicht dazu einladen?«

Ruth schüttelte den Kopf. »Nein, ich bin doch mit Ilse verabredet. Wie sähe das denn aus?« Sie würde liebend gern mit Georg Eis essen gehen, doch niemals würde sie ihre Freundin verraten.

»Ist Ruth schon da?«, rief Ilse aus dem oberen Geschoss des Hauses. Getrampel war auf der Treppe zu hören, dann ein lauter Schrei. »Ahhhhh! Aua!«

Georg dreht sich um, und zu seinen Füßen landete kopfüber eine schreiende Ilse.

Ruth schlug sich die Hand vor den Mund. »Oh mein Gott! Was machst du denn, Ilse?«

Ilse blickte sie mit schmerzverzerrtem Gesicht an. »Ich bin die Treppe hinuntergefallen.« Tränen sammelten sich in ihren Augen, und sie griff zu ihrem Knöchel.

Frau Brunner kam aus der Küche in den Flur gestürzt. »Was macht ihr denn?«, rief sie aufgeregt.

»Ilse ist die Treppe heruntergefallen«, erklärte Georg die Situation. »Ich habe nichts damit zu tun.« Er hob hilflos die Hände.

»Ich habe mir den Fuß gebrochen«, jammerte Ilse unter Tränen.

»Oh Gott, Kind. Warum musst du auch immer rennen? Ich habe dir schon so oft gesagt, dass ein junges Fräulein nicht rennt.« Frau Brunner zeigte wenig Mitgefühl. »Georg, trage deine Schwester ins Wohnzimmer. Ich werde ihr einen kühlen Verband machen. Ruth, ich glaube, heute wird es nichts mit der Eisdiele. Es ist besser, wenn du wieder gehst.«

Ruth blickte Ilses Mutter an, die dabei war, die Tür zu schließen. »Gut, Frau Brunner. Alles Gute, Ilse«, rief sie in den Flur und sah Georg, wie er seine Schwester auf die Arme nahm. Er war so ein starker Mann. Ein wenig beneidete sie Ilse. Nicht um die Schmerzen, aber wie sehr wünschte sie sich, dass Georg sie ebenfalls auf den Armen trug. Davon würde sie heute Nacht träumen.

Ruth hing sich ihre Handtasche über die Schulter, ging zurück auf den Gehweg und schloss das Gartentor hinter sich. Sie hatte sich so auf einen Eisbecher gefreut. Vanille und Erdbeere mochte sie am liebsten. Schokolade mochte sie hingegen gar nicht. Anders als Ilse, die gerne Schokoladeneis aß, dabei aber ständig kleckerte.

»Ruth! Warte doch!«

Als sie sich umdrehte, sah sie, wie Georg hinter ihr herlief. »Pass bloß auf, dass du dir nicht auch noch etwas brichst«, rief sie ihm zu.

Er blieb dicht vor ihr stehen. Atmete schwer. »Ilses Fuß ist nur verstaucht, zum Glück nichts gebrochen. Möchtest du vielleicht mit mir ein Eis essen gehen? Komm, ich lade dich ein.« Er lächelte sie freundlich an.

»Hast du denn nichts anderes vor?«, fragte sie unsicher nach.

»Etwas Besseres, als mit dir ein Eis essen zu gehen? Nein, ich denke nicht. Da kann es gar nichts geben.« Er sah sie mit großen Augen an, und Ruths Herz machte einen kleinen Satz.

Sie lachte ein wenig atemlos. »Gut, dann lass uns gehen.«

Gemeinsam schlenderten sie die Straße entlang, die Richtung Marktplatz führte.

»Was hast du nach der Schule vor?«, wollte Georg wissen, und sie sah ihn überrascht an. Er war der erste Mann, der das wissen wollte, der nicht zu ihrer Familie gehörte.

»Ich werde auf die Hauswirtschaftsschule gehen, weil ich später einmal das Hotel meiner Eltern übernehmen will.«

»Du hast also ein Ziel vor Augen?«

»Ja, du etwa nicht?«

Als sie vor der Eisdiele ankamen, hielt Georg ihr die Tür auf und ließ ihr den Vortritt. Er war so gut erzogen und sah so gut aus mit seinem weißen Hemd, dessen Ärmel er bis zu den Ellenbogen hochgerollt hatte, und der beigefarbenen Anzughose. Er war schon richtig erwachsen, während sie wie ein kleines Mädchen aussah, mit ihren geflochtenen Zöpfen. Sie nahm sich vor, das Haar in Zukunft offen zu tragen oder hochzustecken.

»Was möchtest du?«, fragte Georg, nachdem sie sich an einem kleinen runden Tisch niedergelassen hatten.

»Ich nehme Vanille und Erdbeere. Das sind meine Lieblingssorten.«

»Mit Sahne?«

Ruth nickte. »Klar, Sahne gehört doch dazu.«

Georg ging hinüber zur Theke und kam kurz darauf mit zwei identischen Bechern zurück. In der Sahne steckte jeweils eine längliche Waffel. »Bitte schön, die Dame.« Er schob ihr einen der Becher zu.

»Vielen Dank, der Herr.« Sie lächelte und steckte sich einen Löffel Erdbeere in den Mund. Kurz schloss sie die Augen und genoss das Aroma.

»Na, dir scheint es ja zu schmecken.« Georg hatte sie genau beobachtet.

»Findest du nicht auch, dass Erdbeere das beste Eis der Welt ist?«

Georg sah sie an, als wäre sie die einzige Frau auf dieser Welt. »Ja, du hast recht. Es gibt nichts Besseres. Außer ...« Er beugte sich vor und gab ihr einen kleinen Kuss auf die Lippen. »Außer, wenn ich es von deinen Lippen nasche«, erklärte er leise.

Erschrocken hielt sie den Atem an. Was hatte er getan? Sich einfach einen Kuss geklaut! Er war so frech und mutig. Niemals hätte sie sich das getraut.

Das war der Moment, in dem sich Ruth in Georg verliebte. Der erste Kuss in ihrem Leben. Zum Glück saßen sie verborgen hinter einer großen Pflanze, sodass sie niemand sehen konnte. Die Eisdiele war an diesem Nachmittag ohnehin nicht stark besucht, denn es sah nach einem Gewitter aus. Doch das war Ruth egal. Alles, was zählte, war der Kuss, den Georg ihr gerade gegeben hatte. Sie würde diesen Augenblick niemals vergessen, das schwor sie sich. Es war der schönste Tag in ihrem Leben. Ein Samstagnachmittag im Mai.

Auf dem Nachhauseweg begann es, fürchterlich zu regnen, sodass sie beide tropfnass wurden. Doch es machte ihnen nichts aus. Er nahm ihre Hand, und sie rannten wie verliebte Kinder los, hielten unter einer großen Kastanie an, und Georg legte seine Lippen erneut auf die ihren. Wegen des Regenschauers war niemand auf der Straße, und sie mussten sich nicht verstecken. Georg nahm sie in seine Arme und küsste sie, als wäre Ruth eine erwachsene Frau.

»Du bist so wunderschön, Ruth«, raunte er ihr zu. »Ich habe mich in dich verliebt.«

Sie sah zu ihm auf, und seine hellblauen Augen funkelten sie geradezu an. »Ich liebe dich auch, Georg. Bis zum Ende meines Lebens«, beteuerte sie und wusste, dass sich das nie ändern würde.

22. Kapitel

Anfang Dezember

»Ich glaube, ich platze gleich.« Amelie lehnte sich erschöpft zurück. »Ich habe so viel gegessen, dass mir vermutlich gleich schlecht wird. Aber es war hervorragend.«

Franklin stimmte ihr zu. »Was hältst du von einem Verdauungsspaziergang?«

»Den könnte ich jetzt wirklich gebrauchen. Hier in der Nähe gibt es eine kleine Cocktailbar. Wir könnten dort noch etwas trinken. Hast du Lust?«, schlug sie vor.

Franklin hob den Finger und deutete dem Oberkellner an, dass sie zahlen wollten. Kurz darauf brachte er die Rechnung, und während Amelie in ihrer Handtasche nach ihrer Geldbörse suchte, hatte Franklin seine Kreditkarte schon auf dem kleinen silbernen Tablett abgelegt, und der gute Mann machte sich auf den Weg.

»Ich mache das schon«, erklärte Franklin leise.

»Aber ich habe dich eingeladen.« Das gefiel Amelie gar nicht. »Du solltest nicht bezahlen.«

»Du kannst mich ja auf einen Cocktail einladen. Ich kenne mich da nicht so aus und begebe mich in deine erfahrenen Hände. Wegen der Fahrt morgen sollte er bloß ohne Alkohol sein«, schlug er vor.

»Nun, ich denke, wir werden schon etwas finden. Sie haben dort auch tolle alkoholfreie Getränke im Angebot.«

»Na, dann lass uns gehen.« Er steckte seine Karte ein, die der Kellner zurückgebracht hatte, und ließ ein ordentliches Trinkgeld da.

Der Weg zur Bar war nicht weit. Langsam schlenderten sie die weihnachtlich beleuchteten Gassen entlang. Die Stadt war schön geschmückt mit Tannenbäumen und Zweigen und goldenen Kugeln, in denen sich das Licht der Glühbirnen widerspiegelte. Amelie genoss es, an seinem Arm durch die Nacht zu schlendern. Ihr war überhaupt nicht kalt. Die Luft war angenehm kühl, und ihr Atem schickte kleine Dampfwolken in den Himmel.

»Hier in Rothenburg ist es richtig gemütlich«, meinte Franklin und sah sich neugierig um.

»Ja, aber es ist nicht nur zu Weihnachten so schön. Eigentlich ist die Stadt das ganze Jahr über … gemütlich«, erwiderte sie. »Seit ich aus München zurück bin, kann ich nicht begreifen, warum ich überhaupt wegwollte.«

»Dann sollte ich das vielleicht auch mal ausprobieren«, überlegte er laut.

»Du meinst, du willst hierbleiben?«

Er hob die Schultern. »Ich denke nicht, dass Georg so schnell wieder nach Lüneburg will. Es gibt dort nichts, was ihn hält, und ich bin dort, wo Georg ist. Es ist also eine logische Schlussfolgerung. Würde es dich stören?«

»Nein, natürlich nicht. Es würde mich sogar sehr freuen. Es kommt nur so überraschend«, gab sie leise zu. Es würde bedeuten, dass sie Franklin öfter sehen konnte. Sie schenkte ihm ein Lächeln, sagte aber nichts weiter dazu, weil sie vor der Bar angekommen waren.

Der Laden war ganz schön voll, doch sie hatten Glück, denn ein Pärchen hatte gerade bezahlt und machte einen Tisch frei, an dem sich Franklin und Amelie niederließen. Sie schnappte sich sofort die Karte und überflog sie. »Ich denke, du bist ganz der Typ für eine Virgin Colada.« Sie blickte ihn über die Karte hinweg an.

»Da bin ich raus«, erklärte er bestimmt. »Ich brauche doch für morgen einen klaren Kopf.«

»Irrtum, kein Alkohol.«

»Was ist dann da drin?«

Franklin wollte nach der Karte greifen, doch Amelie war schneller und hielt sie außer Reichweite. »Lass dich überraschen. Ich werde einen Florida Cocktail nehmen.« Sie gab die Bestellung auf, und wenig später standen zwei hohe Gläser vor ihnen, geschmückt mit einem Papierweihnachtsmann, Ananasstücken an einem Spieß und einer Cocktailkirsche.

»Auf eine schöne Weihnachtszeit«, sagte Franklin, und sie stieß mit ihm an. Er trank vorsichtig, als würde er ihrem Geschmack nicht trauen. »Also ich schmecke Kokosnuss und Ananas heraus. Es schmeckt süß, aber gefällt mir.«

»Wusste ich es doch. Es sind Ananassaft, Kokossirup und Sahne drin. Möchtest du meinen probieren?« Sie tauschten die Gläser und jeder trank einen Schluck aus dem Glas des anderen.

»Mhm, der schmeckt wirklich gut«, stellte Amelie fest.

»Ich finde deinen besser«, gab Franklin kritisch zu. »Was ist da drin?«

»O-Saft, Ananassaft, Mangosaft, Zitronensaft und Grenadinesirup. Ich mag deinen lieber. Wollen wir tauschen?«, fragte sie hoffnungsvoll.

Franklin grinste. »Aber nur, wenn ich die Drinks bezahlen darf.«

»Oh nein, das kommt nicht infrage. Darauf lasse ich mich kein zweites Mal ein. Deine Jungfrau werde ich bezahlen«, erklärte sie voller Überzeugung. Schnell kramte sie zwanzig Euro aus ihrer Tasche, doch Franklin hielt ihre Hand fest. Seine Berührung war zärtlich, wenn auch dominant. Er wollte wohl auf keinen Fall nachgeben.

»Es tut mir leid, das kann ich als Gentleman nicht zulassen.«

»Du hältst also nichts von Gleichberechtigung?«

»Doch natürlich, sehr viel sogar. Aber das hier ist mein

Dank dafür, dass du mir die Stadt zeigst und Zeit mit mir verbringst.« Er schüttelte energisch den Kopf.

»Das ist also die Frau, mit der Sie in eine Wohnung ziehen wollen? Ha! Dass ich nicht lache. Das habt ihr euch ja schön ausgedacht. Haltet ihr mich für so blöd?«

Die schneidende Stimme riss Amelie aus ihrer Konzentration, und sie blickte irritiert auf. »Leopold?«, rief sie überrascht.

Auch Franklin sah auf, und sein Lächeln erlosch.

»Hat sie dich auf mich angesetzt?« Leopold deutete mit einem Finger auf Amelie und schwankte. Er hatte anscheinend schon einiges getrunken, denn seine Augen waren rot unterlaufen und der Blick unruhig. Flecken waren auf seinem weißen Hemd zu erkennen. Es schien so, als feierte er mit einigen Leuten, die einen Tisch weiter saßen und laut auflachten.

»Mich hat niemand auf Sie angesetzt. Ich weiß nicht, was Sie von mir wollen«, erklärte Franklin und erhob sich.

»Eine schöne Weihnachtsüberraschung, mich ausspionieren zu wollen. Aber damit werdet ihr nicht weit kommen. Ich bin gerissener, als ihr denkt.«

»Ich wüsste nicht, warum wir spionieren sollten. Das ist doch wohl eher deine Art.« Amelie sah ihn angewidert an. Ihn so betrunken zu sehen war unangenehm. Hatte er etwa ein Alkoholproblem?

»Du treibst es wohl mit jedem, der dir von Nutzen sein kann, was, Amelie? Hey, kennt ihr noch Amanda-Amelie Zweig? Die bei ihrer Großmutter wohnen musste, weil sie keine Eltern hatte?«, rief er laut in Richtung seines Tisches.

Amelie wurde übel. Plötzlich war sie wieder zehn Jahre alt und traute sich nicht, sich mit nur einem Wort zur Wehr zu setzen.

Franklin machte drohend einen Schritt auf Leopold zu. Jetzt erwachte auch Amelie aus ihrer Trance. Sie war nicht mehr zehn Jahre alt, sondern eine erwachsene Frau, die für ihre Rechte einstand und sich zu wehren wusste.

»Leopold, du solltest besser gehen. Du weißt ja nicht mehr, was du redest. Du bist wirklich zum Kotzen. Deine Spezialität war es schon immer, nachzutreten, wenn man am Boden liegt, denn so erhältst du den geringsten Widerstand. Aber es gibt Menschen, die stehen wieder auf und wehren sich. Du bist ein Scheusal.«

»Ich wüsste nicht, warum. Ich sage nur die Wahrheit, dass es mit dir niemand lange aushält.«

»Du kennst mich doch gar nicht und wirst mich auch niemals so gut kennenlernen, wie du es dir wünschst. Genauso wenig wirst du dir unser Grundstück unter den Nagel reißen, nur um dort überteuerte Eigentumswohnungen zu bauen. Du bist ein Mistkerl auf ganzer Linie«, rief Amelie wütend.

Er lachte auf. »Du hättest mir sagen müssen, dass du einen Lover hast, du falsche Schlange.« Er spie die Worte geradezu aus und hob eine Faust. Amelie dachte, er wolle Franklin schlagen, und so holte sie aus, aber im selben Moment trat er zurück, und Amelies Faust traf Franklins Mund. Er taumelte, ging jedoch nicht zu Boden, dafür begann die Unterlippe, zu bluten.

»Aua! Was tust du denn?«, rief Franklin aufgebracht. Er schüttelte den Kopf, vermutlich, um wieder zu Sinnen zu kommen.

»Oh mein Gott! Das wollte ich nicht. Tut mir so leid! Ich dachte, Leopold wollte dich schlagen.« Amelie hielt sich eine Hand vor den Mund.

»Ihr beiden habt euch echt verdient«, rief Leopold und lachte auf.

Schnell reichte Amelie Franklin ein paar Taschentücher. »Hier nimm die.« Dann wandte sie sich Leopold zu. »Und du verschwindest jetzt auf der Stelle. Lass uns in Ruhe, und sprich mich nie wieder an.«

Der Barkeeper kam um den Tresen. »Entschuldigung, wurden Sie belästigt?«, fragte er. »Kann ich etwas für Sie tun?«

»Nein danke, schon gut. Ich möchte zahlen. Stimmt so.« Sie drückte dem Barkeeper die zwanzig Euro in die Hand und zog ihren Mantel an. Dann half sie Franklin. »Es tut mir so leid. Tut es sehr weh?«

Er winkte nur ab, und sie folgte ihm nach draußen. »Du hast echt einen harten rechten Haken, das ist gut zu wissen«, nuschelte er. »Du boxt nicht zufällig in deiner Freizeit?«

»Nein, da schlage ich nur gut aussehende Männer k. o. und schleppe sie in meine Wohnung ab. Lass mich mal schauen.«

Die Blutung hatte bereits aufgehört, aber die Unterlippe war geschwollen. »Es tut mir wirklich leid«, sagte sie schon wieder.

»Amelie, es ist alles in Ordnung, ich weiß ja, dass es keine Absicht war.«

»Komm, ich bringe dich zum Hotel, da kann ich dir einen Kühlakku geben, damit die Schwellung abnimmt.« Sie nahm seinen Arm, und gemeinsam liefen sie Richtung Hotel.

Kleine Flocken fielen vom Himmel, und in wenigen Minuten wurde das Schneetreiben immer dichter. Es war ein nasser Schnee, der auf ihrer Kleidung und dem Haar liegen blieb.

»Jetzt fängt es auch noch an zu schneien. Heute ist nicht mein Tag«, murmelte Franklin und zog den Kopf ein.

»So ist das hier zu Weihnachten. Es schneit und die Nacht ist von Weihnachtsbeleuchtung erhellt. Wenn du dich in Rothenburg niederlassen willst, solltest du dich daran gewöhnen, mein Lieber.«

»Soll ich mich auch darauf einstellen, dass du mich als Punchingball benutzt?«

Amelie verzog den Mund. »Wer konnte denn ahnen, dass wir ausgerechnet Leopold in der Bar treffen? Ich habe ihn überhaupt nicht gesehen. Jetzt denkt er, wir beide wären ein Paar. Er ist so ein Idiot«, sagte sie mit einem Stöhnen.

»Ist es ein Problem, wenn er denkt, dass wir beide ein Paar sind?«, wollte Franklin wissen.

Amelie blieb stehen und sah ihn an. »Ich weiß nicht. Ich meine, wir sind ja kein Paar, aber es sollte uns auch nicht interessieren, was Leopold Mühlhaus von uns denkt.«

»Mir würde es nichts ausmachen, wenn er das denkt«, murmelte er und legte einen Arm um Amelies Schultern. »Wir könnten ja dann zu Weihnachten unsere gefakte Verlobung bekannt geben. Das würde ihn richtig auf die Palme bringen.« Er lachte, verzog jedoch das Gesicht, weil ihm wohl die Lippe wehtat.

»Na dann … fröhliche Verlobungszeit«, raunte Amelie ihm zu und lachte leise.

Sie öffnete die verschlossene Tür des Hotels und zog Franklin hinter sich her. Sie musste wieder abschließen, es war immerhin schon nach Mitternacht.

Plötzlich beugte sich Franklin zu ihr herunter. »Es ist nun mal ein Weihnachtsbrauch.«

»Was denn?«

»Das hier.« Er deutete über ihre Köpfe, dann zog er sie an sich und gab ihr einen kurzen, aber intensiven Kuss. Danach hob er den Kopf und blickte sie an. »Du hast den Mistelzweig dort aufgehängt. Gib mir nicht die Schuld daran.«

Amelie lächelte. »Es gibt noch eine Menge Türen hier im Haus. Ich sollte überlegen, ob ich nicht noch mehr verteilen sollte«, überlegte sie laut.

»Wenn du das tust, damit ich einen Grund habe, dich wieder zu küssen, brauchst du nur Bescheid zu geben. Das Geld für das Grünzeug kannst du dir sparen.«

»Warum werde ich den Eindruck nicht los, dass du dir nichts aus Weihnachtsbräuchen machst?«

Er grinste. »Ich glaube, du hast mich erwischt.«

23. Kapitel

Franklin zog seinen Mantel und das Jackett aus und ließ sich auf der Couch in Amelies Wohnung nieder. Seine Lippe tat schon nicht mehr weh, doch das erwähnte er lieber nicht. Er wollte hier bei ihr sein. Sie kam aus der Küche und brachte ihm einen Kühlakku, eingewickelt in ein frisches Küchenhandtuch, und hielt es ihm vorsichtig an die Unterlippe.

»Es tut mir ...«

Er sah sie strafend an. »Sag es bitte nicht noch mal. Es ist doch nichts geschehen. Wer konnte den wissen, dass dieser Typ gerade dort anzutreffen ist?«

»Ich hätte trotzdem nicht so emotional reagieren dürfen. Wir haben bald Weihnachten, das Fest der Liebe, da schlägt man nicht um sich. Aber Leopold hat mich schon immer auf die Palme gebracht.«

Franklin schüttelte den Kopf. »Dieser Kerl ist wirklich das Letzte. Er kann froh sein, dass er freiwillig abgezogen ist, sonst hätte ich ihm einen Kinnhaken verpasst. Aber du bist mir ja leider zuvorgekommen.«

»Ja, nur dass meine Faust den Falschen getroffen hat.«

Nachdenklich sah Franklin sie an, dann begann er plötzlich zu lachen, und Amelie stimmte mit ein. »Danke, dass du mich verteidigen wolltest«, sagte sie unter Tränen, die ihr vor Lachen die Wangen hinunterrollten.

Er zog sie auf seinen Schoß, und sie streifte die Stiefel ab. »Ich habe doch gar nichts tun können«, erklärte er enttäuscht.

»Weil ich ... es tut mir sehr leid«, sagte sie erneut, und er rollte mit den Augen.

»Wenn du es noch ein Mal sagst, werde ich dich küssen müssen, um dir den Mund zu verschließen.«

Sie lächelte hinterhältig. »Wenn das so ist, es tut mir ...«

Weiter kam Amelie nicht, weil Franklin sie in seine Arme zog und wild küsste. Er nahm keine Rücksicht auf seine Lippe. Es hatte schlimmer ausgesehen, als es war. Dieser Kuss entschädigte ihn für den Schlag und gab ihm so viel mehr. Er genoss jede Minute, die er mit Amelie verbrachte. Sie war so erfrischend und lebendig, dass es auf ihn abfärbte. Er hatte sich schon lange nicht mehr so glücklich gefühlt.

In Gedanken hielt er einen Moment inne. War er glücklich? Ja, das war er. Er hatte sich binnen weniger Tage in diese reizende Frau verliebt, die sein Leben auf den Kopf stellte, und er genoss es. Sie war nicht nur berauschend, sondern auch anziehend und wunderschön. Wenn Ruth Amelie in ihrer Jugend auch nur ein bisschen geähnelt hatte, konnte er seinen Großvater gut verstehen, warum er sich in Ruth verliebt hatte und sie ein Leben lang nicht hatte vergessen können.

Es würde ihm überhaupt nichts ausmachen, wenn sie noch einige Wochen länger in Rothenburg bleiben würden. Er musste mit Amelie sprechen, ob sie noch Zimmer für ihn und seinen Großvater hatte, bevor es zu spät war. Doch im Augenblick hatte er Wichtigeres zu tun.

Ihr Kuss war so süß und gleichzeitig elektrisierend. Heute Nacht würde er auf keinen Fall erneut mit ihr streiten. Er wollte bei ihr bleiben, die Nacht mir ihr verbringen, doch er wusste nicht, ob sie es auch wollte. Wenn er sie zu sehr drängte, bestand die Gefahr, dass er sie verschreckte, und das hätte er sich nie verziehen.

Amelie hob den Kopf und sah ihn nachdenklich an, als hätte sie gespürt, dass er nicht ganz bei der Sache war. »Tut dir die Lippe weh?«, fragte sie sanft und berührte seine Wange.

»Nein, kein bisschen«, gab er zu, und es war nicht gelogen. Er hatte schon Schlimmeres überlebt.

»Willst du heute bei mir übernachten?«

Die Frage kam so überraschend, dass Franklin abgehackt ausatmete. Konnte sie etwa seine Gedanken lesen? Oder dachte sie einfach nur in die gleiche Richtung?

»Ich meine nur, ich will dich nicht drängen«, fügte sie schnell hinzu.

»Wo denkst du hin? Genau das ist mir gerade auch durch den Kopf gegangen. Ich würde sehr gerne bleiben, wollte dich aber nicht bedrängen«, gab er zu.

Sie lächelte. »Das tust du nicht. Wir sollten vielleicht aufhören, auf Zehenspitzen um uns herumzutänzeln. Wir beide sind erwachsen und keine Teenager mehr, die nicht wissen, worauf sie sich einlassen.«

Ihre Offenheit war erfrischend, und sie hatte natürlich recht. Wie so oft. Er wollte nur alles richtig machen und sie nicht verschrecken, dafür war sie ihm zu wichtig.

»Das ist wahr, aber ich will dir keine Angst machen, weil alles zu schnell geht. Ich gehöre nicht zu den Männern, die wahllos jede Chance nutzen, die sich ihnen bietet. Ich wollte es langsam angehen, nur habe ich keine Wochen Zeit. Nur wenige Tage.«

Leicht strich sie ihm über das Haar. »Das weiß ich, Franklin, und du machst auch nicht den Eindruck, als würdest du jede Gelegenheit ergreifen. Lass uns einfach schauen, wohin es uns führt. Ob es nur ein Urlaubsflirt ist oder vielleicht sogar mehr.«

»Und, wenn es mehr ist?«, fragte er vorsichtig nach und blickte ihr tief in die wunderschönen grünen Augen.

»Dann würde es mich sehr freuen, denn ich glaube, wir beide wären ein gutes Team.« Sie erhob sich und nahm seine Hand. »Komm, ich zeige dir mein Schlafzimmer. Ich muss noch mal schnell ins Bad, dann bin ich bei dir.«

Sie zog ihn durch den kleinen Flur in das Zimmer am Ende des Gangs. Es war nicht sehr groß, aber zumindest passte ein Schrank und ein Doppelbett hinein. Auch hier hatte Amelie alles weihnachtlich geschmückt. Der Raum wurde nur von Lichterketten erhellt, die ein weiches Licht abgaben. Er war mit einer hellblauen Tapete mit kleinen bronzefarbenen Ornamenten versehen. Die Möbel waren in Weiß gehalten. Es war ein freundlicher Raum, ein wenig mädchenhaft, aber er passte zu seiner Bewohnerin.

Franklin zog sich bis auf die engen Boxershorts aus und schlüpfte unter die Bettdecke. Es dauerte nicht lange, da kam Amelie ins Zimmer. Sie trug nur das Oberteil eines Flanellpyjamas und ein Höschen. Er mochte es, dass sie nicht mit ihrem Liebreiz prahlte, sondern sich ein wenig bedeckt hielt. Sie war eine schöne Frau und hatte es nicht nötig, ihn zusätzlich zu reizen.

Er hob die Bettdecke an. »Komm her«, forderte er, und sie legte sich zu ihm, damit er sie in seine Arme ziehen konnte.

»Hier hat noch nie ein Mann geschlafen«, gab sie zögerlich zu.

Überrascht blickt er sie an. »Warum nicht?«

»Weil … nun ich hatte lange eine Beziehung mit meinem Chef, und er wollte nicht mit hierherkommen. Zuerst dachte ich, es läge an meiner Großmutter, doch ich habe zu spät erkannt, dass es einen anderen Grund gab. Er hat eine Familie, von der ich nichts wusste. Dabei hat er behauptet, er sei ledig. Es war keine schöne Erfahrung, die ich nicht noch mal erleben möchte«, gab sie leise zu.

Er war glücklich, dass Amelie ihn ins Vertrauen zog. Er konnte sich vorstellen, dass das nicht einfach gewesen war. »Danke, dass du mir das erzählst. Ich kann dir versichern, dass du so einen Reinfall mit mir nicht erleben wirst. Ich bin schon lange solo und ein treuer Mensch. Wenn ich mich einmal verliebe, dann, wenn ich mir sicher bin.« Er streichelte ihr Gesicht und beugte sich hinunter, um Amelie zu küssen.

Plötzlich begann sie zu lachen. Franklin hob den Kopf, sah sie verständnislos an.

»Ich muss wohl erst einen Mann k. o. schlagen, um ihn ins Bett zu bekommen«, murmelte sie und lachte erneut.

»Ich liebe deinen Humor«, gab Franklin zu und stimmte mit ein. »Aber zum Glück bin ich nicht k. o. gegangen, sondern noch sehr lebendig«, raunte er an ihren Lippen und küsste sie ein zweites Mal. Dann hob er erneut den Kopf. »Wenn mich jeder Schlag in dein Bett bringt, nehme ich das gerne in Kauf.«

24. Kapitel

In Franklins Armen aufzuwachen war wunderschön. Es umfing sie eine ungewohnte Wärme, die unfassbar wohlig war.

So gern sie noch liegen bleiben wollte, sie musste das Frühstück zubereiten und vorher unter die Dusche. Franklin schlief tief und fest, und sie wollte ihn auf keinen Fall wecken, daher bewegte sie sich lautlos. Seine Lippe war noch leicht geschwollen, und es tat ihr schon wieder leid. Allein dieser verfluchte Leopold trug Schuld an allem. Sie würde sich querlegen müssen, um die nächste Rate zu begleichen, aber sie würde ihm zeigen, dass er so nicht mit ihnen umspringen konnte. Dieser hinterhältige Wicht würde noch spüren, was es hieß, sich mit dem *Mistelzweig* anzulegen.

Nach dem Duschen zog sie sich im Badezimmer an, um keinen unnötigen Lärm zu machen, und verließ ihre Wohnung auf leisen Sohlen. Franklin hatte Urlaub und sollte ihn genießen.

In der Küche traf sie auf Ruth, die schon auf den Beinen war. Wie immer war sie die Erste in der Küche und hatte schon einen Großteil vorbereitet.

»Guten Morgen, mein Mädchen. Hast du gut geschlafen? Du siehst so ausgeruht aus.« Ihre Großmutter küsste sie wie jeden Morgen auf beide Wangen.

»Ja, das habe ich«, gab Amelie zurück und mied ihren Blick. Nicht, dass sie sich noch verriet. Ruth hatte ein feines Gespür dafür, wenn etwas im Busch war. Allein, dass sie keinen Blickkontakt hielt, machte sie verdächtig.

Die Brötchen waren schon geliefert worden, und Amelie

nahm die Tüten, um die Körbe im Frühstücksraum damit zu bestücken.

»Wie war denn dein Abendessen?« Ruth war ihr gefolgt und beobachtete sie neugierig.

»Och, sehr gut. Das Essen war hervorragend. Wie waren deine Reibeküchlein?«, schob Amelie hinterher, um von sich abzulenken. Vermutlich würde Ruth darauf nicht hereinfallen.

»Lecker.« Mehr sagte Ruth dazu nicht, was genauso merkwürdig war wie ihre eigenen Antworten.

Sie blickte ihre Großmutter neugierig an und wartete ab. Ruth schien noch mehr sagen zu wollen, doch dann machte sie auf dem Absatz kehrt und ging zurück in die Küche, um die Wurst- und Käseplatten vorzubereiten. Amelie folgte ihr, denn anders als Ruth ging sie den Dingen gerne auf den Grund.

»Was ist los?«, fragte sie prompt.

»Der Verkaufswagen hatte bereits geschlossen, als ich dort ankam. Aber ich habe Georg getroffen, und er bot mir an, seine Portion mit mir zu teilen. Er hatte die letzte erhalten«, gab sie kleinlaut zu.

»Du hast also mit Georg gesprochen?« Amelie trat näher und schloss ihre Großmutter in die Arme. »Das war sehr mutig von dir. Ich freue mich sehr, dass du dich zu diesem Schritt entschieden hast.« Jetzt hörte sie sich schon wie Ruth an, wie sie mit ihr als Kind gesprochen hatte. Amelie lachte auf. »Sorry, dass ich so neugierig bin, aber erzähl mir … worüber habt ihr geredet? War er freundlich zu dir?«

»Ein wenig über früher, die alten Zeiten, du weißt schon, wie es uns im Leben ergangen ist. Aber am Ende haben wir natürlich gestritten. Und er hat mich einfach stehen lassen.«

»Das kommt mir irgendwie bekannt vor«, murmelte Amelie. »Trotzdem freue ich mich, dass ihr euch gefunden habt. Worüber habt ihr denn gestritten? Vielleicht könnt ihr noch mal darüber sprechen?«

»Nein, ich denke, es ist alles gesagt. Und wie war deine Verabredung mit Franklin?« Ruth blickte sie wissend an.

»Du wirst es nicht glauben: Franklin hat herausgefunden, warum Leopold unbedingt will, dass wir das Hotel verkaufen.« Jetzt hatte sie Ruths volle Aufmerksamkeit. »Ein Unternehmen hat bereits die ganze Häuserreihe gekauft und will nach einer Sanierung überteuerte Eigentumswohnungen anbieten. Ihnen fehlt nur noch unser Grundstück.«

»Aber was hat Leopold damit zu tun?«

»Er finanziert die Kaufsummen und steckt sich so eine Menge Provision ein«, kam es von der Tür, wo Amelie Franklin entdeckte. »Warum hast du mich nicht geweckt?«, fragte er. Er kam auf sie zu und gab ihr einen kleinen, aber sehr intensiven Kuss auf die Lippen.

Amelies Wangen wurden heiß. »Du hast noch fest geschlafen«, sagte sie leise. Jetzt war ihr Geheimnis wohl keines mehr. »Warum bist du schon aufgestanden?«, wollte sie wissen.

»Ich habe heute Morgen ganz früh etwas zu erledigen. Kann ich schon frühstücken?«

Amelie blickte auf die Uhr. Es war gerade mal halb acht.

»Natürlich, mein Junge, bei uns gibt es ab sieben Uhr Frühstück. Setzen Sie sich rüber in den Frühstücksraum, ich bringe sofort den Kaffee«, sagte Ruth und lächelte Amelie an.

Franklin, der bereits fertig angezogen war, nickte und ging in den angrenzenden Raum.

»Du hast bei ihm geschlafen?«, raunte Ruth ihr leise zu.

»Nein, er hat bei mir geschlafen, um genau zu sein. Aber das war es schon, wir haben nicht … du weißt schon … Ich habe ihm eines auf die Lippe gegeben, das war aber nur aus Versehen. Eigentlich wollte ich Leopold erwischen, und dann musste ich Franklin verarzten und … na ja, das ist auch egal.« Sie klang vollkommen wirr, und Amelie wusste nicht, ob Ruth ihr überhaupt folgen konnte.

»Oh Kind, was hast du nur wieder angestellt?« Ruth schüttelte den Kopf und nahm die große Kanne mit dem Kaffee, um sie in den Frühstücksraum zu tragen.

Amelie nahm die Platten mit der Wurst und dem Käse, stellte sie auf dem Büfett ab und setzte sich zu Franklin und Ruth an den Tisch.

»Wie haben Sie das herausbekommen mit Mühlhaus?«, fragte Ruth gerade, als sie sich neben Franklin niederließ und seine Hand drückte.

»Ich habe ein wenig recherchiert, und den Rest hat er mir von selbst erzählt.« Franklin hielt sich wohl mit Absicht vage, um Ruth nicht zu beunruhigen.

»Dieser Strizzi, dieser Verdammte«, murmelte Ruth und schüttelte den Kopf. »Wie kann er uns nur so etwas antun?«

»Was schimpfst du schon wieder, liebe Ruth?«, fragte Georg der soeben hinter Ruth aufgetaucht war und ihr beide Hände auf die Schultern legte und sie leicht drückte. Dann ließ er sich neben ihr nieder. »Guten Morgen zusammen. Wir sind ja alle früh auf den Beinen.« Georg blickte wohlwollend in die Runde.

Amelie bemerkte Franklins überraschten Blick, vermied es aber, ihn anzusehen. »Georg, darf ich Ihnen ein Frühstück zusammenstellen?«

»Oh, das wäre sehr freundlich, mein Kind. Ein Brötchen, ein wenig Käse und Honig mit Butter, das wäre schön.«

»Kaffee oder Tee?«

»Gerne einen Kaffee, damit mein Kreislauf in Schwung kommt.« Er schien bester Laune zu sein. »Was macht ihr denn alle schon so früh hier unten? Sonst frühstücke ich immer allein.« Georg schaute Franklin fragend an.

»Ich muss schnell etwas abholen«, sagte Franklin und biss in das Brötchen, das er sich gerade geschmiert hatte.

»Wo willst du denn hin?«, hakte Georg nach, bekam aber nur ein Grinsen zur Antwort.

»Sei nur pünktlich zurück, wir wollen doch heute nach

Würzburg, und Ruth wird uns begleiten.« Er sah Ruth auffordernd an.

Ruth winkte ab. »Es ist kein Platz im Bus. Ich habe zu tun.« Sie erhob sich und machte sich daran, weiter das Büfett aufzufüllen.

»Das bekommen wir schon hin«, flüsterte Franklin und schob sich den Rest des Brötchens in den Mund, bevor er mit Kaffee nachspülte und sich seine Jacke schnappte. »Ich bin gleich wieder zurück.« Damit machte er sich auf den Weg.

»Wo will er denn hin?«, fragte Amelie, bekam von Georg jedoch nur ein Schulterzucken.

»Weiß der Himmel, was er wieder im Schilde führt.«

Nach und nach füllte sich der Frühstücksraum. Alle waren ganz aufgeregt. Einzig und allein Bruno Mayr fehlte.

»Er wird wohl nicht mitfahren«, mutmaßte Martha Pauly.

»Nein? Warum denn nicht?«, hakte Amelie nach.

»Ich habe gehört, dass er abreisen will«, erzählte sie traurig und setzte sich zu den Zwillingen an den Tisch.

»Ich bin gleich wieder da.« Amelie erhob sich und lief in den zweiten Stock hinauf, um an die Tür von Zimmer 202 zu klopfen.

»Einen Augenblick«, sagte Bruno, der kurz darauf die Tür öffnete. »Fräulein Amelie! Guten Morgen.« Er sah sie ein wenig verwirrt an.

»Guten Morgen, Bruno. Wir frühstücken alle zusammen, und ich wollte Sie fragen, ob Sie sich nicht zu uns gesellen wollen?«

Er schüttelte sofort den Kopf. »Nein, es geht nicht. Ich werde heute wieder abreisen.«

»Aber warum das denn? Gefällt es Ihnen nicht bei uns?« Amelie folgte Bruno ins Zimmer, der sie mit einer Geste hereingebeten hatte, und schloss die Tür hinter sich.

»Ich sollte fahren«, murmelte er.

»Das verstehe ich nicht. Haben wir etwas falsch gemacht?« Amelie war ratlos.

Er knetete die Hände, rang mit sich. »Nein, das ist es nicht. Nur, Sie müssen wissen, diese Reise war zusammen mit meiner Frau geplant. Sie war an Krebs erkrankt, und wir hatten geplant, gemeinsam hierher zu reisen, sobald sie wieder gesund ist, aber … nun ja, sie hat es nicht überlebt.«

»Das tut mir wirklich sehr leid«, sagte Amelie leise.

Bruno winkte ab. »Schon gut, es ist ja schon zwei Jahre her. Barbara wollte, dass ich diese Reise irgendwann auf jeden Fall ohne sie antrete, und darum bin ich hier. Es hat zwei Jahre gedauert, bis ich die Kraft dazu fand. Aber ohne sie ist es nicht das Gleiche. Das ganze Leben ist nicht mehr so, wie es mit ihr war.«

Mitfühlend nickte Amelie.

»Bitte nehmen Sie doch Platz«, bot Bruno an und deutete auf die kleine gelbe Couch, die unter dem Fenster stand. Er selbst ließ sich auf dem Bett nieder. Er war ein sehr ordentlicher Mann. Sein Koffer stand schon fertig gepackt neben dem gemachten Bett. Der Zimmerservice hatte noch gar nicht angefangen, also hatte er es selbst hergerichtet.

»Bruno, ich denke, Ihr Leben hat sich in den letzten zwei Jahren komplett geändert, vermutlich nicht nur zum Guten.«

Er nickte bestätigend.

»Aber besteht ein Leben nicht aus ständigen Veränderungen? Ich selbst mache gerade auch so eine Neuerung durch. Ich habe mich getrennt und hier in Rothenburg wieder neu angefangen, dabei bin ich ängstlich und mag diese Veränderungen nicht gern.«

»Nein, ich glaube, die mag niemand besonders«, stimmte Bruno zu.

»Aber manchmal muss man sich darauf einlassen. Wollen Sie Ihrer Frau nicht diesen letzten Wunsch erfüllen? Ich würde mich sehr freuen, wenn Sie uns heute begleiten. Wenn es

Ihnen nicht gefällt, können Sie doch auch morgen noch abreisen. Aber ich glaube, diese Gruppe ist ein gutes Team, und die anderen Mitglieder warten auf Sie.«

Er blickte sie aufmerksam an. »Glauben Sie das wirklich?«

Amelie nickte. »Ja, ich glaube, Ihre Frau wäre sehr stolz auf Sie, dass Sie das hier durchziehen. Die Damen sind doch alle sehr nett. Frau Pauly ist eine sehr aufmerksame Frau. Finden Sie nicht auch?«

»Sie ist elf Jahre jünger als ich«, rief er entrüstet.

Ein Lächeln huschte über Amelies Lippen. »Alter ist doch nur eine Zahl. Nehmen Sie diese Reise als das, was sie ist. Eine schöne Abwechslung in Ihrem Leben. Wir alle müssen immer nach vorn schauen und das Alte in guter Erinnerung bewahren, denn das Vergangene ist das, was uns ausmacht. Die alte Zeit hat uns geprägt, die Zukunft entwickelt uns weiter. Glauben Sie nicht auch, dass Ihre Frau und Frau Pauly sich gut verstanden hätten, wenn sie noch bei Ihnen wäre?«

Bruno hob den Blick. »Ja, da könnten Sie recht haben.«

»Und vielleicht würde Ihre Frau nicht wollen, dass Sie für den Rest Ihres Lebens allein bleiben. Es wäre doch möglich, dass sie sich sogar wünschen würde, dass Sie wieder glücklich werden.«

Bruno nickte. »Ja, das hat sie mir immer wieder gesagt. Ich soll mir eine nette Frau suchen. Aber es ist nicht einfach, sich auf jemand anderen einzulassen, wenn man so sehr geliebt hat.«

Das konnte Amelie gut verstehen. »Da haben Sie recht. Aber sich neu zu verlieben bedeutet nicht gleichzeitig, die Liebe an Ihre Frau zu verraten. Ich denke, Ihr Herz ist groß genug für beide Lieben. Das Schicksal hat Ihnen etwas genommen, doch es kann Ihnen auch etwas zurückgeben. Sie sollten nicht zu schnell den Kopf in den Sand stecken, besser gesagt in den Schnee. Lassen Sie zu, dass Ihnen auch etwas Gutes geschieht. Besonders, wenn Sie damit den Wunsch Ihrer Frau erfüllen können.« Sie sah ihn zuversichtlich an.

»So habe ich das noch nie gesehen, Fräulein Amelie. Sie sind eine sehr kluge Frau.«

Amelie winkte ab. »Ja, aber nur, wenn es um andere Menschen geht. Bei mir selbst bin ich nicht so gescheit. Da tappe ich auch erst ins Fettnäpfchen, bevor ich den richtigen Weg einschlage«, gab sie zu.

»Ja, ich glaube, das geht uns allen so.« Bruno atmete erleichtert auf.

»Na, kommen Sie, lassen Sie uns frühstücken, und dann geht es ab nach Würzburg. Ich bin mir sicher, es wird für alle ein sehr schöner Tag. Den wollen Sie doch nicht verpassen.« Sie erhob sich, und Bruno tat es ihr gleich.

»Ich bin gespannt, was mich erwartet«, sagte er und schenkte ihr ein kleines zuversichtliches Lächeln.

25. Kapitel

Kurz vor elf war ein lautes Hupen vor der Tür zu hören. Neugierig blickte Amelie aus dem Fenster, denn Franklin war noch nicht wieder zurück, und sie mussten doch jetzt nach Würzburg aufbrechen. Alle Teilnehmer warteten bereits im Foyer.

Amelie ging nach draußen, um nachzusehen, und entdeckte dort Franklin, der neben einem großen silbernen Van stand.

»Ihr müsst euch beeilen, ich darf hier mit dem Wagen nicht lange stehen bleiben«, rief er ihr zu.

»Was hast du getan? Woher kommt der Wagen?«

»Ich habe ihn gemietet. Er hat elf Plätze, und wir können alle mitnehmen.«

Amelie sagte den Gästen Bescheid und schickte sie nach draußen. Allerdings fehlte ihre Großmutter.

»Ruth, zieh schnell deinen Mantel an, wir wollen doch los. Franklin hat einen großen Van besorgt, wir können alle mitfahren.«

Sie hatte wohl nicht daran geglaubt, dass es klappen würde, und kam ungläubig aus der Küche. »Was? Aber ich bin noch nicht fertig.«

»Dann aber schnell. Ich hole deinen Mantel und deine Handtasche aus der Wohnung«, bot Amelie an und lief los.

Ruth hatte gar keine Zeit, lange darüber nachzudenken. Während Amelie noch kurz mit Birgit sprach, die den Empfang und das Telefon betreuen sollte, schickte sie Ruth nach draußen.

Alle stiegen zügig ein, damit Franklin den Wagen schnell

aus dem Halteverbot lenken konnte. Die Innenstadt war wegen des Weihnachtsmarkts gesperrt, und die Lieferzonen konnten nur für einen kurzen Moment genutzt werden.

»Woher kommt denn dieser Wagen?«, rief Ruth begeistert. »Das ist ja ein tolles Ding.«

Franklin lachte. »Ja, der lässt sich super fahren. Man kann sogar die einzelnen Sitze ganz leicht ausbauen, sodass man eine große Ladefläche hat. Der könnte mir auch auf Dauer gefallen«, gab er zu.

»Wozu brauchst du so ein großes Auto?«, wollte Amelie wissen, die neben ihm auf dem Beifahrersitz saß und das Navi einstellte, während Franklin den Wagen langsam auf die Straße steuerte.

»Nun, vielleicht werde ich mir ein neues Business aufbauen. Als Zimmermann wäre so ein Wagen Gold wert. Es gibt immer etwas zu transportieren. Ob Waren oder Handwerker, er ist für beides zu gebrauchen.«

»Das ist eine sehr gute Investition, mein Junge«, rief Georg von seinem Sitz aus der zweiten Reihe direkt hinter Franklin.

»Wir können ja gemeinsam ein Unternehmen aufbauen, Großvater, du bist noch rüstig genug dafür. Der Mensch braucht eine Aufgabe«, sagte Franklin und erntete damit volle Zustimmung bei den Gästen.

»Du meinst, wir sollten noch etwas länger in Rothenburg bleiben?«, fragte Georg und blickte Ruth an, die neben ihm Platz genommen hatte.

»Du hast ja noch einiges vor. Ich denke, ein bis zwei weitere Wochen könnten wir es hier schon aushalten. Oder vielleicht auch länger, wenn es nach mir ginge.« Franklin sah kurz zu Amelie hinüber. »Glaubst du, du hast noch Zimmer für uns frei?«

»Ich denke, ein Einzelzimmer mit Sicherheit, aber ein zweites?«, sagte sie leise und zuckte mit den Schultern. »Zumindest hätte ich ein Bett frei«, flüsterte sie mit einem Lächeln und zwinkerte ihm zu.

»Ich glaube, das Bett würde mir schon reichen«, gab er leise zurück.

»Was flüstert ihr denn da?«, wollte Ruth wissen.

»Du bist immer noch so neugierig wie eh und je.« Georg lachte und legte seine Hand auf die ihre.

»Was du immer hast«, murrte sie, beließ seine Hand jedoch, wo sie war.

*

Die Fahrt nach Würzburg dauerte eine knappe Stunde, bis sie einen Parkplatz fanden, der nicht zu weit entfernt lag. Der Tag war nicht so schön, wie Amelie sich erhofft hatte. Es war diesig, und ab und an regnete es. Die Temperaturen waren zu warm für Schnee. Das hielt sie jedoch nicht davon ab, den Weihnachtsmarkt zu erkunden.

Berta und Isa Schwarz wollten zunächst in die Innenstadt, weil sie dringend einen Drogeriemarkt aufsuchen wollten. Sie machten einen Termin aus, um sich gemeinsam zum Mittagessen zu treffen. Die Übrigen schlenderten gemütlich über den Weihnachtsmarkt. Amelie stürzte sich auf den Crêpes-Stand, weil sie noch gar nichts gefrühstückt hatte, und nahm einen mit Apfelmus, den sie hungrig verschlang. Am nächsten Stand blieb Martha stehen, weil es dort wunderschöne Christbaumkugeln gab.

»Ich kann an Weihnachtsschmuck einfach nicht vorbeigehen. Er zieht mich magisch an«, erzählte sie, und ihre Augen glänzten. »Hier gibt es so tolle Kugeln, ich kann mich gar nicht für eine Farbe entscheiden.« Sie schlug sich die Hände vor den Mund und schien ein wenig überfordert bei all dem Gold, Rot, Blau, Grün und Silber.

»Ich finde die dunkelroten Kugeln am schönsten«,

brummte Bruno. »Zu Weihnachten gehört für mich immer Dunkelrot, immerhin ist das die Farbe der Liebe, der Freude und der Wärme.«

»Oh, das hast du aber schön gesagt, Bruno«, erwiderte Martha und kaufte gleich sechs große Kugeln.

»Warte, ich nehme dir die Tüte ab«, bot Bruno an und nahm die Papiertüte von dem Verkäufer entgegen.

Lächelnd bedankte sich Martha. »Das ist sehr lieb von dir.«

Er nickte, und ein Mundwinkel zuckte, was man als ein leichtes Lächeln deuten konnte.

Franklin legte Amelie einen Arm um die Schulter. »Was möchtest du kaufen?«, wollte er wissen.

»Ich möchte für das Hotel noch ein paar Kerzen besorgen, natürlich elektrische, das wäre sonst zu gefährlich.«

Also machten sie sich auf die Suche nach einem Stand, der echte Wachskerzen anbot. Sie hatten Glück, es gab auch welche, die einen künstlichen Docht hatten. Amelie nutzte die Gelegenheit, um sich mit Kerzen für ihre Wohnung einzudecken, die einen weihnachtlichen Duft verströmten, sobald man sie anzündete.

»Findest du nicht, dass sie wunderbar riechen?« Amelie hielt Franklin eine der Kerzen unter die Nase.

»Du riechst besser«, raunte er ihr ins Ohr.

»Männer.« Sie verdrehte die Augen, weil sie wusste, dass diese Spezies sich meist nicht viel aus Kerzenduft und Weihnachtsfeeling machte. »Ich werde aus dir noch einen Weihnachtsfan machen, mein Grinch.«

»Solange ich keinen roten Anzug tragen muss, ist mir alles recht.«

»Also, ich könnte einen Glühwein vertragen, was meint ihr?«, fragte Georg.

»So früh? Wir haben doch noch lange nicht alles gesehen«, entgegnete Ruth.

»Darum ja«, gab Georg zurück. »Kommt, ich lade euch alle auf eine Tasse ein.«

»Darf ich die Tasse als Andenken behalten?«, fragte Martha ganz aufgeregt.

»Aber sicher doch, meine Liebe.« Georg nahm Ruths Arm und führte die Gruppe zum nächsten Getränkestand.

»Seit wann sind unsere Großeltern so vertraut miteinander?«, flüsterte Franklin Amelie zu, der nach ihrer Hand gegriffen hatte. Sie sahen aus wie ein frisch verliebtes Paar, und es machte Amelie sehr stolz, dass Franklin keine Schwierigkeiten hatte, das in der Öffentlichkeit zu zeigen. Sie dachte daran, wie Rupert jegliche Berührungen unterlassen hatte, wenn Fremde zugegen gewesen waren. Jetzt wusste sie auch, warum. Schnell wischte sie diese trüben Gedanken beiseite. Es gab keinen Grund, überhaupt daran zu denken.

»Sag mal, was macht eigentlich das Pärchen, das auf der ersten Etage ein Zimmer hat, den ganzen Tag? Ich habe sie gestern beim Frühstück gesehen, aber ansonsten sind sie immer verschwunden«, fragte Franklin leise.

»Ich glaube, es ist ein Arzt aus Berlin mit seiner Freundin, und sie verlassen das Zimmer nur, um zu shoppen. Aber das dürfte ich dir eigentlich gar nicht erzählen«, wisperte Amelie.

»Warum denn nicht? Ich gehöre doch zum Personal, schließlich bin ich der Fahrer. Und der Baumeister. In den nächsten Tagen werde ich mir mal den Dachboden ansehen. Ich will nachsehen, ob er sich überhaupt zum Ausbau eignet.«

Amelie wurde hellhörig. »Du willst dir doch wohl nicht den ersten Auftrag an Land ziehen?«

»Ich mache dir auch Sonderkonditionen«, schlug er vor. »Dann könnte ich im Hotel wohnen und gleichzeitig dort arbeiten.«

»Es tut mir leid, so günstig du auch sein magst, ich muss erst mal die Bankraten abbezahlen.«

Franklin nickte bloß verständnisvoll.

Nachdem sie einen Glühwein genossen hatten, blieb Amelie noch an einem Gewürzstand stehen, wo sie frischen Zimt und Christstollengewürz kaufte. Da schloss sich Martha direkt an. Unterwegs trafen sie Berta und Isa und kehrten zum Mittagessen in ein Wirtshaus ein. Es gab Gänsekeule mit Rotkohl und Semmelknödel.

»Sind Sie und Amelie ein Paar?«, fragte Isa ganz ungeniert an Franklin gewandt, die neben ihm auf der Bank saß.

Amelie saß ihnen gegenüber und schmunzelte. Isa brachte Franklin ganz schön in Bedrängnis.

»Wenn Sie so nett fragen, bekommen Sie eine ehrliche Antwort: ja«, sagte Franklin und sah zu Amelie. Sein Blick war unergründlich.

»Ach Gott, wie herrlich ist das denn?«, sagte nun auch noch Berta.

»Der liebe Gott hat damit gar nichts zu tun, sondern die schönen grünen Augen von Amelie.« Franklin blickte die Zwillinge liebenswürdig an, die vor Entzückung laut seufzten.

»Man müsste noch mal jung sein«, überlegte Martha laut und warf Bruno einen kurzen Blick zu, der weiter auf seinen Teller sah.

»Du bist doch noch jung«, brummte er. »Zumindest jünger als ich.«

Martha winkte ab. »Ach, die elf Jahre fallen doch niemandem auf.«

Amelia schenkte Bruno ein Lächeln, der verlegen zu seinem Bier griff und einen ordentlichen Schluck trank.

»Da hast du ganz recht, Martha. Man ist immer so alt, wie man sich fühlt«, warf Johann ein und blickte Ebba liebevoll an, die nickend zustimmte.

»Wir sind auch immer noch verliebt wie am ersten Tag. Entweder es stimmt oder es stimmt nicht. Daran kann auch die Zeit nichts ändern«, erklärte Ebba. Sie schien es zu wissen, denn so, wie es aussah, waren sie und Johann schon lange zusammen.

Amelie war froh, dass Bruno so viel Zuspruch bekam. Dass Franklin sich derart offenbart hatte, machte sie fast ein wenig verlegen. Für ihn schien es klar zu sein, dass sie zusammengehörten. Nicht, dass es ihr nicht gefiel, nur hatte es bisher keinen Mann in ihrem Leben gegeben, der so abrupt Nägel mit Köpfen machte. Allerdings war sie bisher auch noch nie mit einem Handwerker liiert gewesen.

»So, und morgen Abend werden wir den Reiterlesmarkt in Rothenburg unsicher machen«, erklärte Amelie. »Sind denn da auch alle dabei?« Sie sah fragend in die Runde.

Alle nickten zustimmend, selbst Bruno, was sie sehr überraschte, aber auch freute. Wie sehr wünschte sie sich, dass Bruno die Chance auf ein weiteres Glück fand. Seine Pläne, abzureisen, schien er wohl verworfen zu haben.

»Das freut mich sehr! Was halten Sie alle davon, wenn wir danach im Hotel ein gemeinsames Abendessen veranstalten? Ich würde gerne Schäufele mit Semmelknödeln und Sauerkraut kochen.«

»Schäufele?«, hakte Martha nach. Sie stammte aus Düsseldorf und konnte wohl nichts damit anfangen.

»Das ist ein Stück flache Schweineschulter. Ich glaube, bei euch nennt man es Kassler«, klärte Ruth sie auf.

»Ah, das hört sich nach einem leckeren Gericht an.« Bruno bekam glänzende Augen.

»Wir sind auf jeden Fall dabei«, erklärte Isa stellvertretend für sie und ihre Schwester.

»Gut, dann müssen wir hier in Würzburg noch einkaufen. Bis wir in Rothenburg sind, haben die Geschäfte schon geschlossen.« Amelie sah Franklin an.

»Kein Problem. Ruth und Georg gehen mit den Gästen noch eine Runde am Unteren Marktplatz spazieren, während wir die Zutaten besorgen.«

Georg nickte zustimmend. »Gerne. Wie wäre es, wenn wir uns in zwei Stunden am Van treffen?«

Amelie schaute auf ihre Armbanduhr. »Das schaffen wir«, sagte sie zustimmend und blickte Franklin fragend an.

Er hob die Schultern. »Du bist die Managerin, ich bin nur der Packesel«, erklärte er mit einem Grinsen.

»Na, die passenden Schultern haben Sie ja, junger Mann«, erklärte Martha lautstark.

*

Franklin schüttelte lachend den Kopf über das, was er alles schleppen musste. Allein acht Kilo Fleisch und vier Kilo Sauerkraut mit fünf Kilo Kloßteig. Dann noch Karotten, Zwiebeln, Knoblauch, Butter, Zucker und eine ganze Menge Gewürze.

»Von manchem davon habe ich noch nie gehört. Piment, Lorbeer, Wacholderbeeren und Kümmel. Das habe ich alles noch nie benötigt. Allerdings kann ich auch nicht kochen, und der Lieferdienst ist mein bester Kumpel, wenn Georg nicht für uns kocht.«

Amelie schmunzelte. »Soll ich dir etwas abnehmen?«, fragte sie, die nur den Korb mit dem Gemüse trug.

»Nein, aber wir sollten uns beeilen. Der Einkauf hat länger gedauert als gedacht.«

»Ja, gerne, die Sachen sind echt schwer.« Amelie wechselte den Korb in die andere Hand.

»Hast du schon mal für so viele Leute gekocht?«, wollte Franklin wissen.

»Nein, wenn ich ehrlich bin. Aber ob eine oder zwölf Portionen, das macht keinen großen Unterschied«, überlegte sie laut.

»Na, ich hoffe, du hast Töpfe, die groß genug sind. Nicht, dass wir die auch noch kaufen müssen.«

»Da kennst du Ruth nicht. Sie hat Töpfe in sämtlichen Größen und die auch noch doppelt und dreifach. Da brauchst du dir keine Sorgen zu machen. Das bekommen wir schon hin.« Amelie hörte sich selbstsicher an.

»Wenn du Hilfe brauchst: Ich habe in der Küche zwei linke Hände, aber mein Wille ist ungebrochen.«

Amelie lachte und küsste ihn. »Das ist sehr lieb von dir. Ich werde schon etwas Passendes für dich zu tun finden.«

Als sie beim Wagen ankamen, warteten bereits alle auf sie. »Was habt ihr denn da alles eingekauft?«, rief Ruth und klatschte die Hände zusammen. »Das reicht ja für eine ganze Kompanie.«

»Na, das sind wir doch«, entgegnete Amelie und verstaute die Einkäufe im Kofferraum, der trotz der vielen Sitze noch Platz dafür bot.

Als sie in Rothenburg ankamen, war es bereits dunkel. Birgit hatte den Empfang betreut und konnte nun Feierabend machen.

»Wir hatten zwei telefonische Anfragen für Reservierungen nach Weihnachten. Ich habe hier die Namen und Daten notiert. Du sollst bitte zurückrufen«, erklärte sie und reichte Amelie zwei Notizzettel.

»Danke, das hört sich ja gut an. Ich kümmere mich später darum. Ich muss erst mal sieben Kilo Fleisch in den Kühlschrank verfrachten.«

»Ihr seid ja bepackt! Ich hoffe, es ist genug Platz im Kühlschrank«, rief sie überrascht und schüttelte lachend den Kopf.

»Morgen kochen wir Schäufele mit Sauerkraut und Knödel«, sagte Ruth im Vorbeigehen, während sie das Gemüse in die Küche brachte.

»Na, dann wünsche ich euch guten Appetit. Ich habe morgen frei. Wir sehen uns übermorgen wieder.« Birgit verabschiedete sich, und Amelie machte sich ebenfalls auf den Weg in die Küche.

Müde ließ sich Ruth auf einen Stuhl nieder. »Das war ein schöner Tag, aber auch anstrengend«, gab sie zu.

»Was hältst du davon, wenn du schon mal in die Wohnung gehst und dich hinlegst? Ich räume hier noch auf. Die Gäste sind alle auf ihre Zimmer verschwunden, ich denke, wir können für heute auch Feierabend machen.«

»Glaubst du?« Ruth schien nicht überzeugt.

»Natürlich. Sie werden alle früh schlafen gehen, und ich schalte die Durchwahl des Empfangs auf mein Handy, falls etwas sein sollte. Die Anrufe landen dann bei mir.«

Ruth schloss für einen Moment die Augen. »Du machst das schon, mein Kind. Ich bin so stolz auf dich.« Sie erhob sich und strich ihr liebevoll über die Wange. »Es ist schön, dass du dich mit Franklin so gut verstehst. Gute Nacht.«

»Gute Nacht, Omi.« Amelie küsste ihre Großmutter auf die Wange und lächelte glücklich. »Vielleicht gibst du Georg auch noch eine Chance. Die beiden wollen noch mindestens zwei Wochen bleiben, das hat doch was zu bedeuten.«

Ruth nickte nachdenklich. »Ja, vielleicht sollte ich die Vergangenheit ruhen lassen und einfach in die Zukunft blicken. Wenn das alles nur so leicht wäre.« Sie seufzte.

»Du bist eine starke Frau. Ich wüsste nichts, was du nicht hinbekommst. Daher wirst du auch das schaffen. Manchmal ist es nur ein kleiner Schritt, den man auf den anderen zu machen muss. Menschen sind nicht dazu geboren, ein Leben lang allein zu bleiben. Ich würde mir wünschen, dass es wieder einen Mann an deiner Seite gibt. Niemand hat es mehr verdient.« Amelie nahm ihre Großmutter in die Arme und drückte sie fest.

»Na, so weit sind wir noch lange nicht, mein Kind. Aber du und Franklin, das sieht sehr vielversprechend aus.«

Amelie lächelte verlegen. »So, findest du? Ich habe ein bisschen Angst davor, mich wieder auf jemanden einzulassen.«

»Ach was. Glück ist etwas, wo vor man keine Angst haben sollte. Es findet immer die Richtigen.«

26. Kapitel

Nach dem anstrengenden Tag brachte Franklin seinen Großvater auf sein Zimmer. Er sah ganz schön geschafft aus.

»Sag mal, du legst dich für das Mädchen aber ins Zeug«, sagte Georg, als er seinen Mantel ablegte.

»Das stimmt wohl. Sie bedeutet mir viel, und sie braucht Hilfe.«

»Bist du dir sicher, dass dieser andere Kerl keinen Einfluss auf sie hat?«

Franklin nickte. »Da bin ich mir ganz sicher. Sonst würde ich weder Zeit noch Gefühle investieren. Amelie fühlt wie ich.«

Georg schlug ihm auf die Schulter. »Dann bin ich beruhigt, mein Junge. Du bist ein feiner Kerl, und ich bin sehr stolz auf dich. Aber das weißt du ja. So, ich werde mich jetzt schlafen legen. Es war ein schöner Tag.«

»Schlaf gut, Georg. Wir sehen uns morgen.«

Dann machte er sich auf die Suche nach Amelie. Sie war weder im Büro noch am Empfang. Letztendlich fand er sie in der Küche.

»Ich werde das Sauerkraut in meinem Kühlschrank unterbringen müssen, es passt beim besten Willen nicht mehr hinein.« Sie drückte mit Nachdruck die Tür zu.

»Muss Sauerkraut in den Kühlschrank?«, fragte er nach. Er hatte es bisher immer in Dosen gekauft.

»Das frische, ja. Zum Glück habe ich heute nichts anderes eingekauft. So bleibt bei mir noch genug Platz.«

»Bist du hier fertig?«, wollte Franklin wissen und blickte sich in der Küche um.

»Ja, ich muss nur noch die Rufumleitung einschalten, dann gehe ich nach oben. Und du?« Sie sah ihn aufmerksam an. Er folgte ihr zum Empfang, wo sie am Telefon eine Tastenkombination eingab.

»Ich habe heute noch etwas vor«, sagte er geheimnisvoll, als er neben ihr die Treppe hinaufstieg, allerdings ging er nicht in sein Zimmer, sondern hielt die Tüte mit dem Sauerkraut in die Höhe. »Ich helfe dir noch.«

Amelie räumte schnell den Inhalt ihres Kühlschranks um, sodass der neue Einkauf hineinpasste, und schloss die Tür des Kühlschranks. »So, das wäre erledigt. Ich bin ganz schön fertig.«

»Geht mir genauso. Ich habe hier übrigens noch was für dich«, sagte er, nahm ihre Hand und legte etwas Herzförmiges hinein.

Überrascht sah sie ihn an. »Wann hast du das denn gekauft?«

Franklin hob die Schultern. »Als du einen Moment nicht hingesehen hast.«

Sie blickte auf das Lebkuchenherz mit der Aufschrift *I hob' di lieb!* Dann lehnte sie den Kopf an seine breite Brust. »Das ist furchtbar lieb von dir. Vielen Dank. Wollen wir das noch anknabbern?«, fragte sie. »Obwohl, eigentlich ist es viel zu schade drum, und ich bin todmüde. Morgen muss ich früh raus, um die Tour und das Essen vorzubereiten.«

Franklin nickte dankbar. »Ich muss gestehen, ich bin auch platt. Dieser Adventsurlaub hat es wirklich in sich. Ich dachte auf der Fahrt nach Rothenburg, das wird die langweiligste Reise meines Lebens. Wie man sich doch täuschen kann.«

»Was hältst du davon, wenn wir direkt ins Bett gehen?«, schlug Amelie vor.

»Wir sind ja noch länger in Rothenburg«, entgegnete er, und langsam wuchs in ihm der Gedanken, dass er gar nicht mehr gehen wollte.

»Ich wünschte, du würdest nie wieder gehen«, sagte Amelie in diesem Augenblick.

Er lächelte. »Genau das Gleiche habe ich gerade auch gedacht.«

»Wenn wir beide das Gleiche denken, kann es ja nicht so verkehrt sein.« Sie küsste ihn und schob ihn Richtung Schlafzimmer.

»Wenn das so weitergeht, räume ich mein Zimmer, dann kannst du es wieder vermieten«, schlug er grinsend vor.

»Dir scheint mein Bett wohl besser zu gefallen.«

Franklin hielt sie an der Hand fest und zog sie wieder in seine Arme. »Nicht nur dein Bett, sondern ganz besonders die Frau, die darin liegt.« Er beugte sich vor und küsste Amelie.

»Ich muss zugeben, dass es mir auch gefallen hat, nicht allein aufzuwachen. Daran könnte ich mich schnell gewöhnen, und ich weiß nicht, ob das so gut ist«, gab sie zu bedenken.

»Warum das?«, fragte er und hob sie auf seine Arme, um sie zum Bett zu tragen. Mit ihr auf dem Schoß setzte er sich auf die Matratze.

Amelie legte einen Arm um seinen Nacken. »Weil es mir das Herz brechen würde, wenn ich mich in dich verliebe und du wieder gehst. Das ist ein gefährliches Spiel. Ich habe erst vor Kurzem mein Herz riskiert und alles verloren.«

Er nickte. »Ich verstehe, dass du Angst hast. Aber was soll ich dir sagen, Amelie? Dass ich für immer bleiben werde? Es ist nicht einfach, ein neues Leben zu beginnen. Es wäre für mich bereits das zweite Mal.«

»Das weiß ich ja, deshalb will ich auch keine Versprechungen, die du vielleicht nicht einhalten kannst. Ich nehme das, was du zu bieten hast. Aber du musst verstehen, dass ich auch vorsichtig sein muss. Ich kann hier nicht so einfach weg. Ruth zu sagen, dass ich wieder gehe, nachdem ich gerade erst aus München zurückgekehrt bin, würde ich niemals übers Herz bringen.«

»Das würde ich auch nicht von dir verlangen. So wie es aussieht, wird Georg Rothenburg auch so schnell nicht verlassen wollen. Und mir gefällt es hier. Aber nicht, weil Georg eventuell wieder hier leben will, sondern weil du hier bist.« Sie sah ihn überrascht an. »Du machst es mir sehr schwer, je wieder wegzuwollen, Amelie. Es macht mir ein wenig Angst, aber es ist auch ein schönes Gefühl«, gab er zu.

»Vielleicht sollten wir uns einfach nicht zu viele Gedanken machen und schauen, wie es sich entwickelt«, schlug sie vor und küsste ihn zärtlich. »Ich bin dem Schicksal auf jeden Fall dankbar, dass es dich zu mir geführt hat.«

27. Kapitel

Oktober 1965

Zum vierten Mal an diesem Morgen lief Ruth die Treppe hinunter und schaute nach, ob der Postbote schon da gewesen war. Ihr Bemühen war bisher nicht von Erfolg gekrönt worden. Enttäuscht lief sie wieder die Treppe zu ihrem Zimmer hinauf, das im vierten Stock des Hotels lag. Sie hatten zurzeit nicht so viele Gäste, sodass sie mit der Reinigung am Morgen schnell durch war. Die meisten Urlauber waren Wanderer, die den ganzen Tag unterwegs waren.

Als sie gegen Mittag erneut nach unten lief, traf sie auf ihre Mutter.

»Mama, war die Post schon da?«, fragte sie neugierig, obwohl sie gar nicht so interessiert klingen wollte. Aber ihre Nerven waren zum Zerreißen gespannt. Sie wartete mittlerweile so lange auf eine Nachricht, und Ilse hatte schon zwei Briefe von ihrem Bruder erhalten. Das konnte doch nicht wahr sein.

»Ja, natürlich. Schon um zehn Uhr«, rief ihre Mutter aus der Küche.

»War ein Brief für mich dabei?«

Ihre Mutter kam ins Foyer und schüttelte den Kopf. »Nein, mein Kind, sonst hätte ich ihn dir schon gegeben. Worauf wartest du denn?«, wollte sie wissen.

»Auf einen Brief von … Marion, einem Mädchen von der Hauswirtschaftsschule. Sie macht ein Praktikum in München.« Ruth schaute ihrer Mutter nicht in die Augen, denn die Geschichte war von vorne bis hinten erfunden. Aber sie konnte wohl kaum erzählen, dass sie dringend auf einen Brief von Georg wartete. Sie hatte ihrer Mutter erzählt, dass der Bruder ihrer besten Freundin nach Amerika gereist war, aber sie wusste nichts davon, dass Georg ihre große Liebe war und sie ihm folgen wollte, sobald sie alt genug war und vor allem die Hauswirtschaftsschule beendet hatte.

»Du hast sie noch nie erwähnt.« Ihre Mutter sah sie aufmerksam an.

»So lange kenne ich Marion auch noch nicht. Sag mir einfach Bescheid, wenn ein Brief für mich kommt.«

»Natürlich, mein Kind. Ich werde darauf achten.« Ihre Mutter verschwand wieder in die Küche, und Ruths Augen füllten sich mit Tränen. Sie wollte nicht weinen, doch sie war so enttäuscht.

Ihr Vater kam gerade zur Tür herein. »Was ist los, mein Mädchen?«

»Nichts, Vati. Ich habe Kopfschmerzen und werde mich ein wenig hinlegen«, sagte sie und lief zur Treppe.

»Daran ist nur der Föhn schuld. Das Wetter ist zu warm für die Jahreszeit«, rief ihr Vater ihr hinterher. Er hatte keine Ahnung, wie es in ihr aussah, und würde es auch nicht erfahren. Sie konnte ihm nicht sagen, was sie bewegte, das war ausgeschlossen.

In den folgenden vier Monaten wartete Ruth vergeblich auf einen Brief. Irgendwann hörte sie auf, ihre Mutter täglich nach der Post zu fragen. Es würde ohnehin keiner mehr kommen. Anscheinend hatte Georg sie vergessen. Ilse hatte schon vier Briefe erhalten, doch offenbar hatte er Ruth in den Briefen nie erwähnt, denn sonst hätte Ilse ihr das bestimmt erzählt. Sie konnte kaum direkt danach fragen, denn Ilse hatte von der Liebe zu ihrem Bruder keine Ahnung. Sie hätte es vermutlich ihren Eltern erzählt, und die hätten es dann wiederum ihren Eltern berichtet. Dieses Risiko konnte sie nicht eingehen. Also musste sie mit ihren Gefühlen ganz allein klarkommen. Niemand durfte von ihrem Geheimnis erfahren.

Was konnte nur geschehen sein, dass er sich nicht meldete? Hatte er vielleicht eine andere Frau kennengelernt? Eine Amerikanerin? Auszuschließen war es nicht. Georg war ein gut aussehender Mann, dem es leichtfiel, andere Menschen kennenzulernen.

Wie Ruth es auch drehte und wendete. Sie wartete erneut fünf Monate, bis sie vollends überzeugt war, dass es keinen Brief geben würde. Georg hatte sie belogen. Vermutlich hatte er niemals vorgehabt, sie nachzuholen. Wahrscheinlich hatte er sie auch niemals heiraten wollen.

Diese Erkenntnis brannte ihr ein großes Loch ins Herz. Nächtelang lag sie wach und weinte. Sie war unkonzentriert und fahrig, was dazu führte, dass sie in der Schule nachließ. Sie hatten keinen Appetit, nahm ab und wurde krank. Schließlich sprach ihre Mutter ein ernstes Wort mit ihr. Immer weniger hielt Ruth Kontakt zu ihrer einst besten Freundin, denn es tat zu sehr weh, an Georg erinnert zu werden. Ilse plapperte wild drauflos, wenn sie sich sahen, und erwähnte Georg in jedem zweiten Satz. Das war für Ruth unerträglich. Sie fiel in ein tiefes Loch, aus dem sie kein Entkommen sah. Sie ging nicht aus oder traf sich mit Freunden, wie alle anderen jungen Frauen es in ihrem Alter taten. Sie half ihrer Mutter im Hotel aus, wann immer sie nach der Hauswirtschaftsschule Zeit übrig hatte. Wenn es ihrer Mutter auffiel, so sagte sie nichts dazu, sondern war dankbar für ihre Hilfe.

Alles änderte sich, als sie von dem Unfall hörte. Die Nachricht verbreitete sich wie ein Lauffeuer in der Kleinstadt. Die Tochter des bekannten Anwalts Brunner war bei einem Verkehrsunfall ums Leben gekommen. Nachdem sie auf dem Fahrrad von einem Auto erfasst worden war, war sie im Krankenhaus gestorben.

Ruth konnte es nicht glauben. Der Tag der Beerdigung war

ein ganz schwarzer für sie. Auch wenn sie nur noch eine lose Freundschaft gepflegt hatten, so verlor sie nicht nur eine Freundin, sondern auch den letzten Kontakt, der ihr zu Georg geblieben war. Denn hin und wieder erzählte Ilse von ihm, wenn sie sich zufällig auf dem Markt oder in der Eisdiele trafen. So beschloss Ruth, all ihre Erinnerungen an Georg mit Ilse zu begraben. Sie warf sie in das dunkle Loch, in das der helle Eichensarg versenkt wurde. Sie hatte einen Strauß rosafarbener Rosen für das Grab besorgt. Es waren Ilses Lieblingsblumen gewesen.

Erneut weinte sie bittere Tränen. Sie bereute es, sich von ihrer Freundin distanziert zu haben. Es gab keine Möglichkeit, dieses Versäumnis wiedergutzumachen. So lernte Ruth, dass man manche Dinge im Leben einfach nicht mehr geradebiegen konnte, auch wenn man es noch so gerne wollte. Glück war ein seltenes Gut, das man nicht zu schnell aus der Hand geben sollte, denn man wusste nie, wie sich die Dinge entwickelten.

Ihr Herz schien nun gar nicht heilen zu wollen, und Ruth brauchte viele Jahre, bis sie es endlich wieder neuen Dingen öffnen konnte. Zusammen mit den Rosen hatte sie auch Georgs Taschentuch, das sie mit seinen Initialen bestickt hatte, in das Grab geworfen. Es war die letzte Erinnerung an den Mann, den sie geliebt und der ihre Liebe so verraten hatte. Die begrub nicht nur ihre Freundin, auch die Hoffnung an ein Leben mit der ersten Liebe ihres Lebens. Es würde andere geben, da war sie sicher, doch die erste Liebe würde man eben nie vergessen. Nur lieben würde sie ihn ab sofort nicht mehr.

28. Kapitel

Dezember, heute

Die Taschenlampe gab nur ein spärliches Licht ab und wirkte gespenstisch an der Decke des Raums. Sie war schon alt und die Batterien nicht mehr die besten. Amelie schaltete sie aus und stattdessen die Taschenlampenfunktion ihres Handys an. Die Deckenlampe gab so wenig Licht ab, dass man sie ruhig ausgeschaltet lassen konnte, es machte keinen Unterschied.

»Hier ist es verflucht dunkel«, bemerkte nun auch Franklin.

»Du sagst es. Ich hatte dich gewarnt, dass es hier ungemütlich ist und wir auf Sonnenschein warten sollten.«

Franklin schaltete ebenfalls das Handylicht ein.

Der Dachboden war vollgestellt mit zerlegten Betten und anderen Möbeln, die schon lange nicht mehr gebraucht wurden. Lampenschirme, die aus der Mode gekommen waren, Schränke, die aus den Siebzigerjahren stammten. Der Raum maß ungefähr hundertzwanzig Quadratmeter, hatte zwar Schrägen, die aber sehr hoch gefasst waren. Im hinteren Bereich gab es einen Schreibtisch und zwei Regale, die mit alten Unterlagen bestückt waren.

»Da musst du eine Entrümpelungsfirma engagieren, um den Raum freizubekommen«, murmelte Franklin, während er sich die Möbel ansah. »Einige Stücke sind gut erhalten, die können wir einem Händler anbieten.«

Amelie bemerkte das Wir in seinem Satz, sagte jedoch nichts dazu. Er schien ganz in seinem Element. »Schau mal, dieser Schreibtisch, das ist eine echte Rarität. Den bekomme ich wieder hin. Er muss nur gebeizt und die Scharniere müssen erneuert werden. Mit einer frischen Glasur wird das ein echtes Schmuckstück.« Er war total begeistert, und Amelie ließ sich anstecken.

»Glaubst du, wir bekommen das Dach vor Hitze gedämmt? Im Sommer ist es hier kochend heiß.«

»Natürlich, mit Mineralwolle und Holzfaser kann man die Temperatur um elf Grad senken, bei einer Außentemperatur von fünfunddreißig Grad. Wir könnten auch über eine Klimaanlage nachdenken. Der Raum ist auf jeden Fall groß genug. Man könnte überlegen, von deiner Wohnung aus eine raumsparende Wendeltreppe einzubauen, die in das Dachgeschoss führt. So könnten der Schlafraum und das Bad unten bleiben, dazu ein Arbeitszimmer. Im Obergeschoss wäre Platz für eine große Küche, ein Wohnzimmer und noch zwei zusätzliche Räume.«

»Wie zum Beispiel ein Kinderzimmer?«, warf sie fragend ein.

Franklin stand einige Meter entfernt, sodass sie sein Gesicht nur schattenhaft sah. »Ja, ein Kinderzimmer oder auch zwei.« Er grinste. »Du klingst so skeptisch. Möchtest du denn keine Kinder?«, fragte er und kam näher.

»Doch, eigentlich schon, nur hatte ich es bisher immer ausgeschlossen, weil Rupert angeblich keine wollte. Aber dieser Kerl gehört zum Glück der Vergangenheit an, und ich mag Kinder sehr gern.«

Franklin strich ihr eine verirrte Strähne aus dem Gesicht. »Ich könnte mir auch Kinder vorstellen. Ich könnte mir sehr gut Kinder mit dir vorstellen«, sagte er leise.

Das war mehr, als Amelie ertragen konnte. Sie hätte niemals mit diesem Geständnis gerechnet. Tränen sammelten sich in ihren Augen.

»Wenn dich dieses Geständnis zum Weinen bringt, sollte

ich vielleicht doch noch mal darüber nachdenken«, sagte Franklin und sah sie besorgt an.

»Nein, natürlich nicht. Es kommt nur so überraschend. Wir kennen uns noch nicht so lange, und dann sagst du mir gleich so etwas. Das haut mich echt um«, gab sie zu und schniefte.

»Amelie, wir sind beide über dreißig und wissen, was wir im Leben wollen. Ich denke, wir erkennen, wenn wir es mit jemandem zu tun haben, bei dem es sich richtig anfühlt, oder?« Er blickte auf sie hinunter und hob ihr Kinn mit einem Finger an.

»Ja, du hast wie immer recht. Wir wissen beide, dass es sich richtig anfühlt.« Sie reckte sich hoch und berührte seine Lippen mit ihrem Mund, küsste ihn voller Hingabe. Plötzlich hob sie den Kopf und sah ihn lächelnd an.

»Was ist los?«

»Warum kaufen wir dann überhaupt Kondome?«, fragte sie und lachte auf.

Er schmunzelte. »Vielleicht sollten wir uns erst mal um das Haus kümmern, bevor wir uns an die Familienplanung machen.«

»Sicher, lass uns erst mal eine Wohnung planen, in der wir uns nicht gegenseitig auf die Nerven gehen können. Ich habe ein paar Ideen, aber das kann ich erst in Angriff nehmen, wenn mir die Bank nicht mehr im Nacken sitzt.« Sie machte sich los und ging zu den Regalen, sah durch, was Ruth da alles verstaut hatte.

»Es sind alte Betriebsunterlagen, die schon längst nicht mehr gebraucht werden. Sie ist wie ein kleiner Messi, kann sich von nichts trennen. Ich werde ein ernstes Wort mit ihr sprechen müssen.« Sie zog einen Ordner aus dem Regal und schlug ihn auf. »Rechnungen von 1985.« Kopfschüttelnd stellte sie ihn zurück. Dann zog sie einen Karton heraus und öffnete den Deckel. Dort lag eine Menge Schmuck drin, doch so, wie es aussah, war es nur Modeschmuck, den man in den Siebzigern getragen hatte.

Ein kleines Bündel, das mit einer roten Schleife zusammengehalten wurde, erregte ihre Aufmerksamkeit, und sie nahm es heraus und löste die Schleife. Es waren Briefe. Allesamt geöffnete Umschläge, in denen eng beschriebene Seiten steckten. Die Schrift war kantig, als hätte der Schreiber eine Menge Selbstbewusstsein. Auf dem Umschlag war ein Marker *Via Air Mail.*

»Das ist die Handschrift meines Großvaters.« Franklin schaute ihr über die Schulter.

»Bist du sicher?«

»Ja, also ich meine, jetzt ist sie weniger kantig, etwas krakeliger, aber diese zackigen Bögen würde ich überall wiedererkennen.«

»Es sind Briefe, die an meine Großmutter adressiert sind. Also hat Georg ihr doch Briefe aus Amerika geschickt. Ich frage mich, warum sie behauptet, er hätte ihr nie geschrieben? Sie sagte, nicht ein Brief sei angekommen. Schau dir diesen Packen an, das sind mehr als zwanzig.« Sie sah die Umschläge durch. Sie waren nach dem Datum sortiert. Nur die beiden letzten Umschläge in der Reihe sahen anders aus. Sie waren an Georg Brunner adressiert, eine Anschrift in den USA. Der Absender war Ruth Mistel. Ein großer Stempel prangte auf dem Umschlag: *Return to sender.*

»Ruths Briefe konnten nicht zugestellt werden. Sie wurden zurückgeschickt.« Amelie schaute Franklin verständnislos an. »Weißt du, was das zu bedeuten hat? Warum erzählt Ruth, sie hätte niemals Briefe erhalten? Hier ist der Beweis, warum lügt sie mich an?«

»Warte mal ab. Meist ist es anders, als es scheint. Urteile nicht zu schnell. Du solltest mit deiner Großmutter darüber sprechen. Sie wird dir sicher die Wahrheit sagen, wenn du diese Beweise vorlegen kannst.«

»Ich weiß nicht. Ruth ist wie ein kleines Kind. Wenn man sie zu sehr bedrängt, macht sie dicht und verlässt den Raum. Sie geht jeder Konfrontation aus dem Weg.«

»Na, dann kommst du nicht sonderlich nach deiner Großmutter. Du scheinst mir eher der Typ zu sein, der gerne die Fäuste fliegen lässt, wenn es heikel wird.«

Sie blickte auf seine Unterlippe. »Du Armer. Ich denke, ich werde mich heute Abend um deine Lippe kümmern.« Sie strich vorsichtig darüber, obwohl nichts mehr von der Schwellung zu sehen war.

»Heute Abend wirst du vermutlich todmüde ins Bett fallen, nachdem du für die ganze Mannschaft gekocht hast.«

Da hatte Franklin wohl recht. »Ich glaube, wir werden gar nicht mehr zusammenkommen, bevor du wieder nach Hause fährst.«

Er legte seine Hände auf ihre Schultern. »Dann werde ich wohl so lange bleiben müssen, bis wir es endlich hinter uns gebracht haben.«

»Bei dir hört es sich an, als wäre es eine lästige Angelegenheit«, murrte Amelie und legte ihre Stirn an seine Brust.

»Wie kommst du denn nur darauf?«

Als sie den Kopf hob, nutzte Franklin die Gelegenheit und küsste sie. »Das ist nur die Ungeduld, die aus mir spricht«, raunte er an ihren Lippen, und sie glaubte ihm.

Sie wandte sich wieder den Briefen zu. »Ich werde sie mit zu Ruth nehmen. Sie soll mir sagen, was damals geschehen ist.«

»Glaubst du, dass Ruth ihn absichtlich beschuldigt hat? Das kann ich mir nicht vorstellen.«

»Nein, das glaube ich auch nicht. So was würde Ruth nie tun. Es muss eine plausible Erklärung geben. Vielleicht ein Missverständnis. Das Einfachste ist, ich rede mit ihr, und zwar sofort.«

Amelie machte sich auf die Suche und fand Ruth in der

Küche. Sie legte die Briefe auf dem Tisch ab, sodass Ruth sie sofort sah. »Kannst du mir dazu etwas sagen? Ich habe diese Briefe oben auf dem Dachboden gefunden.«

Ruth erstarrte, als sie den Packen sah. »Was machst du denn auf dem Dachboden?«, fragte sie unwirsch.

»Franklin wollte ihn sich ansehen, weil er doch ausgebaut werden soll. Dort sind mir die Briefe in die Hände gefallen. Ich verstehe es nicht. So wie es aussieht, hat Georg dir doch geschrieben.«

Ruth nahm die Briefe an sich und drückte sie an ihre Brust. »Ich dachte, sie wären schon längst vernichtet worden«, sagte sie leise.

»Willst du mir nicht erzählen, was damals wirklich geschehen ist?« Amelie sah sie eindringlich an, als könnte sie mit ihren Blicken dafür sorgen, dass Ruth endlich mit der Sprache rausrückte.

Doch Ruth schüttelte nur den Kopf. »Das ist viel zu lange her. Es zählt nicht mehr. Ich muss mich jetzt umziehen, ich gehe doch mit den Gästen auf den Weihnachtsmarkt.« Sie nahm die Briefe und lief davon, als wäre der Teufel höchstpersönlich hinter ihr her.

Amelie seufzte auf. Genau so hatte sie es sich vorgestellt. So war Ruth. Manchmal würde sie sie gerne schütteln. Warum war sie nur so verbohrt? Jeder Teenager war einfacher zu handhaben.

Enttäuscht verließ Amelie die Küche und entdeckte auf dem Boden im Foyer einen Brief liegen. Sie bückte sich und sah sich das Papier genauer an. Es war alt und vergilbt. Es musste einer der Briefe von Georg sein. Hatte Ruth ihn vielleicht verloren? Die Umschläge waren schließlich alle geöffnet gewesen. Langsam faltete sie ihn auseinander.

Meine geliebte Ruth,

ich bin wohlbehalten in New York angekommen. Die Reise mit dem Schiff war nicht sehr angenehm. Ich hatte keine Ahnung, dass man so schnell seekrank werden kann. Zum Glück habe ich wieder festen Boden unter den Füßen. Du hast keine Vorstellung, was New York für eine große Stadt ist. München kann da nicht mithalten. Ich werde aber nicht lange hierbleiben, sondern nach Philadelphia weiterreisen und dort mein Geschichtsstudium aufnehmen. Sobald ich einen Job gefunden und etwas Geld verdient habe, werde ich es dir schicken, damit du bald zu mir reisen kannst. Ich werde Ilse nicht schreiben, was wir beide vorhaben, sonst wird sie es noch an unsere Eltern weitertragen, und sie machen unseren Plan zunichte. Ich vermisse dich und liebe dich sehr. Ich hoffe, du hast deine Meinung nicht geändert und liebst mich noch. Schreibe mir unter dieser Adresse, meine Post wird mir nachgeschickt. Sobald ich eine neue habe, werde ich dir wieder schreiben.
Du bist in meinen Gedanken und Träumen.

Dein dich liebender Georg

Amelie faltete den Brief wieder zusammen. Noch nie hatte sie eine schönere Liebeserklärung gehört. Jetzt tat es ihr leid, dass sie den Brief gelesen hatte. Sie fühlte sich, als hätte von einer verbotenen Frucht genascht. Wo sollte sie nur mit dem Brief hin?

Entschlossen ging sie zu Ruths Wohnung und klopfte an die Tür. Als ihr geöffnet wurde, sah Amelie sofort, dass ihre Großmutter geweint hatte.

»Ruth! Was ist denn los?« Sie schloss sie in die Arme.

»Nichts, wirklich. Es sind nur die Erinnerungen, die hochkochen.« Sie wischte die Spuren von ihren Wangen.

Amelie hob den Brief in die Höhe. »Du hast einen verloren. Ich habe ihn im Foyer auf dem Boden gefunden.«

»Oh mein Gott, zum Glück.« Ruth nahm ihr den Umschlag ab und stecke ihn wieder an seinen Platz. »Weißt du, mein Kind, es ist nicht leicht für mich. Gib mir einfach ein wenig Zeit.«

Amelie nickte. »Ja, natürlich. Ich will doch nur, dass du glücklich wirst.«

»Ach, Kind, ich bin glücklich, und das schon, seit ihr in mein Leben getreten seid.« Sie lächelte unter Tränen und zog Amelie erneut in ihre Arme.

29. Kapitel

Während Ruth die Gäste über den Reiterlesmarkt in Rothenburg führte und daraus eine Stadtführung machte, sorgte Amelie dafür, dass das Essen pünktlich auf den Tisch kam. Sie hatten auch Doktor Schmitt mit seiner Freundin eingeladen, die zugesagt hatten, bis zum Essen von ihrer Shoppingtour zurück zu sein.

Franklin kam in die Küche und krempelte die Ärmel seines Hemdes auf, dann wusch er sich sorgfältig die Hände. »Kann ich dir irgendwie helfen?«

»Das Fleisch schmort schon auf dem Herd. Das müssen wir im Auge behalten, damit immer genug Flüssigkeit im Topf ist und es nicht anbrennt. Jetzt werden wir das Sauerkraut herrichten.« Sie zog den großen Kühlschrank auf und erstarrte, dann fiel es ihr wieder ein. »Ach, es ist ja oben in meiner Wohnung.«

»Ich gehe schnell und hole es«, bot Franklin an.

»Das ist sehr lieb. Hier ist meine Karte, um die Tür zu öffnen.«

Franklin grinste. »Das ist ja so, als würdest du mir deinen Wohnungsschlüssel überlassen«, sagte er nachdenklich.

»Du wirst ihn ohnehin bald brauchen. Wenn ihr länger hier wohnen wollt, dann musst du zu mir ziehen, weil ich in den nächsten zwei Wochen nur ein Zimmer für deinen Großvater frei habe. Also, wenn du nicht in ein anderes Hotel ziehen möchtest, und ich bezweifle, dass du in Rothenburg gerade ein freies Zimmer finden wirst, bleibt dir wohl nichts anderes übrig, als weiterhin das Bett mit mir zu teilen.« Sie zwinkerte ihm zu.

»Da ich ja quasi zum Personal gehöre, werde ich wohl die erste Alternative wählen und dein Bett nehmen, das du mir so wärmstens anbietest.« Er küsste ihre Nasenspitze und machte sich auf den Weg, um das Sauerkraut zu holen.

Amelie schnitt in der Zwischenzeit sechs große Zwiebeln in kleine Stücke. Sie brannten dermaßen in den Augen, dass ihr dicke Tränen über die Wangen liefen.

»Liebes! Was ist denn los? Warum weinst du denn? Wenn du nicht willst, dass ich zu dir ziehe, dann kann ich mir auch das Zimmer mit Georg teilen. Mir reicht eine Couch, mehr brauche ich nicht.«

Amelie wischte sich die Tränen fort und begann, laut zu lachen. »Deshalb weine ich doch nicht, es sind nur die Zwiebeln. Ich bin so empfindlich und heule ständig, wenn ich die schäle.« Schnell wusch sie sich die Hände und putzte sich die Nase, um den beißenden Geruch loszuwerden.

»Ich dachte, du würdest ...« Franklin stellte die Tüte mit dem Sauerkraut auf dem Tresen ab und schloss sie in die Arme. »Mein Gott, du hast mir im ersten Moment einen Schrecken eingejagt.«

»Du kleiner Dummkopf, warum sollte ich den weinen?« Sie schüttelte lachend den Kopf. »Ich bin so glücklich wie schon lange nicht mehr. Und du bist der Grund dafür. Manchmal macht es mir sogar Angst, wie glücklich ich bin«, gab sie zu.

»Ja, genauso geht es mir auch.« Er zog sie fester an sich, wiegte sie hin und her.

Als es laut aus dem Topf mit dem Fleisch zischte, machte Amelie sich schnell frei. »Oh Gott, das Fleisch! Ich brauche schnell etwas Brühe«, rief sie aufgeregt und Franklin reichte ihr den Messbecher, damit sie Flüssigkeit auffüllen konnte. »Puh, gerade noch rechtzeitig. Mit dir in der Küche ist es echt gefährlich.«

Sie briet die teuflischen Zwiebeln in einem extra großen

Topf an und gab etwas Zucker hinzu, damit sie karamellisierten. Inzwischen schnitt Franklin das Sauerkraut etwas feiner, weil es Amelie zu grob gehackt war, dann gab sie es in den Topf und röstete es mit an. Erst als es eine leichte bräunliche Farbe annahm, gab sie Gemüsefond dazu und schmorte es auf kleiner Flamme. Sie liebte den Gasherd, es war ein ganz anderes Kocherlebnis als oben in ihrer Wohnung. Ab und an gab sie etwas von dem Bratenfett dazu, damit das Sauerkraut ein deftiges Aroma bekam.

»Was trinken wir eigentlich dazu?«, fragte Franklin. »Ich kann ja schon mal die Tische decken.«

»In der Speisekammer stehen Wasserflaschen, und traditionell wird ein Bier dazu gereicht. Davon gibt es auch einen Kasten. Vielleicht können wir die Tische so zusammenschieben, dass wir zwölf Personen in einen Kreis bekommen.«

Franklin nickte. »Ich gebe mein Bestes.«

Ein Blick auf die Uhr zeigte Amelie, dass die Gäste in einer Dreiviertelstunde zurück sein würden. Es war an der Zeit, die Knödel ins Wasser zu bekommen. Schnell rührte sie den Teig an und formte gekonnt runde Bällchen, als hätte sie nie etwas anderes gemacht. Schon als Kind hatte Ruth ihr beigebracht, wie man Schäufele mit Sauerkraut und Knödeln kochte. Es war ihr Leibgericht. Ein Glück, dass Ruth über eine ganze Armee von großen Töpfen verfügte. Es war wirklich eine Herausforderung, für so viele Personen zu kochen. Das hatte Amelie unterschätzt, doch so wie es aussah, hatte sie es gut hinbekommen.

*

Sobald Ruth mit den Gästen zurück war, kam sie in die Küche.

»Und, bist du fertig? Alle haben großen Hunger und reden seit einer Stunde von nichts anderem.«

»Ja, die Knödel brauchen noch zwei Minuten, dann ist alles fertig. Geht schon mal in den Frühstücksraum. Wir haben eine große Tafel gedeckt, ich denke, es wird allen gefallen.« Sie füllte gerade die ersten Schüsseln mit dem Sauerkraut.

»Oh, das sieht aber gut aus, und es duftet himmlisch«, erklärte Ruth und tat, wie ihr geheißen.

Franklin hatte es nicht nur fertiggebracht, die Tische so anzuordnen, dass sie in einem schönen Kreis saßen, auch hatte er sie gedeckt und festlich geschmückt. Er hatte sogar Lichterketten an den Wänden aufgehängt und die elektrischen Kerzen verteilt. Es sah aus, als würden sie eine Weihnachtsfeier planen. Selbst den geschmückten Weihnachtsbaum aus dem Foyer hatte er in den Frühstücksraum geschleppt, damit es so richtig feierlich wirkte.

Ruth kam zurück in die Küche. »Mein Gott! Wer hat das denn alles gemacht? Es sieht so wunderschön aus.« Sie hatte Tränen in den Augen.

»Da musst du dich bei Franklin bedanken. Er hat das alles allein hinbekommen, während ich gefühlt Hunderte von Knödeln gerollt habe. Ich glaube, für den Rest des Jahres kann ich keine Knödel mehr sehen.« Sie nahm die kleinen Dinger aus dem Wasser und verteilte sie auf gleich mehrere Schüsseln.

»Gib her, ich bringe sie hinüber«, sagte Ruth.

»Wie war denn euer Ausflug?«, wollte Amelie wissen.

»Georg kennt sich besser in der Stadt aus als ich«, gab sie leise zu. »Er hat die Führung übernommen. Wusstest du, dass er in Amerika Geschichte studiert hat?«

Amelie schüttelte überrascht den Kopf, obwohl sie ja gelesen hatte, dass es sein Plan gewesen war. Dann fügte sie hinzu: »Wusstest du denn, dass er dir das in einem seiner Briefe aus Amerika geschrieben hat?« Sofort biss sie sich auf die Zunge. Warum nur konnte sie nicht ihre vorlaute Klappe halten? Ruth sah aus, als würde sie jeden Augenblick zusammenbrechen.

Amelie nahm ihr die beiden Schüsseln ab. »Omi, wir sollten mal ein ernstes Gespräch führen, wenn die Gäste wieder abgereist sind.«

Ruth nickte. »Ja, vielleicht wäre das keine so schlechte Idee. Nur ist es dann eventuell zu spät.«

»Nein, ist es nicht. Georg und Franklin werden noch zwei weitere Wochen bleiben.«

»Haben wir denn überhaupt freie Zimmer? Du sagtest doch, dass bis Weihnachten alles ausgebucht ist.«

»Das Einzelzimmer im Erdgeschoss ist frei, und Franklin wird solange bei mir wohnen«, gab sie zu. »So, jetzt müssen wir aber das Essen auf den Tisch bekommen. Unsere Gäste warten schon.«

Amelie wollte an Ruth vorbei, doch sie wurde aufgehalten. »Amelie, warte. Hast du die Briefe alle gelesen?«

»Nein, das habe ich nicht. Nur den einen, den ich auf dem Boden gefunden habe. Es tut mir leid, aber es hätte ja auch etwas anderes sein können.«

»Schon gut. Ich nehme es dir nicht übel. Wir sollten keine Geheimnisse voreinander haben.« Ruth nickte nachdenklich, schnappte sich zwei weitere Schüsseln und folgte Amelie.

*

Es wurde zu einem wunderbaren Abend. Allen schmeckte das Essen, und Amelie wurde überschwänglich für ihre Kochkünste gelobt. Selbst Jennifer, die mit ihrem Dr. Schmitt am Tisch saß, lobte die leckere Soße, obwohl sie eher danach aussah, als würde sie sonst nur Salat ohne Dressing essen. Ruth hatte am Morgen außerdem drei große Schüsseln Herrencreme zubereitet, die es als Nachtisch gab. Danach saßen noch alle zusammen, und Georg setzte sich an das Klavier, das mehr zur Dekoration neben der Tür stand, und begann, Weihnachtslieder zu spielen. Die Gäste sangen dazu, sodass es gar nicht auffiel, dass das Klavier dringend gestimmt werden musste. Am Ende wurde Georg mit großem Applaus belohnt.

»Dann waren die Klavierstunden, die meine Mutter mir aufgebrummt hat, ja doch für etwas nütze«, brummte er sichtlich peinlich berührt vom Lob.

Dr. Schmitt ging sogar so weit, dass er einen leeren Blumentopf nahm und bei den Gästen für das gute Essen Geld einsammelte, da Amelie es ablehnte, einen Betrag dafür mit auf die Rechnung zu setzen. Sie beobachtete, wie Georg einen Hunderteuroschein in den Topf legte. Das konnte sie auf keinen Fall annehmen. Als auch Franklin etwas hineinlegte, reichte es ihr, und sie wollte ihm das Geld zurückgeben, doch das lehnte er ab.

»Du willst mich doch wohl nicht wütend machen? Diesmal bin ich vorbereitet, und du wirst mich nicht mit einem Kinnhaken k. o. schlagen.« Er fesselte ihre Arme mit einer Hand auf ihrem Rücken und küsste sie, bis sie jeden Widerstand aufgab.

Berta und Isa verabschiedeten sich zuerst und bedankten sich ausgiebig bei Amelie. »Du musst diesen jungen Mann heiraten, Amelie. Ihr seid ein so hübsches Paar. Wir werden auch zur Hochzeit kommen«, versprachen sie.

»Falls Amelie meinen Antrag irgendwann annimmt, werden Sie alle eine Einladung erhalten«, versprach Franklin und legte einen Arm um Amelies Schultern.

»Er hat eindeutig zu viel getrunken«, stellte Amelie klar.

»Aber es ist so romantisch«, schwärmte Isa. »Ich werde heute Nacht davon träumen«, rief sie zum Abschied.

»Oh, bitte nicht«, flüsterte Franklin und grinste Amelie an.

Dr. Schmitt trat zu ihnen und wollte Amelie kurz sprechen. »Sagen Sie, liebe Amelie, Jennifer und ich sind nicht zum Besuch auf dem Ochsenfurter Adventsgässle eingetragen, aber bestünde die Möglichkeit, dass wir auch mitfahren können? Sie sind so nette Leute, wir wären gerne dabei.«

Amelie blickte fragend zu Franklin.

»Ich habe den Van noch eine Weile. Er hat elf Plätze plus Fahrersitz, es würde also passen«, erklärte er.

»Das wäre wundervoll«, rief Jennifer, die bereits einige Gläser Bier intus hatte.

»Die Fahrt findet am Samstag statt, weil dieser besondere Adventsmarkt nur an dem Wochenende geöffnet hat«, erklärte Amelie.

»Wir haben ja bis Sonntag gebucht«, gab Dr. Schmitt zurück.

»Dann sehen wir uns am Samstag, ich trage Sie gerne ein.«

Am Ende saß Amelie mit Franklin, Ruth, Georg, den Eheleuten Johannsen, Bruno und Martha an einem Tisch und trank noch ein Glas Wein.

»Das war wirklich ein sehr schöner Abend, den ihr uns bereitet habt«, lobte Johann und erhob das Glas. »Wir werden im nächsten Jahr auf jeden Fall wiederkommen. Amelie kann direkt schon ein Zimmer für uns buchen, nicht wahr, Liebling?«

Ebba nickte zustimmend. »Auf jeden Fall. So eine schöne Adventszeit dürfen wir uns nicht entgehen lassen.«

»Wir werden auch wiederkommen, stimmt's, Bruno?«, fragte Martha plötzlich und stieß ihn mit dem Ellenbogen an.

»Klar kommen wir wieder. Ich werde morgen direkt ein Zimmer für uns buchen«, erklärte Bruno, und Amelie fiel vor Überraschung fast das Weinglas aus der Hand.

Hatte sie da etwas nicht mitbekommen? War es zu viel Alkohol gewesen? Sie hatte zum Essen zwei Gläser Bier getrunken und jetzt den Wein. Es sah ganz danach aus. »Ein Doppelzimmer für euch zwei?«, fragte sie vorsichtshalber, nicht dass sie da etwas falsch verstanden hatte.

Bruno nickte zustimmend und schenkte ihr ein Lächeln. Es war wohl das erste Mal, dass er freiheraus lachte. »Ja, sieht ganz so aus, als hätte das Schicksal es gut mit mir gemeint. Sie hatten den richtigen Riecher, liebe Amelie.«

»Das freut mich sehr«, erwiderte sie und hob ihr Glas. »Wir sollten auf das Schicksal anstoßen, das es gut mit uns meint.«

»Und wir sollten auf die Liebe trinken«, ergänzte Franklin, und alle erhoben ihre Gläser.

30. Kapitel

Georg sagte, dass der Weg zum Friedhof nicht weit sei, und so gingen sie zu Fuß. Amelie blieb im Hotel, um die Rezeption zu betreuen, während Franklin die beiden älteren Leute begleitete. Das Wetter meinte es gut mit ihnen, die Sonne ließ sich sogar sehen und verwandelte den Schnee in tausend glitzernde Edelsteine.

Ruth hatte sich bei Franklin eingehakt und erzählte ihm ein wenig von der Stadthistorie. Sie kamen an der Gerlachschmiede vorbei, einem schönen historischen Gebäude der Stadt, und dem Hohennersturm, der um 1300 erbaut worden war und zur Stadtmauer gehörte. Franklin war überrascht, wie viele Sehenswürdigkeiten es in dieser kleinen Stadt gab. Die Stadtbefestigung interessierte ihn ungemein, und er nahm sich vor, diese noch genauer zu besichtigen.

Der Friedhof war an diesem Morgen nur spärlich besucht. Viele Grabsteine waren mit Schnee bedeckt, ebenso die Gräber. Georg schien ein wenig orientierungslos, so steuerte Ruth die Gruft der Familie Brunner an.

»Ich bin schon sehr lange nicht mehr hier gewesen«, sagte Georg entschuldigend, und Franklin drückte seine Schulter. Es war seinem Großvater anzusehen, dass es ihn berührte, die Stätte zu besuchen.

Das Grab war ordentlich gepflegt. Ruth hatte unterwegs einen kleinen Winterstrauß besorgt und stellte ihn in die Vase, die auf dem Grab verankert war. Drei Namen waren dort in den breiten Stein gemeißelt. Egon und Isolde Brunner, darunter der Name Ilse Brunner und die jeweiligen Geburts- und

Sterbedaten. Ein steinerner Engel thronte über der Grabstätte und bewachte die Toten.

»Meine Schwester hatte nie die Möglichkeit, ihr Leben zu leben«, sagte Georg mit leiser Stimme. »Das tut mir sehr leid. Sie hatte mehr verdient.«

Ruth trat zu ihm und hakte sich bei ihm ein. »Ja, das hatte sie. Aber so wird sie für immer jung und schön bleiben in unseren Erinnerungen. Sieh uns nur an.« Sie blickte zu ihm auf und lehnte den Kopf an seine Schulter. Georg, der einen ganzen Kopf größer war als die kleine Frau, legte einen Arm um sie.

»Du hast natürlich recht, meine kleine Ruth. Das Leben ist nicht aufzuhalten, auch wenn wir es uns noch so sehr wünschen.«

»Wo sind die Gräber deiner Familie?«, wollte er wissen.

»Die gibt es schon lange nicht mehr. Sie wurden eingeebnet. Leider, ich hätte gerne einen Erinnerungsort, aber die Zeit schreitet dahin, und alles verändert sich.« Ruth winkte ab. »Es ist eben viel geschehen in all den Jahren, und manchmal muss man die Vergangenheit ruhen lassen«, sagte Ruth milde. »Georg, es tut mir sehr leid. Ich habe lange gedacht, dass du mich vergessen hattest, weil ich keine Briefe erhalten habe …«

»Aber ich habe dir geschrieben«, warf er schnell ein.

Ruth hob die Hand, um ihn zu unterbrechen. »Ich weiß, Georg, bitte lass mich aussprechen. Ich habe viele Jahre daran geglaubt, dass du mir nicht geschrieben hast. Ich habe mich von Ilse ferngehalten, weil es einfach zu sehr wehtat, wenn sie mir erzählte, dass wieder ein Brief von dir angekommen sei. Viele Jahre später, als ich meine Eltern zu Grabe getragen hatte und deren Schlafzimmer auflöste, fand ich einen Karton in dem Nachtschrank meiner Mutter. Er enthielt eine Menge Briefe, die an mich adressiert waren und die ich nie zu Gesicht bekommen hatte. Sie hatte alle Briefe abgefangen und vor mir versteckt gehalten. Ich konnte es nicht glauben. Doch als ich alle Briefe gelesen hatte, war klar, dass sie aus Angst gehandelt hatte. Meine Mutter hatte die Briefe geöffnet und so erfahren, dass ich die Familie verlassen wollte, um zu dir nach Amerika zu reisen. Sie wollte nicht, dass ich Rothenburg verließ. Darum hat sie die Briefe vor mir versteckt. Erst nach und nach wurde mir klar, dass du mich nicht vergessen hattest, aber von mir nie eine Antwort erhalten hast. Also schrieb ich dir gleich zwei Briefe, doch beide kamen mit dem Vermerk ›unzustellbar‹ zurück. Anscheinend warst du mittlerweile verzogen. Es hätte nichts geändert, denn ich war inzwischen verheiratet und du vermutlich auch.«

Ihre zarte Stimme zitterte leicht, und Franklin wusste nicht, ob es an der Kälte lag oder an Ruths Nerven. Dieses Geständnis verlangte ihr eine Menge ab. Er nahm ihren Arm, weil er Angst bekam, dass sie hier zusammenbrach. Das würde Amelie ihm nicht verzeihen.

»Wollen wir nicht lieber irgendwo einkehren, wo es wärmer ist?«, schlug er vor.

Georg nickte. »Ja, mein Junge, das ist eine gute Idee. Ein Kaffee wird uns allen guttun.«

Er befreite den Stein der Gruft vom Schnee, während Ruth ein Gebet sprach, dann liefen sie Richtung Ausgang und kehrten in einem kleinen Café ein, wo sie drei Tassen Kaffee bestellten.

Georg half Ruth aus dem Mantel, setzte sich auf die Couch zu ihr und drückte ihre Hand, während Franklin auf einem Stuhl Platz nahm. »Ich konnte nicht glauben, dass du mir nicht antwortest. Alle möglichen Dinge gingen mir durch den Kopf. Dass dir etwas zugestoßen war, du dich in einen anderen verliebt hattest oder gar auf dem Weg zu mir warst. Irgendwann habe ich aufgehört, zu hoffen. Ich hatte Ilse geschrieben und gefragt, was los sei, doch keine Antwort mehr erhalten, weil sie inzwischen verstorben war. Ich habe geheiratet, meine Frau war ebenfalls eine deutsche Auswanderin, und als sie starb, ging ich zurück nach Lüneburg, wo sie herkam und Familie hatte. Doch ich fühle mich dort nicht wohl. Mein Sohn ist mit seiner Frau zurück in die Staaten, er ist dort aufgewachsen und verwurzelt, ich kann es ihm nicht übel nehmen. Dass Franklin bei mir in Deutschland blieb, hat mich sehr überrascht und natürlich auch gefreut«, berichtete Georg aus seinem Leben.

»Du bist ein guter Junge«, sagte Ruth und berührte Franklins Hand. »Tu mir nur einen Gefallen, brich Amelie nicht das Herz. Sie hat es nicht verdient. Ihr wurde in letzter Zeit hart mitgespielt.«

»Das werde ich nicht, Ruth. Das verspreche ich dir. Amelie hat mir erzählt, dass ihr Chef sie hintergangen hat.«

Ruth nickte und blickte zu Georg. »Ich kann nicht fassen, wie das Leben uns mitgespielt hat. Ich konnte meine Mutter nicht mehr fragen, was sie dazu bewegt hat, so zu handeln. Sie hatte es nicht leicht mit meinem Vater. Er war böse, und je älter er wurde, umso aggressiver wurde er. Vermutlich hatte sie einfach Angst, dass ich sie mit meinem Vater alleinlasse. Als er starb, war sie eher erleichtert als traurig. Mir ging es ähnlich. Aber das alles war kein Grund, deine Briefe zu unterschlagen. Wie anders unsere Leben hätten aussehen können.« Ruth schüttelte den Kopf.

»Hast du meine Briefe gelesen?«, fragte Georg nach und trank einen Schluck des warmen Kaffees.

Franklin tat es ihm gleich. Das Getränk wärmte ihn langsam auf. Es tat gut, denn er hatte Mitleid mit den beiden, deren Liebe so jäh auseinandergerissen worden war. Ihr Leben war von anderen beeinflusst worden, ohne dass sie davon gewusst hatten. Vermutlich wäre er gar nicht auf dieser Welt, wenn alles anders gekommen wäre. Aber wer konnte das schon sagen?

»Ja, Georg, ich habe all deine Briefe gelesen. Damals war ich schon Ende dreißig und mein Herz drohte zu brechen.

Doch irgendwann habe ich meinen Frieden damit gemacht, dich für immer verloren zu haben. Als du plötzlich vor mir standest, war das wirklich ein Schock für mich. Ich wusste nicht, wie ich reagieren sollte, traute meinen Augen nicht, hielt es für eine überdrehte Fantasie.«

Georg lachte leise. »Du kannst deinen Augen sehr wohl trauen, liebe Ruth. Ich bin nach Rothenburg zurückgekehrt und zu dir.«

»Aber warum jetzt?«, fragte sie, und das war auch etwas, was Franklin beschäftigte.

»Das Haus meiner Eltern war in all den Jahren, seit sie verstorben sind, vermietet. Doch vor einem Monat sind die Mieter ausgezogen, und ich dachte mir, jetzt wäre der richtige Zeitpunkt, es zu sanieren und wieder dort einzuziehen. Es bietet viel Platz, und vielleicht kann ich dich ja überreden, zu mir zu ziehen. Nach all den Jahren im Hotel wäre es doch schön, wenn du ein wenig Ruhe und ein Haus für dich ganz allein hättest. Natürlich nur, wenn du mich immer noch haben willst.«

Ruth starrte ihn mit offenem Mund an und schüttelte automatisch den Kopf. »Ich kann doch mein Hotel nicht allein lassen. Dann wird sich die Bank noch alles unter den Nagel reißen, das lasse ich auf keinen Fall zu«, murmelte sie abwesend.

»Aber Amelie soll doch in Zukunft das Hotel übernehmen, und ich werde ganz bestimmt nicht zulassen, dass dieser Mühlhaus das Gebäude einfach so zur Versteigerung anbietet«, warf Franklin wütend ein.

»Warum versteigern? Was ist denn los?« Georg blickte fragend von einem zum anderen.

Franklin stand es nicht zu, das zu erklären, daher blickte er Ruth an.

Sie seufzte schwer. »Ach, Georg, ich habe so einen großen Fehler gemacht. Ich wollte das Hotel wieder in Schwung bringen und renovieren und habe mir einen viel zu hohen und teuren Kredit aufschwatzen lassen. Ich konnte nicht alle Raten bezahlen, und nun stecken wir in der Klemme, und Mühlhaus, der Leiter der Bank, setzt Amelie unter Druck. Es ist alles meine Schuld.« Sie schlug sich die Hände vor die Augen und begann, bitterlich zu weinen.

»Aber, Ruth, das kann doch alles nicht so schlimm sein, dass du deshalb in Tränen ausbrichst. Es wird schon einen Ausweg geben.« Er warf Franklin über den Tisch einen vielsagenden Blick zu und zog Ruth in seine Arme.

»Die Bank hat schon einige Häuser in der Reihe aufgekauft, um sie zu sanieren und als teure Eigentumswohnungen zu verkaufen. Mühlhaus will unbedingt, dass Ruth das Hotel schließt und das Haus an ihn verkauft. Er ist wie besessen davon.«

Ruth kramte ein Taschentuch aus ihrer Handtasche und wischte ihre Tränen fort, während sie zustimmend nickte.

»Hm.« Georg trommelte nachdenklich mit den Fingern auf dem Tisch herum. »Du sagst, sie haben schon die ganze Reihe an Häusern gekauft?«

Ruth nickte. »Ja, die Bewohner sterben alle langsam weg, und die Erben sind froh, wenn sie die Häuser für vermeintlich gutes Geld loswerden. Aber die Spekulanten machen noch viel mehr Geld damit. Das ist doch Betrug. Jemand sollte sie aufhalten, damit dürfen sie nicht durchkommen.«

»Ich kann euch sagen, warum der Mühlhaus so hinter deinem Grundstück her ist, Ruth«, sagte Georg nachdenklich. »Weil nur dein Grundstück ein Wegerecht besitzt, um von hinten an die Gärten zu gelangen. Damals habe ich meinem Vater geholfen, deinen Vater vor Gericht zu vertreten. Ich kann mich noch gut daran erinnern. Die anderen Hausbesitzer hatten geklagt, weil die Stadt deinem Vater ein zu großes Stück Land verkauft hatte, doch der Vertrag war rechtskräftig. Dein Vater war bereit, den übrigen Besitzern den Zugang zu ermöglichen. Doch Mühlhaus will wohl ganz auf Nummer sicher gehen. Wenn du den neuen Käufern den Zugang verwehrst, sind die Grundstücke nur noch die Hälfte wert. Das kann er sich nicht leisten, dann verliert er die Anleger und die Investoren.«

Jetzt war Franklin klar, warum Mühlhaus so aggressiv vorgegangen war.

»Aber davon weiß ich gar nichts.« Ruth blickte seinen Großvater zweifelnd an.

»Es muss doch ein Gerichtsurteil darüber geben. Wir haben auf dem Dachboden eine Menge Akten gefunden«, erzählte Franklin.

»Warum warst du auf dem Dachboden?«, wollte Georg wissen.

»Weil Amelie ihn ausbauen will. Ihre Wohnung ist nicht besonders groß, und wenn ich ...« Er hielt inne. Er hatte mit seinem Großvater noch gar nicht darüber gesprochen, dass er ernsthaft vorhatte, hier in Rothenburg zu bleiben.

Georg grinste. »Du hast wohl auch dein Herz hier in Rothenburg verloren, was, mein Junge?« Er lachte auf.

»Es scheint so, als würde das *Hotel Mistelzweig* sehr anziehend auf uns Brunner-Männer wirken.« Franklin zwinkerte Georg zu.

»Wir sollten mit Amelie darüber sprechen«, warf Ruth ein. »Denn wenn wir den Kredit nicht bedienen, dann wird Mühlhaus ihn kündigen, und das Haus wird zwangsversteigert werden.«

»So schnell schießen die Preußen nicht, meine liebe Ruth. So weit werden wir es nicht kommen lassen. Franklin, kümmere dich bitte um die Rechnung, wir wollen zurück zum Hotel, um mit Amelie zu sprechen.«

»Klar, ich erledige das schnell.« Franklin winkte der Bedienung.

»Wir müssen den Damen helfen«, raunte Georg seinem

Enkel zu. »Es wird ja etwas machbar sein.« Er zwinkerte ihm zu.

»Was flüstert ihr denn da?«, wollte Ruth wissen.

»Du darfst alles essen, aber nicht immer alles wissen, meine liebe Ruth«, sagte Georg und nahm ihren Arm, um sie hinaus auf die Straße zu führen.

Franklin folgte ihnen schnell. Keine Ahnung, was sie sonst noch anstellen würden. Er hatte heute eine Menge erfahren und war noch ganz trunken von diesen Ereignissen.

31. Kapitel

Als Ruth von ihrem Ausflug zum Friedhof zurückkehrte, ging es ihr nicht gut, das sah Amelie auf Anhieb.

»Was ist geschehen?«, fragte sie animiert, als sie das blasse Gesicht ihrer Großmutter erblickte.

»Nichts, mein Kind. Ich bin nur sehr müde und muss mich ein wenig ausruhen. Kommst du allein klar?«

Als Amelie nickte, ging Ruth einfach weiter in Richtung ihrer Wohnung.

»Franklin, kannst du mich einen Augenblick hier vertreten?«, fragte sie und folgte Ruth. »Was ist denn los? Ich sehe doch, dass etwas nicht in Ordnung ist!«, sagte Amelie streng und setzte sich zu Ruth auf die Couch, wo diese die Beine hochgelegt hatte.

»Ach, Kind, ich weiß gar nicht, wo ich anfangen soll. Du glaubst nicht, warum dieser Mühlhaus das Haus unbedingt will.«

»Doch, natürlich wegen dieser Eigentumswohnungen.«

Ruth schüttelte den Kopf. »Nein, es steckt noch viel mehr dahinter. Und dann will Georg auch noch, dass ich hier ausziehe.«

»Was? Aber warum denn?« Amelie kam nicht mehr mit.

»Er will, dass ich zu ihm ziehe.«

»Wie bitte? Einfach so? Was sollst du denn in Lüneburg?« Amelie konnte nicht glauben, was Ruth ihr da erzählte.

»Nein, wie kommst du denn auf Lüneburg? Er hat hier in Rothenburg noch das Haus seiner Eltern. Franklin soll es umbauen, und wir sollen dort einziehen, weil du das Hotel doch allein führen sollst. Es ist alles so verwirrend.« Sie legte den Arm über ihre Augen.

Wie sollte Amelie daraus nur schlau werden?

Ein Klopfen an der Tür ließ sie aufhorchen. »Amelie, kannst du bitte zur Rezeption kommen? Da ist jemand für dich«, hörte sie Franklins Stimme.

»Ja, ich komme sofort.«

Sie breitete eine Decke über Ruths Füßen aus. »Ruhe dich aus, wir sprechen später darüber, okay?«

Ruth nickte mit geschlossenen Augen.

Das gefiel Amelie gar nicht, aber so war ihre Großmutter. Sie musst sich immer erst an die Dinge gewöhnen. Was waren das nur für Neuigkeiten? Ruth sollte ausziehen? Dazu würde Georg sie niemals bewegen können, da war Amelie sich sicher.

Sie verließ die Wohnung im Erdgeschoss und ging zum Empfang, wo sie wie angewurzelt stehen blieb.

Der Mann, der dort auf sie wartete, drehte sich zu ihr um und lächelte. »Hallo, Amelie. Schön, dich wiederzusehen.«

»Rupert! Was tust du hier?« Sie konnte nicht fassen, wer da vor ihr stand. »Wie kommst du hierher?«

»Ich war in der Nähe und dachte, ich besuche dich, Liebling.« Er machte einen Schritt auf sie zu, legte einen Arm um ihre Hüften und machte Anstalten, sie zu küssen. Da Amelie schnell den Kopf abwandte, trafen seine Lippen nur ihre Wange. Ihr Blick ging schnell hinüber zum Tresen, wo Franklin stand und sehr beschäftigt tat. Aber er beobachtete sie aus dem Augenwinkel, das hatte sie gesehen.

»Wie geht es deiner Frau?«, war das Erste, was ihr einfiel.

»Ich glaube nicht, dass du das wirklich wissen willst. Wie geht es dir?« Er sah sie verlangend an, doch sie ging nicht darauf ein.

Amelie machte sich aus seiner Umarmung frei und sorgte für einen gewissen Abstand zwischen ihnen. »Danke, mir geht es sehr gut, seit ich wieder in Rothenburg bin. Ich hätte die Stadt niemals verlassen sollen.« Ihr Ton war ein wenig hochmütig, was Rupert wohl zu überhören schien.

»Du willst doch wohl München nicht mit dieser Kleinstadt vergleichen?« Er lachte blasiert auf und strich sich über das Haar.

»Nicht jeder ist dazu geboren, in der Großstadt zu leben«, fügte Amelie hinzu.

Neugierig sah Rupert sich um. »Das ist ja ein ziemlich kleines Hotel, wenn man bedenkt, wo du die letzten Jahre gearbeitet hast. Gemütlich, aber doch eher fade.« Es war ihm anzusehen, dass diese Räume einem Vergleich mit dem Foyer des Grandhotels, das er leitete, nicht standhielten.

»Weißt du, der Unterschied ist, dass ich hier nicht eine Angestellte unter vielen bin, sondern mein eigenes Hotel leite. Das ändert vieles. Hier steckt mein Herzblut drin, auch wenn es auf dich fade wirkt, für mich ist es der Himmel auf Erden.« Amelie war nicht bereit, klein beizugeben. Sie kannte seine arrogante Art, wenn er sich unsicher fühlte, und genau das schien der Fall zu sein.

Er hob eine Augenbraue, blickte sich zu Franklin um, der immer noch hinter dem Tresen stand und etwas im Internet suchte. »Können wir uns vielleicht irgendwo in Ruhe unterhalten? Wo wir etwas mehr Privatsphäre haben? Unter vier Augen?«, forderte er.

Amelie lächelte und ging langsam hinüber zum Tresen, stellte sich neben Franklin und legte ihm einen Arm um die Hüften. Er sah sie an, nahm sie in die Arme und küsste sie kurz. »Weißt du, Rupert, alles, was wir besprechen, kann Franklin hören. Vor meinem Freund habe ich keine Geheimnisse, denn ich habe ja nichts zu verbergen, so wie eine Ehefrau und Kinder. Hier sind wir quasi ›unter vier Augen‹.« Sie lächelte süß und malte Gänsefüßchen in die Luft.

Täuschte sich Amelie oder wurde Rupert ein wenig blass?

»So, du hast also schon wieder eine neue Beziehung«, schlussfolgerte er ironisch.

»Ja, das ist allemal besser, als zwei Beziehungen gleichzeitig zu führen«, entgegnete Franklin gelassen.

Rupert trat näher und steckte lässig eine Hand in seine Anzughose. »Ich weiß ja nicht, was Amelie über mich erzählt hat …«, begann er einen Monolog, doch Franklin schnitt ihm das Wort ab.

»Amelie hat gar nichts über Sie erzählt. Das ist auch nicht notwendig, Sie sprechen für sich allein. Das Bild, das sich mir zeigt, deckt sich mit meinen Vermutungen.« Franklin blickte ihn ernst an.

Rupert sah gut aus mit seinem dunkelblauen Anzug, dem Wollmantel, den er über den Arm trug, und seinen dunkelbraunen Lederschuhen, handgearbeitet, wie sie aus Erfahrung wusste. Sein Haar trug er etwas länger und hatte etwas vom Aussehen eines Tom Cruise in seinen besten Jahren. Dennoch fand sie Franklin wesentlich anziehender.

»Amelie, kommt jetzt bitte mal her, ich habe mit dir zu reden«, sagte er in strengem Ton, als würde er mit einem Kind reden.

Amelie machte sich von Franklin los, obwohl sie spürte, dass er sie nicht gehen lassen wollte. Sie nickte ihm auf eine Weise zu, die ihm hoffentlich vermittelte: *Vertrau mir*, und er ließ sie gehen.

Als Rupert sah, dass Amelie um den Tresen kam, lächelte er triumphierend. Doch sie ging an ihm vorbei und öffnete die Eingangstür des Hotels.

»Du solltest jetzt besser gehen, Rupert. Wir sind hier fertig. Ich habe dir nichts zu sagen und will nicht hören, was deine Belange sind, sie gehen mich nichts mehr an. Unsere private Beziehung ist vor vielen Monaten geendet, und ich habe kein Interesse daran, diese wieder aufzunehmen. Ich wünsche dir ein schönes Leben, mit wem auch immer.« Sie blickte ihn ernst an und wartete darauf, dass Rupert das Hotel verließ.

Er sah sie an, als würde er gleich wieder einer seiner berüchtigten Wutausbrüche bekommen. Doch er riss sich zusammen und steuerte dem Ausgang entgegen. »Du wirst es irgendwann bereuen. Du hättest deine Stelle in München zurückbekommen, aber wenn du hier versauern willst, dann bitte. Komm später nicht zu mir und bettele um einen Job.«

Amelie lachte. »Das wird ganz gewiss nicht geschehen.« Sie warf die Tür zu, nachdem er das Foyer verlassen hatte, und atmete angestrengt aus. »Was ist denn nur heute hier los?«, fragte sie und blickte Franklin fragend an. »Ich könnte einen Kaffee gebrauchen, wie sieht es mir dir aus?«

»Mir wäre ein Bier lieber«, sagte er. »Setz dich an die Eckbank, ich hole uns etwas.« Er machte sich auf den Weg in die Küche.

Es dauerte nicht lange, da kehrte er mit einer großen Tasse und einer Flasche zurück und setzte sich zu ihr.

»Ich habe keine Ahnung, was in Rupert gefahren ist, hier einfach so aufzutauchen. Als ob ich zu ihm zurückkehren würde. Ich kann es nicht fassen.« Sie schüttelte den Kopf. »Aber es gibt Wichtigeres. Ruth hat mir wirre Dinge erzählt, aus denen ich nicht schlau wurde.« Sie nahm einen Schluck Kaffee. »Was ist da los? Warum erzählt sie, dass sie zu Georg ziehen soll? Ich komme nicht mehr mit.«

Franklin lachte leise. »Willst du nicht erst mal über den Auftritt deines Ex-Freundes sprechen?«, fragte er und trank einen großen Schluck Bier. Dann knibbelte er an dem Etikett der Flasche.

»Franklin, es gibt nichts, worüber wir da sprechen müssen. Ich weiß nicht, was er wollte, und es interessiert mich auch nicht. Wie er richtig festgestellt hat, gibt es einen anderen Mann in meinem Leben, und nur das zählt für mich. Wir sollten ihm nicht mehr Aufmerksamkeit widmen, als er verdient hat, und das ist nicht eine Sekunde. Ich habe keine Vorstellung, warum er denkt, dass ich meinen alten Job als Angestellte wiederhaben möchte, wenn ich ein eigenes Hotel leiten kann.«

Franklin wandte sich ihr zu. »Du bist eine bemerkenswerte Frau, Amelie Zweig, weißt du das? Und ich fühle mich dir jeden Tag näher.« Er beugte sich zu ihr und küsste sie. Er schmeckte herb nach dem Bier.

»Danke, das höre ich gerne. Und jetzt erzähl mir, was passiert ist. Ruth ist ziemlich fertig. So kenne ich sie nicht, dass sie sich mittags hinlegt.«

»Sie hat sich mit Georg ausgesprochen und erklärt, warum sie geglaubt hat, er habe ihr nie geschrieben. Ihre Mutter hat die Briefe abgefangen, Ruth hat sie erst nach dem Tod deiner Urgroßmutter gefunden. Sie hat ihr nie gesagt, dass es Briefe von Georg aus Amerika gab. Danach hat Ruth versucht, ihm zu schreiben, aber er hatte mittlerweile eine andere Adresse, also kamen die Briefe zurück.«

Amelie nickte. »Deshalb die beiden Briefe, die an Georg adressiert waren.«

»Ja, genau. Aber Georg hat uns noch etwas anderes erzählt.« In kurzen Worten erklärte Franklin von dem Gespräch über das Gerichtsurteil bezüglich des Wegerechts, auf das es Leopold abgesehen hatte.

»Das ist ja unglaublich. Jetzt ist klar, was er von Anfang an wollte. Es ging ihm niemals um mich. Ich sollte noch mal auf den Dachboden und die Unterlagen durchsehen. Dort muss doch das Urteil zu finden sein.«

Franklin nickte. »Ja, wenn wir etwas gegen ihn in der Hand haben wollen, dann brauchen wir einen Beweis. Ich zweifle nicht an Georgs Gedächtnis, aber das alles ist schon lange her. Wenn du möchtest, gehe ich nachschauen.«

»Gerne. Aber selbst wenn uns etwas unterkommt, wird mir das nicht viel nutzen. Das ist heute gekommen.« Amelie zog einen gefalteten Brief aus ihrer Hosentasche. »Ich will nicht, dass Ruth das sieht. Es würde sie nur noch mehr aufregen, und ich glaube, das könnte sie im Augenblick nicht gebrauchen. Ihr aktueller Zustand gefällt mir gar nicht, und ich überlege, ob ich nicht mit ihr zum Arzt gehen sollte.«

»Du machst dir wirklich Sorgen, oder? Ich glaube, es ist im Augenblick alles einfach etwas viel. Sie macht sich Gedanken, weil sie diesen Kredit aufgenommen hat. Sie hat Georg und mir davon erzählt.« Er faltete das Schreiben auseinander und überflog es schnell. »Mühlhaus hat euch den Kredit gekündigt. Das war ja klar. Hast du die letzte Rate nicht bezahlen können?«

Amelie schüttelte den Kopf. »Ich habe noch nicht alles zusammen. Ich habe überlegt, ob ich meine Lebensversicherung auflösen soll, doch das würde mit Sicherheit einige Wochen dauern, und ich habe bloß eine Woche Zeit, die Zahlung nachzuholen, sonst droht uns die Zwangsversteigerung.« Amelie schloss kurz die Augen und lehnte sich zurück. »Ich kann nicht glauben, dass wir das alles hier verlieren werden. Es wird Ruth das Herz brechen.«

»Niemand wird hier irgendetwas verlieren, mein Liebling. Die Restsumme beträgt etwas mehr als siebzigtausend Euro.«

»So hoch ist meine Lebensversicherung nicht. Der Rückkaufswert ist höchsten fünfundzwanzigtausend«, sagte Amelie mit einem Stöhnen.

»Deine Versicherung bleibt dort, wo sie ist. Ich werde Georg bitten, uns das Geld zu leihen. Ich bin mir sicher, dass er das für Ruth tun würde.«

»Nein, das kommt gar nicht infrage. Das kann ich nicht annehmen.« Amelie schüttelte energisch den Kopf. »Ich werde Georg bestimmt nicht sein hart verdientes Geld entlocken.« Sie war völlig außer sich.

»Amelie, ich glaube, ich muss da etwas klarstellen. Georg ist kein armer Mann«, setzte er an.

»Er war Geschichtsprofessor, damit wird man nicht zum Millionär«, warf sie ein.

»Nein, damit nicht. Aber Georg hat mehr als dreißig Sachbücher geschrieben und ist ein anerkannter Professor für die Geschichte des Zweiten Weltkriegs. Er verkauft seine Bücher überall auf der Welt. Glaub mir, er hat mehr Geld, als er in seinem Leben ausgeben kann. Es wird ihm eine Ehre sein, dir und Ruth unter die Arme zu greifen. Wenn du dich besser fühlst, kannst du es mit Zinsen zurückzahlen, so wie es dir passt. Er will mit dir darüber sprechen, und du solltest es dir zumindest anhören. Es wäre ein Darlehen wie bei einer Bank, nur ganz ohne Druck.«

Amelie blickte ihn mit offenem Mund an. »Weiß Ruth davon?«

»Nein«, er lachte leise, »ich glaube nicht. Georg ist nicht der Mann dafür, damit hausieren zu gehen. Er tut gerne so, als wären die Klamotten, die er am Leib trägt, sein einziger Besitz. Und wenn du sein Geld nicht annehmen willst, dann biete ich dir meines an. Wie du weißt, habe ich meine Firma in Lüneburg verkauft. Ich hatte mehr als zehn Angestellte und einen Fuhrpark und Maschinen. Das hat mir ein schönes Sümmchen eingebracht. Ich bin auf der Suche nach einem Investment und denke, in dein Hotel zu investieren, wäre eine gute Idee.«

»Ich werde das Gefühl nicht los, als wäre heute schon Weihnachten. Das darf doch alles nicht wahr sein. Aber, Franklin, ich kann das alles nicht annehmen, weil ich eine Beziehung nicht auf einem Haufen Geld aufbauen kann. Es würde immer zwischen uns stehen. Nein, Franklin, das alles ist wahnsinnig freundlich, doch ich muss ablehnen, und Ruth wird nicht anders darüber denken.«

Franklin presste die Lippen aufeinander und nickte. »Gut, wenn das so ist, werde ich jetzt erst auf den Dachboden klettern und das Gerichtsurteil suchen. Dann sprechen wir noch mal über diesen Kredit. Damit sind wir noch nicht durch, Liebes.« Er erhob sich. »Du magst zwar einen eisernen Willen haben, aber ich habe auch einen. Ich werde nicht dabei zusehen, wie man dir deine Existenz nimmt. Finde dich damit ab.«

Amelie öffnete den Mund, kam jedoch nicht dazu, etwas zu erwidern, denn er küsste sie innig.

»Es ist keine Schande, Hilfe anzunehmen, es ist nur dumm, Hilfe abzulehnen, wenn man sie dringend braucht.«

Amelie blickte in seine hellblauen Augen, die sie magisch anzogen. »Ich bin so dankbar, dass ich dich getroffen habe«, flüsterte sie.

»Dann solltest du Georg danken. Er ist der Grund, warum ich nach Rothenburg gekommen bin. Aber du bist der Grund, warum ich bleiben will.«

32. Kapitel

Am Nachmittag kam Ruth zu Amelie an den Empfang. Sie hatte sich umgezogen und sah wesentlich besser aus. Ihre Wangen waren wieder rosig, so wie Amelie ihre Großmutter kannte.

»Geht es dir besser?«

»Ja, natürlich, mein Kind. Ich habe ein wenig geschlafen, das hat mir gutgetan. Diese Erinnerungen an die Vergangenheit haben mich umgehauen, doch jetzt ist alles wieder in Ordnung. Du hast ja keine Ahnung, was Georg mir erzählt hat.«

»Doch, Franklin hat mir von dem Wegerecht berichtet. Er ist oben auf dem Dachboden und sucht nach diesem Urteil, das wir Leopold um die Ohren hauen können. Wir werden ihn mit seinen eigenen Waffen schlagen. Hast du Lust auf ein Stück Kuchen? Ich habe einen Käsekuchen gebacken.«

»Höre ich hier Käsekuchen?« Georg kam den Flur entlang, der von seinem Zimmer ins Foyer führte.

»Ja, möchten Sie auch ein Stück?«, fragte Amelie. »Setzt euch auf die Eckbank, ich bringe Kaffee aus der Küche«, rief Amelie und machte sich schon auf den Weg. Heute war am Empfang nicht viel los, weil die Gäste alle unterwegs waren.

»Mhm, das duftet wunderbar«, erklärte Georg.

»Möchten Sie auch Sahne?«, fragte Amelie und legte ihm ein Stück auf den Teller.

Als sie ihre Hand wegziehen wollte, hielt Georg ihr Handgelenk fest. »Amelie, ich denke, es ist an der Zeit, dass wir uns duzen, ich bin der Ältere und würde mich darüber sehr freuen.«

Amelie lächelte glücklich. »Danke, Georg, das ist sehr freundlich von dir. Ich hole schnell die Sahne.«

Als sie zurückkehrte, sah sie Ruth und Georg in ein leises Gespräch vertieft. Sie wollte die beiden nicht stören, doch Ruth zog ihr einen Stuhl unter dem Tisch hervor.

»Komm, setz dich zu uns und iss auch ein Stück. Er schmeckt wie immer wunderbar. Du bist eine richtige Künstlerin in der Küche.«

Amelie zuckte mit den Schultern. »Ein Hobby zum Ausgleich«, gab sie zu. »Du weißt, ich habe schon früher gerne in der Küche gestanden. Vielleicht sollten wir demnächst Kuchen für unsere Gäste anbieten«, überlegte sie laut.

»Das ist eine gute Idee«, stimmte Ruth zu.

»Amelie, ich habe deine Großmutter gebeten, zu mir in das Haus meiner Eltern zu ziehen, sobald es umgebaut ist. Das wird noch eine ganze Weile dauern, aber ich möchte, dass du darüber Bescheid weißt«, erklärte Georg in ruhigem Ton.

»Ja, Ruth hatte schon so etwas erwähnt.« Amelie sah ihre Großmutter an.

»Ich denke, sie hat nach all der Zeit ihren Ruhestand verdient. Wir haben so viel Zeit verloren, und ich möchte ein wenig davon zurückholen. Das Haus hat einen wunderschönen Garten, und wir hätten sehr viel Platz«, erzählte Georg. »Franklin wird das Haus sicherlich nach unseren Vorstellungen umgestalten. Ich dachte da an eine altersgerechte Wohnung.«

Amelie blickte ihre Großmutter an. »Was sagst du dazu?«

Sie hob die Schultern. »Ich bin mir nicht sicher. Ich will dich nicht alleinlassen mit dem Hotel. Manchmal denke ich, dass es vielleicht doch eine gute Idee wäre, das Hotel zu schließen und das Gebäude zu verkaufen. Die Belastung ist einfach zu hoch.« Sie legte die Hände auf den Tisch und drehte nervös an ihrem Ring. Es war ein Platinring mit einem

Aquamarin, ein Erbstück ihrer Mutter, das Ruth schon ein Leben lang trug.

»Ich werde nicht zulassen, dass Leopold gewinnt und sich dieses Grundstück unter den Nagel reißt. Ruth, du hast immer gewollt, dass ich dieses Hotel einmal weiterführe, und genau das ist auch mein Wunsch. Es ist keine Last für mich, sondern meine Zukunft. Georg hat recht. Du hast dir deinen Lebensabend verdient, und wenn du ihn mit ihm zusammen verbringen kannst, wäre das doch wunderbar. Du musst keine Rücksicht auf mich nehmen. Ich komme zurecht.«

»Aber nicht mit diesen Schulden mein Kind«, entgegnete Ruth und berührte ihre Hand.

»Du vergisst, dass ich auch mein Geld bereits in dieses Hotel investiert habe. Ich kann es nicht aufgeben.« Energisch schüttelte sie den Kopf. »Das *Hotel Mistelzweig* gehört uns, und so wird es bleiben.«

»Du bist ein gutes Kind.« Ruth küsste ihre Wange.

»Und ich bin besser als Indiana Jones.« Franklin kam mit einem Ordner um die Ecke, der ziemlich verstaubt aussah.

»Du siehst aus, als hättest du in einer Pyramide gegraben«, meinte Amelie und zog ihm einen Staubfaden aus dem Haar.

»Hier ist es!«, erklärte er und grinste zufrieden. »Dieser Ordner enthält das Urteil und auch die Blaupause des Bauamts, aus der hervorgeht, dass das Wegerecht hinter dem Haus zu diesem Grundstück gehört. Ich denke, ich habe mir auch ein Stück Kuchen verdient.«

Amelie warf ihm die Arme um den Hals. »Dafür backe ich einen besonderen Kuchen, ganz für dich allein.«

»Kinder, bitte setzt euch einen Moment, ich möchte mit euch reden«, sagte Georg in ernstem Ton.

Franklin nahm neben Amelie Platz und sie schob ihm ihren Teller hin, mit einem frischen Stück Kuchen.

»Ich möchte dieses Problem mit dem Kredit aus der Welt schaffen«, begann Georg, und Amelie wollte sofort etwas sagen, doch er ließ sich nicht unterbrechen. »Hör mich zuerst an, Amelie, bevor du etwas sagst. Ich denke, du bist genauso stolz wie deine Großmutter, sie würde auch nie Geld von mir annehmen ohne Gegenleistung. Daher will ich dir das Geld nicht schenken, sondern dir ein Darlehen anbieten. Du wirst Zinsen zahlen, die dem üblichen Rahmen entsprechen. Der Unterschied zu einer Bank ist, dass du die Raten selbst bestimmen kannst. Du zahlst die Raten in der Höhe zurück, wie es möglich ist. Das ermöglicht dir einen gewissen Spielraum, auch was die Erweiterung des Hotels betrifft. So werden wir das Hotel erhalten und diesem Banker einen empfindlichen Schlag versetzen. Mal schauen, ob er dann immer noch seine überteuerten Eigentumswohnungen an den Mann bringen kann. Sobald das Darlehen abgelöst ist, solltest du dir allerdings eine neue Hausbank suchen. Mit diesem Halsabschneider würde ich keine Geschäfte mehr machen.«

Amelie atmete angespannt aus. Alle drei sahen sie gespannt an, und die Verantwortung legte sich schwer auf ihre Brust. »Ich weiß nicht recht, was ich sagen soll. Ich meine, wir haben nur eine Woche, dann muss das Geld bei der Bank sein.«

»Wenn du willst, werde ich morgen mit dir zur Bank gehen und den Betrag sofort anweisen. Ich möchte dem Kerl persönlich in die Augen sehen, wenn er das Geld bekommt.« Georg grinste und nahm Ruths Hand in seine. »Dem Kerl werden wir es geben.«

Amelie sah zu Franklin, der ihr ein kleines Lächeln schenkte. »Und was sagst du, Amelie? Es ist ein Kredit, kein Geschenk und keine Almosen.«

Ihr war klar, dass sie es war, die hier über ihren eigenen Schatten springen musste. Es fiel ihr schwer, Hilfe anzunehmen, aber konnte sie Georg so vor den Kopf stoßen, indem sie sein Angebot einfach so vom Tisch wischte? Das hatte er nicht verdient. Wenn Ruth in Zukunft bei ihm leben würde, dann konnte sie ja wohl kaum einen Streit vom Zaun brechen.

Mit schwerem Herzen nickte sie. »Das ist ein faires Angebot, aber wir werden das in einem Vertrag festhalten, damit alles mit rechten Dingen zugeht«, forderte sie.

»Gut, damit bin ich einverstanden«, sagte Georg und schob ihr seinen Teller entgegen. »Kann ich dann noch ein Stück Kuchen bekommen, bevor Franklin alles allein aufisst?«

Franklin, der gerade die Gabel zum Mund führte, hielt in der Bewegung inne. »Hey, das ist erst mein zweites Stück. Das habe ich mir verdient. Immerhin habe ich Stunden auf diesem Dachboden verbracht.«

Ruth gab Georg noch ein Stück Käsekuchen auf den Teller. »Damit du Ruhe gibst. Lass den Jungen, wenn er Hunger hat«, schimpfte sie und verwickelte Georg in ein kleines Streitgespräch.

»Ich wusste, dass du meinem Großvater nichts abschlagen kannst«, flüsterte Franklin ihr ins Ohr.

»So, wie ich dir nichts abschlagen kann«, gab Amelie zur Antwort, während er sich unter mahnenden Blicken seines Großvaters über das dritte Kuchenstück hermachte.

33. Kapitel

Franklin hätte nicht gedacht, dass Amelie auf das Angebot seines Großvaters eingehen würde. Allerdings hatte sie darauf bestanden, dass Franklin noch am Nachmittag einen Darlehensvertrag aufsetzte, den sie und Georg unterschrieben. Sie sah nicht glücklich aus, dabei schaffte das eine Menge Probleme aus dem Weg.

Sie hatten alle vier gemeinsam zu Abend gegessen. Georg hatte es sich nicht nehmen lassen, sie einzuladen. Heftig hatten sie darüber diskutiert, wie der Umbau von Georgs Elternhaus geplant werden sollte. In der nächsten Woche würden Franklin und er zu dem Haus fahren, um nachzusehen, in welchem Zustand es war. Georg und Ruth gingen direkt nach dem Essen zu Bett, und Franklin begleitete Amelie in ihre Wohnung. Er wollte sie an diesem Abend nicht alleinlassen. Sie sah traurig aus, und er wusste nicht, was er davon halten sollte.

Amelie nahm eine lange Dusche. Auch Franklin hatte in seinem Zimmer geduscht und danach seine Sachen zusammengepackt und in ihre Wohnung geschafft. Ab Sonntag musste er sowieso das Zimmer räumen, weil es neu vermietet werden würde.

Er lag schon im Bett, als Amelie endlich aus dem Bad kam und unter seine Decke schlüpfte.

»Wie geht es dir?«, wollte er wissen und zog sie in seine Arme. Im Zimmer brannte nur eine Lichterkette, was vollkommen ausreichte.

»Ich freue mich für Ruth, dass Georg wieder in ihr Leben getreten ist. Es ist wie ein großer Weihnachtswunsch, der sich nach langer, langer Zeit endlich erfüllt. Ein Wunder, dass beide nun frei sind.«

Franklin blickte sie lächelnd an. »Ja, genau wie bei uns.«

Sie nickte. »Es tut mir leid, dass Rupert heute hier einfach so aufgeschlagen ist. Ich habe keine Ahnung, was das sollte, was in diesem Mann vorgeht. Hat er wirklich geglaubt, dass ich zu ihm zurückkehre, nachdem er mich so belogen hat?« Amelie schüttelte den Kopf.

Leise lachte Franklin. »Sein Auftritt war wirklich die Krönung. Er hat dich behandelt, als wärst du sein Besitz.«

»Ja, so lief es die ganze Zeit. Ich war eben seine Angestellte, nicht seine gleichberechtigte Partnerin. Wie dumm ich doch war, das mit mir machen zu lassen.« Sie schien es noch immer nicht fassen zu können. »Man erkennt es erst, wenn man es aus einiger Distanz betrachten kann.«

»Hinterher ist man immer schlauer. Wichtig ist, dass man überhaupt erkennt, dass etwas schiefläuft und die Reißleine zieht.«

Amelie drehte den Kopf und blickte ihn an. »Ich bin so glücklich, dass ich dich kennengelernt habe. Es war genau der richtige Zeitpunkt.« Sie berührte mit den Fingerspitzen seine Wange, auf der sich tagsüber ein Bartschatten gebildet hatte, der dabei leise Geräusche machte.

»Ich weiß, ich müsste mich rasieren.«

»Nein, ich mag dich genau so, wie du jetzt bist«, wisperte sie ihm zu.

»Ja, du machst mich auch zu einem glücklichen Mann.« Er beugte sich hinunter und küsste sie. »Wenn du willst, werde ich euch morgen begleiten«, bot er an und bereitete die Bettdecke über ihnen aus.

»Danke, aber ich glaube, das wird nicht notwendig sein. Ich vertraue Georg. Er ist ein schlauer Geschäftsmann, und gemeinsam werden wir Leopold die Stirn bieten. Wenn du uns begleitest, wird er sofort den Braten riechen, und ich will das Überraschungsmoment auf unserer Seite haben.«

So sah Franklin es auch. »Ja, Georg ist ein Mensch, von dem ich eine Menge gelernt habe. Er wird Leopold in seine Einzelteile zerlegen, da bin ich mir sicher.«

»Er hat dich zu einem guten Menschen geformt«, sagte sie und blickte zu ihm auf. »Ich habe mich wirklich in dich verliebt, Franklin, obwohl ich mir geschworen habe, mich nur noch auf dieses Hotel zu konzentrieren. Doch du hast alles durcheinandergewirbelt.«

»Irrtum, mein Liebling, du hast mein Leben völlig auf den Kopf gestellt. Dabei wollte ich noch nicht einmal hierherreisen, und jetzt will ich gar nicht mehr gehen, weil du mich mit deinen roten Locken, den wunderschönen grünen Augen und deinem freundlichen Wesen förmlich bezaubert hast.« Er küsste sie liebevoll.

»Ich kann gar nichts dafür. Das ist das Weihnachtswunder, das jedes Jahr auf der Welt geschieht, und in diesem Jahr ist es für uns geschehen. Wir sollten uns einfach darauf einlassen.«

Franklin nickte zustimmend. »Das tue ich«, gab er zu. »Auch wenn ich nicht wirklich daran geglaubt habe.«

»Dann bin ich ja froh, dass ich meinen Grinch habe bekehren können. Es ist nie zu spät, an Weihnachten zu glauben.«

»Dafür glaube ich an uns und unsere Liebe«, erwiderte er und lachte auf.

34. Kapitel

Leopold schien schon in Wochenendstimmung zu sein, als er Georg und Amelie in sein Büro bat. Er war für seine Verhältnisse leger gekleidet, trug keine Krawatte, Jeans und ein kariertes Hemd über einem Sakko. Wie immer machte er eine gute Figur, die sein teuflisches Wesen geschickt verbarg. Er wirkte freundlich, doch Amelie wusste, dass sich hinter seiner netten Fassade ein eiskalter Banker versteckte.

»Was kann ich für Sie tun?«, fragte er, nachdem er beiden einen Platz vor seinem Schreibtisch angeboten hatte.

Georg sah Amelie an, die das Wort ergriff. »Leopold, wir sind hier, um den Kredit abzulösen«, schoss sie direkt ihre erste Salve ab.

»Du meinst sicher, die fehlende Rate zu bezahlen«, verbesserte Leopold sie von oben herab und lehnte sich entspannt in seinem Stuhl zurück.

Sofort griff Georg ein. »Mein lieber Herr Mühlhaus, wenn Frau Zweig meint, dass sie den Kredit ablösen will, dann hat das schon seine Richtigkeit. Ich denke, sie kennt den Unterschied. Sie sollten ihr keine Worte in den Mund legen. Hinzu kommt, dass wir die Konten auflösen wollen. Alle Konten, um genau zu sein.«

Leopolds Augen wurden groß. »Ähm, wenn der Kredit abgelöst ist, wird das Konto automatisch gelöscht«, sagte er und nahm einen Stift zur Hand, mit dem er nervös spielte.

»Sie scheinen uns absichtlich misszuverstehen«, sagte Georg in einem Ton, der andeutete, dass er Leopold nicht für die hellste Kerze auf der Torte hielt. »Wir werden nach Ablösung der Verbindlichkeiten die Geschäftsbeziehung mit dieser Bank auflösen. Meine Hausbank hat bereits alles zur Übernahme in die Wege geleitet. Sie werden am Montag die erforderlichen Unterlagen erhalten. Wie hoch ist die genaue Summe zum heutigen Tag, um den Kredit abzulösen?«

Leopold tippte hektisch auf der Computertastatur herum. »Ihnen ist klar, dass eine vorzeitige Ablösung zusätzliche Kosten mit sich bringt?«

»Die nehme ich gerne in Kauf«, erklärte Amelie, ohne mit der Wimper zu zucken.

Mühlhaus nannte die Summe, und Georg zückte sein Handy. »Sie gestatten doch, dass ich kurz einen Anruf tätige.«

»Bitte«, sagte Leopold schmallippig.

Georg wählte und stellte eine Verbindung her. »Mr Goldman, this is Professor Brunner speaking. Please transfer the money to the account as we have discussed. You have received the fax? Wonderful. Thanks for your support, bye.« Georg beendete das Gespräch und sah Leopold lächelnd an. »Das Geld für den Kredit wird in den nächsten Minuten auf dem Konto eingehen. Ich denke, Sie werden dann eine Bescheinigung ausstellen, dass alles getilgt ist, und ebenso eine Meldung an die Schufa machen. Den Restbetrag, der übrig bleibt, bitte ich, auf das Geschäftskonto von Frau Zweig zu überweisen.«

Leopold nickte und warf einen Blick auf den Bildschirm. »Das Geld ist soeben eingegangen. Wie auch immer Sie das gemacht haben.«

»Echtzeitüberweisung, davon müssten Sie schon gehört haben.« Georgs Ton war nun nicht mehr ganz so freundlich. »Im Übrigen hätten wir da noch eine Angelegenheit zu klären. Frau Zweig hat in Erfahrung gebracht, dass Eigentumswohnungen in der Häuserreihe geplant sind, zu der auch ihr Hotel gehört. Ich weiß nicht, ob sie Kenntnis davon haben, dass Frau Zweig über das Wegerecht verfügt, um durch den Hintereingang in die Gärten zu gelangen. Sie hat nicht vor, dieses Wegerecht auf die neuen Eigentümer zu übertragen. Ich denke, Sie sollten die Investoren davon in Kenntnis setzen, bevor irgendwelche Verkäufe abgeschlossen werden. Das dürfte die Käufer sicherlich interessieren.«

Leopolds Gesicht lief rot an, und er blickte zu Amelie. »Damit wirst du nicht durchkommen!«, rief er aufgebracht.

Georg räusperte sich. »Wenn ich richtig informiert bin, muss Frau Zweig damit nicht durchkommen, da ihr Großvater bereits im Jahr 1964 damit vor Gericht recht bekommen hat, und dies können wir auch mit einem Urteil belegen.« Georg holte aus seiner feinen Aktentasche eine Kopie des Urteils und legte es vor Leopold auf den Tisch.

Dieser holte tief Luft und schloss die Augen. »Sie wissen, was das bedeutet. Wenn Sie darauf bestehen, wird das Projekt platzen, und die Investoren werden sich zurückziehen. Sie gefährden das gesamte Vorhaben!«

»Das tut uns leid, aber der Fehler liegt nicht bei uns. Sie sollten sich an denjenigen wenden, der diesen Fauxpas zu verantworten hat. Ich denke, wir sind dann hier fertig, Herr Mühlhaus, ein angenehmes Wochenende.«

Georg stand auf, und Amelie tat es ihm gleich. Leopold brachte noch nicht einmal die Energie auf, sich zu erheben.

»Alles Gute, Leopold. Man sollte sich besser vorher überlegen, mit wem man sich anlegt. Manchmal prallen die Schläge ab und treffen einen selbst. Es ist nicht das Schlimmste, bei seinen Großeltern aufzuwachsen, man lernt ungemein viel fürs Leben«, sagte Amelie und wandte sich der Tür zu. Sie würde lügen, wenn sie behaupten würde, dass dieser Auftritt ihr nicht ungemeine Freude bereitete.

Erst als sie die Bank verlassen hatte, nahm Amelie Georg in den Arm und drückte ihm einen Kuss auf die Wange.

»Danke, lieber Georg. Das ging mir runter wie Öl. Er hat das bekommen, was er verdient hat. Ich kann dir gar nicht sagen, wie froh ich bin, dass du uns geholfen hast. Ich verspreche dir, dass ich den Kredit so schnell wie möglich ablösen werde. Ich weiß gar nicht, was ich ohne dich und Franklin gemacht hätte.«

»Bitte, mein Kind. Das habe ich gern getan. So weit kommt es noch, meine Ruth übers Ohr hauen zu wollen. Und mach dir wegen des Geldes keine Gedanken. Das hat Zeit. Franklin wird eh alles einmal erben.«

»Aber warum hast du dein Geld eigentlich noch in den Staaten?«, wollte sie wissen.

Georg begann zu lachen. »Habe ich gar nicht. Herr Goldmann ist der Direktor meiner Hausbank in Lüneburg. Wir machen uns immer einen Spaß daraus, hin und wieder Englisch miteinander zu sprechen.« Er zwinkerte ihr verschmitzt zu, und Amelie lachte laut mit. Ihr kam es vor, als wäre heute schon Weihnachten.

*

Sobald sie wieder im Hotel ankamen, wollte Ruth wissen, wie es gelaufen war. Auch Franklin wartete bereits im Foyer auf sie. Mit schnellen Worten berichtete Amelie, wie Leopold reagiert hatte, und ließ bei ihrer Erzählung nicht aus, dass er am Ende dermaßen erledigt gewesen war, dass ihm sogar die Kraft gefehlt hatte, sich zu erheben.

»Dieser Kerl hat bekommen, was er verdient«, urteilte Ruth.

»Wir müssen Georg danken, dass wir mit seiner Hilfe diesen Aasgeier los sind«, sagte Amelie glücklich.

»Ich habe mir erlaubt, zur Feier des Tages einen Tisch in einem Restaurant zu reservieren. Wir starten um zwanzig Uhr«, erklärte Franklin und blickte zum Eingang, der sich öffnete, woraufhin eine elegante Frau das Foyer betrat.

Amelie ging auf sie zu und begrüßte sie freundlich. »Guten Morgen, was dürfen wir im *Hotel Mistelzweig* für Sie tun?«

»Guten Morgen. Ich hätte gerne meinen Mann gesprochen«, sagte sie mit einer Überzeugung in der Stimme, als müsste Amelie wissen, wer ihr Mann war.

»Wie lautet denn sein Name?«, fragte sie nach.

»Schmitt! Dr. Schmitt aus Berlin. Welche Zimmernummer hat er?«

Amelie blinzelte. »Ähm, Dr. Schmitt«, wiederholte sie und trat an den Computer, um etwas Zeit zu gewinnen. Sie wusste nicht, ob er mit Jennifer noch auf ihrem Zimmer war.

»So viele Gäste werden Sie hier ja wohl nicht haben. Also, welche Zimmernummer?«, herrschte die Frau sie an.

»Es tut mir leid, solche Informationen kann ich nicht so einfach herausgeben. Das fällt unter Datenschutz«, sagte Amelie schnell. »Ich werde anrufen.« Sie hoffte inständig, dass Dr. Schmitt mit seiner Freundin bereits außer Haus war, sah jedoch zu spät, dass er gerade aus dem Frühstücksraum trat, an der Hand seine Jennifer. Sobald er seine Ehefrau erblickte, ließ er sie los.

»Da bist du ja! Warum gehst du nicht an dein Telefon?«, herrschte sie ihn an.

Amelie rechnete mit dem Schlimmsten. So ein Drama kam ihr doch bekannt vor. Es war wie ein Déjà-vu jenes Szenarios, als Ruperts Ehefrau in München ins Hotel gerauscht war, um ihren Mann zu sprechen.

»Es tut mir leid, ich habe mein Handy im Zimmer vergessen«, sagte Dr. Schmitt voller Reue.

»Ich versuche seit gestern Abend, dich zu erreichen. Keine Ahnung, warum du mal wieder keine Zeit für deine Familie hast.« Sie warf Jennifer einen missbilligenden Blick zu.

»Was ist denn los, Miriam?«, fragte nun der Doktor.

»Dein Sohn hat sich beim Snowboarden den Unterschenkel gebrochen und liegt im Krankenhaus. Ich musste den ganzen Morgen die Fahrt von Garmisch auf mich nehmen, um dir Bescheid zu geben.« Frau Schmitt strich sich das lange blonde Haar aus dem Gesicht. Blond schien wohl Dr. Schmitts bevorzugte Haarfarbe zu sein.

Amelie lauschte überrascht der Unterhaltung möglichst unauffällig. Sie war davon ausgegangen, dass seine Frau nicht wusste, dass er mit einer Geliebten im *Mistelzweig* abgestiegen war, aber so sah es wohl nicht aus. Es gab also doch noch Männer, die für klare Verhältnisse sorgen konnten.

»So ein Mist! Wie hat Fynn das denn hinbekommen?«, rief Schmitt aufgebracht.

»Du kennst doch deinen Sohn. Nichts ist ihm gefährlich genug. Du musst mit nach Garmisch kommen, um die beiden anderen Kinder nach Berlin zu fahren. Ich muss erst mal bei Fynn bleiben.«

»Und wo ist dein Zukünftiger?«, fragte Schmitt nach.

»Der ist noch in Frankreich und kommt erst am Sonntag nach Garmisch. Es tut mir leid, dass ich euren Urlaub so abrupt abbrechen muss, aber es geht nicht anders. Die beiden anderen kann ich nicht allein lassen, sie stellen alles auf den Kopf.«

Dr. Schmitt nickte zustimmend und sah Jennifer an, die nur mit den Schultern zuckte. »Dann fahren wir zurück nach Berlin. Wir können Emma und Elias ja nicht allein lassen«, erklärte sie gelassen.

»Gut, dann werden wir schnell packen.« Er wandte sich an Amelie. »Könnten Sie mir die Rechnung fertig machen?«

»Natürlich, das dauert nur zwei Sekunden.« Amelie begab sich an den Computer und druckte die entsprechenden Seiten. Es gab einiges aus der Minibar, das mit auf der Rechnung stand. »So, hier haben wir es. Müssen Ihre Kinder denn gar nicht zur Schule?«, fragte Amelie überrascht.

»Fynn ist bereits zwanzig und hat sich eine Auszeit genommen, und die Zwillinge sind erst fünf«, erklärte der Doktor, während er noch ein ordentliches Trinkgeld in das Kartenlesegerät eingab, bevor er seine Kreditkarte durchzog. »Wir bedanken uns für die schöne Woche. Wir kommen auf jeden Fall wieder«, versprach er, und dann folgte er Jennifer hinauf aufs Zimmer.

»Darf ich Ihnen einen Kaffee anbieten, während Sie warten?«, bot Ruth der Ehefrau an, doch sie winkte ab.

»Danke, das ist sehr nett, aber ich habe noch einige Telefonate zu führen. Ich warte draußen.«

»Ich hätte schwören können, dass der Doktor seine Frau betrügt. Wie man sich doch in einem Menschen täuschen kann«, raunte Ruth Amelie ins Ohr.

Dem konnte sie nur zustimmen. Sie hatte die Situation völlig falsch eingeschätzt. Das Leben hielt doch immer wieder Überraschungen bereit.

35. Kapitel

Die Fahrt zum Ochsenfurter Adventsgässle war zum Abschluss das Highlight der Woche. Zwar waren die Straßen in Ochsenfurt weitläufig abgesperrt, und sie mussten den Van außerhalb der Altstadt parken, dafür breitete ein wunderschön gestalteter Markt seine Arme für sie aus.

Berta und Isa waren sofort Feuer und Flamme für die abwechslungsreichen Buden, die ihre Waren anboten. Auch das Ehepaar Johannsen zogen auf eigene Faust los und nahm Bruno und seine Martha gleich mit. Die vier hatten Freundschaft geschlossen und verstanden sich prächtig.

Verwundert blickte Amelie sich um, als sie bemerkte, dass auch Georg und Ruth verschwunden waren. Sie hatten einen Treffpunkt um siebzehn Uhr ausgemacht, dann würden sie die beiden bestimmt wiederfinden.

»Und was machen wir zwei jetzt solange?«, fragte Franklin und schlang seine Arme um ihre Hüften.

»Ich würde dich ja auf einen Glühwein mit Schuss einladen, damit ich dich später in mein Bett zerren kann, aber du musst noch fahren«, gab sie zu bedenken.

»Auf das mit dem Ins-Bett-Zerren kommen wir noch mal zurück, bis dahin nehme ich eine heiße Schokolade. Wie wäre es damit?«

»Du trinkst gerne heiße Schokolade?«, fragte sie überrascht.

»Ich bin so was wie ein Schokoholiker«, gab er zu und zog Amelie zum nächsten Getränkestand, wo sie in Ruhe den Kakao mit Sahne genossen.

»Wie lief gestern die Besichtigung von Georgs Haus?«,

wollte sie wissen. Am Nachmittag war Franklin mit seinem Großvater und Ruth zu dem Haus der Familie Brunner gefahren.

»Die Substanz ist in Ordnung, das Haus allerdings sehr verwohnt, sodass es erst mal grundsaniert werden muss. Die Elektrik muss erneuert werden, genauso wie die Heizung und auch einige Leitungen. Zum Glück gibt es keinen Schimmel, es ist gut isoliert. Aber die Fenster sollten erneuert werden und die alte Treppe werde ich auch ersetzen«, berichtete er.

»Weißt du, dass ich richtig stolz darauf bin, was du alles mit deinen Händen erschaffen kannst?«

Franklin schüttelte den Kopf. »Das ist doch nichts, wenn man weiß, wie es geht.«

»Nein, so einfach ist das nicht. Man braucht eine Menge Geschick, Ideenreichtum und Stärke. Darüber verfügst du, und das liebe ich so an dir. Das sind alles Dinge, die mir fehlen«, gab sie verliebt zu.

»Und ich liebe dein Chaos«, sagte er in sanftem Ton. »Und deinen Käsekuchen natürlich. Dann noch deine knackigen Kurven, diese unsagbar grünen Augen und das rote Haar, das mich verhext hat.«

»Was? Ich bin überhaupt nicht chaotisch«, rief sie laut. Von den anderen Dingen wollte sie lieber nicht sprechen.

»Ich denke da nur an die Buchhaltung, die du immer noch nicht erledigt hast«, erinnerte er sie.

Amelie verzog das Gesicht, wenn sie an den Haufen Papiere dachte, der zu Hause auf sie wartete. Franklin nahm ihre Hand, und gemeinsam schlenderten sie über den Markt. Es gab eine Menge Handwerksstände, die alles Mögliche aus Ton, Glas, Holz, Wolle, Wachs, Metall und Papier anboten. Vor einem Stand mit Figuren aus Zeitungspapier hielt Franklin an. Er nahm eine zur Hand, die an einem Schreibtisch saß.

»Die werde ich dir kaufen, damit sie dich daran erinnert,

dass du noch die Steuererklärung erledigen musst«, erklärte er lachend.

»Das ist ja ein tolles Geschenk.« Amelie verzog das Gesicht.

»Hey, einem geschenkten Gaul schaut man nicht ins Maul«, gab Franklin zurück. »Dann soll es dich an mich erinnern«, fügte er hinzu.

»Warum? Hast du vor, mich zu verlassen? Jetzt schon, nach nicht mal einer Woche?« Es sollte ein Witz sein, doch als sie seinen ernsten Gesichtsausdruck sah, wurde ihr ganz mulmig zumute.

»Amelie, ich muss zurück nach Lüneburg, um dort einiges zu klären. Wir können nicht so schnell wie erwartet in Georgs Haus einziehen. Ich brauche mein Werkzeug, einige Leute, die mir nach Silvester helfen werden, und neue Kleidung wäre auch eine gute Idee. Ich hatte nur das Notwendigste eingepackt. Das verstehst du doch sicherlich. Ich muss mich auch um einen Makler kümmern, der sich des Verkaufs von Georgs Haus in Lüneburg annimmt.«

Das verstand Amelie, trotzdem war es nicht leicht, Franklin ziehen zu lassen.

»Sieh es als kleine Auszeit. Du kannst deine Buchhaltung endlich erledigen, und ich komme so schnell wie möglich zurück.«

»Wirst du denn wenigstens zu Weihnachten wieder in Rothenburg sein?«, wollte sie wissen und hatte Angst vor der Antwort. Was, wenn er Nein sagen würde?

»Ich verspreche dir, dass ich spätestens an Heiligabend zurück sein werde. Das werde ich auf keinen Fall verpassen. Kann Georg solange sein Zimmer behalten?«, fragte er vorsichtig.

»Aber natürlich. Ich werde ihn wohl kaum auf die Straße setzen oder zulassen, dass er in ein anderes Hotel zieht. Ihr gehört doch jetzt zur Familie. Es ist nur schade, dass Coco in diesem Jahr nicht dabei sein wird. Wir werden sie sehr vermissen. Aber es ist wohl nicht zu ändern«, gab sie zu.

»Sie bleibt in London?«

»Ja, sie hat mir geschrieben, dass sie einen neuen Job hat. Sonst ist sie jedes Jahr zu Weihnachten nach Hause gekommen. Das ist hart für Ruth, aber vielleicht kann Georg sie ja ablenken. Schau mal.« Amelie deutete auf ein Café, das auf einer Außenterrasse Kaffee und Kuchen anbot, bestückt mit warmen Decken und Wärmepilzen. Dort saßen ihre Großeltern gemeinsam unter einer Decke und unterhielten sich angeregt, während sie sich den Kuchen schmecken ließen.

Das Bild von einer glücklichen Ruth wärmte Amelies Herz.

*

Der Abschied am nächsten Tag fand in großer Runde statt. Alle Gäste trafen sich noch mal zum gemeinsamen Frühstück und buchten danach direkt für das nächste Jahr ihre Zimmer. Bruno und Martha bestanden auf das Doppelzimmer mit der Nummer 103, das bisher Dr. Schmitt belegt hatte. Ebba und Johann Johannsen reservierten außerdem ein Doppelzimmer für ihre Tochter mit ihrem Mann. Amelie versprach, auch im kommenden Winter eine Tour zu organisieren. Die Woche war anstrengend gewesen, aber es hatte sich finanziell gelohnt. Alle versicherten ihr, online positive Rezensionen zu hinterlassen und das *Mistelzweig* in den höchsten Tönen zu loben.

Viel Zeit blieb Amelie nicht, denn einige der Zimmer waren bereits wieder vermietet, und die neuen Gäste würden bald anreisen.

Schwieriger war der Abschied von Franklin. Er brach am Nachmittag Richtung Lüneburg auf und stopfte seine Sachen in den großen Van, den er gemietet hatte.

»Willst du den Wagen vorher noch zurückgeben? Wo ist

eigentlich dein Auto?«, wollte Amelie wissen, die ihn zu dem Auto begleitet hatte.

»Das ist mein Wagen«, erklärte er und kratzte sich am Kopf. »Er hat mir so gut gefallen, dass ich ihn gekauft und meinen in Zahlung gegeben habe. Wir brauchen doch in Zukunft einen großen Wagen für die Touren. Vielleicht können wir ja auch etwas außerhalb der Weihnachtszeit anbieten.«

»Jungs und ihre Spielzeuge«, raunte sie ihm zu, als Franklin sie in seine Arme zog.

»Halte meine Bettseite warm. Ich bin bald wieder bei dir.«

Amelie blickte gen Himmel. Die Wolken hingen tief, und es schneite schon den ganzen Morgen. »Pass bitte auf dich auf. Nicht dass dir etwas geschieht, das würde ich nicht überleben.«

»Ich habe doch jetzt ein Auto, das mit mehr Airbags ausgestattet ist als eine verdammte Rakete.«

»Raketen haben Airbags?«, fragte sie skeptisch.

»Keine Ahnung, aber sie könnten gut welche gebrauchen.« Er zwinkerte ihr zu. »Lass in der Zwischenzeit Mühlhaus am Leben, nicht dass ich dich im Gefängnis besuchen muss, wenn ich zurück bin.«

»Wer ist Mühlhaus?«, fragte sie und zog die Stirn kraus.

»Sehr gut.« Franklin küsste ihre Nasenspitze.

»Ach, übrigens, wir schenken uns nichts zu Weihnachten, schon seit Jahren nicht, diesen Stress tun wir uns nicht an. Also wage es nicht, mit einem Arm voller Geschenke hier aufzuschlagen«, warnte sie ihn. »Unser Geschenk ist Zeit mit der Familie zu verbringen.«

Franklin nickte.

»Kann ich mich auf dich verlassen?«, hakte sie nach.

»Das ist eine gute Entscheidung. Ich versuche, mich daran zu halten.« Er zog sie ein letztes Mal fest in seine Arme. »Mach's gut, mein Liebling, und pass auf Ruth und Georg auf.

Wir sehen uns übernächste Woche wieder. Ich schreibe dir jeden Abend.«

Amelie nickte und drängte die Tränen zurück. »Ich vermisse dich jetzt schon«, sagte sie leise, und die Worte kamen ihr kaum über die Lippen. Sie wollte hier nicht weinen, und dennoch passierte es. Schnell küsste Franklin ihre Tränen weg, dann berührten seine Lippen die ihren.

»Ich liebe dich«, sagte sie aus einem Impuls heraus und blickte ihn traurig an.

»Wenn das so ist, gibt es keinen Grund, so traurig zu sein. Denn ich liebe dich auch, und das macht mich wahnsinnig glücklich.«

Hingebungsvoll küsste er sie, dann stieg er in den Wagen und fuhr hupend davon.

Amelie winkte, bis der Wagen nicht mehr zu sehen war, und auch danach starrte sie immer noch die Straße entlang.

»Was stehst du denn hier rum? Du holst dir noch den Tod. Willst du krank sein, wenn Franklin zurückkommt?« Ruth brachte ihr eine Jacke und legte sie ihr um die Schultern. »Es dauert nicht lange, dann ist er wieder zurück.«

36. Kapitel

Heiligabend

Es fühlte sich merkwürdig an, das Hotel so fast ohne Gäste zu erleben. Amelie hatte das Hotel für die nächsten zwei Monate geschlossen, um die restlichen zwei Zimmer zu renovieren. Es hatte Tradition, dass das Hotel über die Weihnachtstage schloss, und daran wollte Amelie festhalten. Im Augenblick wohnte nur Georg bei ihnen. Es war, als hätte er schon immer dazugehört.

Ruth war wie ausgewechselt. Sie blühte richtig auf, und ihre Wangen glühten ständig, als wäre sie ein junges Mädchen.

Franklin hatte sich jeden Abend gemeldet, meist angerufen, dann hatten sie bis spät in die Nacht hinein telefoniert. Er hatte versprochen, heute wiederzukommen, und Amelie rannte immer wieder zur Tür, um nachzusehen, ob sie das Auto sehen konnte, wurde aber ständig enttäuscht. Er hatte geschrieben, dass er im Stau stehe, weil im Norden so viel Schnee gefallen war, dass man reihenweise die Autobahnen gesperrt hatte.

»Nun sei doch nicht so ungeduldig, mein Kind. Wenn Franklin sagt, dass er pünktlich kommt, wird er kommen«, erklärte Georg, der wohl ihre Ungeduld nicht verstehen konnte.

»Du verstehst das nicht. Sie haben die Autobahnen gesperrt, und er geht nicht ans Telefon. Was, wenn ihm etwas passiert ist?«, murmelte Amelie.

»Doch, natürlich verstehe ich das, wenn man verliebt ist.

Ich habe schließlich fünfzig Jahre auf meine große Liebe gewartet«, erklärte Georg und naschte von dem Stollen.

»Na, da will ich hoffen, dass ich nicht auch so lange warten muss«, erwiderte Amelie und klopfte ihm spielerisch auf die Finger. »Der Stollen ist für später zum Nachtisch gedacht.«

»Ich muss doch probieren, ob er überhaupt schmeckt«, verteidigte er sich.

»Den habe ich gebacken, natürlich schmeckt er«, rief Ruth aus der Küche, die schon den ganzen Nachmittag am Herd stand und kochte.

»Ich decke jetzt den Tisch«, verkündete Amelie und ging hinüber in den Frühstücksraum. Dort standen der Weihnachtsbaum und auch das Klavier, das vor drei Tagen gestimmt wurde. Amelie war fast aus den Schuhen gekippt, weil Georg den Mann heimlich beauftragt hatte, dem Klavier wieder richtige Töne zu entlocken, und es war ihm auch gelungen. Natürlich hatte Georg darauf bestanden, die Rechnung zu übernehmen, immerhin hatte er ja auch den Auftrag erteilt.

Sie hatte zwei Tische zusammengeschoben und deckte für vier Personen ein. Es würde ein trauriges Weihnachten werden, wenn Franklin nicht pünktlich ankam. Liebevoll hatte sie den Raum festlich hergerichtet. Der Baum erstrahlte unter einem Meer von Lichterketten. Langsam fragte sie sich, ob sie nicht ein Faible für diese kleinen Lichter entwickelte. Der Raum war mit unzähligen Weihnachtssternen bestückt. Diese Pflanzen mit ihren dunkelroten Blättern hatten es ihr angetan. Leider schaffte sie es nicht, die Pflanzen weit nach den Feiertagen am Leben zu erhalten, sie hatte einfach keinen grünen Daumen, aber solange sie prachtvolle Blüten trugen, erfreute sich Amelie daran.

Es duftete schon köstlich aus der Küche. Ruth hatte sich für eine Gans mit Rotkohl und Knödeln entschieden, ganz klassisch. Das Menü war bei ihnen aber auch schon Tradition, und Amelie lief bereits das Wasser im Mund zusammen.

Sie schaute erneut auf ihrem Handy nach, doch ihre letzte Nachricht hatte Franklin noch nicht einmal gelesen. Sie wollte ihn während der Autofahrt auch nicht ablenken. Was, wenn er dadurch einen Unfall verursachte? Das wollte sie nicht riskieren.

Mittlerweile war es sechzehn Uhr, und es wurde langsam immer später. Um diese Zeit aßen sie normalerweise schon den Stollen und tranken einen Kaffee zusammen. Dieses Jahr hatte Ruth das Essen direkt auf achtzehn Uhr verschoben.

Nachdem sie den Tisch liebevoll gedeckt, extra die Kristallgläser aus der Wohnung geholt und das gute Porzellan von Ruth benutzt hatte, ging sie hinauf in ihre Wohnung, um zu duschen und sich umzuziehen. Sie musste irgendwie ihre Nerven beruhigen. Vielleicht war Franklin ja da, wenn sie wieder nach unten kam. Diesen Weihnachtswunsch musste man ihr doch wenigstens erfüllen.

Sie ließ sich extrem viel Zeit, cremte ihre Haut ein, föhnte sich die Locken und benutzte noch einen Lockenstab, um sie besonders schön zu stylen. Sie zog ein neues Kleid an, das sie extra für heute gekauft hatte. Es war dunkelrot, aus feiner Seide. Eng geschnitten mit einem hohen U-Boot-Ausschnitt. Dazu trug sie hohe Schuhe. Später, wenn sie zur Mitternachtsmette gingen, würde sie dicke Stiefel anziehen. Es hatte in den letzten Tagen so viel geschneit, dass man kaum das Haus verlassen konnte.

Als sie die Treppe hinunterkam, nahm sie die Stille wahr. Sie blickte in die Küche, wo sie nur Ruth und Georg antraf. Letzterer war dabei, die Gans zu zerteilen.

»Wir können gleich essen, Liebes. Du siehst wunderschön aus, mein Kind«, erklärte Ruth.

Amelie versuchte sich an einem Lächeln, doch so richtig wollte es ihr nicht gelingen. Draußen war es bereits dunkel.

Die Stadt erstrahlte voller Lichter, doch sie nahm sie gar nicht richtig wahr. Sie hatte die Hoffnung, dass Franklin um die Ecke biegen würde, doch die Straßen waren menschenleer.

»Dann werden wir wohl das Weihnachtsfest zu dritt feiern«, sagte sie ein wenig enttäuscht. Sie hätte zumindest erwartet, dass Franklin sich melden würde, wenn er es nicht schaffte. Aber wer wusste schon, was geschehen war? Vielleicht hatte sein Handy keinen Empfang mehr, oder der Wagen war liegen geblieben. Es gab viele Möglichkeiten, doch keine, die ihr gefiel.

»Amelie, kommst du essen?«, rief Georg und schloss die Eingangstür. Die kleine Glocke an der Tür bimmelte vergnügt, was ihr sonst immer ein Lächeln entlockte, doch heute war ihr nicht danach.

Im Frühstücksraum saßen Georg und Ruth bereits am Tisch und warteten auf sie.

»Holst du bitte noch den Wein aus dem Getränkeschrank?«, bat Ruth.

»Natürlich.« Sie lief schnell in die Küche, holte die Flasche und füllte drei der Gläser. Traurig blieb ihr Blick an dem vierten Glas hängen, als sie dachte, die Glocke an der Tür gehört zu haben. Doch sie musste sich getäuscht haben und nahm wieder Platz.

»Ich wünsche euch ein frohes Weihnachtsfest«, sagte sie und blickte Ruth liebevoll an. »Danke für das wunderbare Essen, Omi.«

»Wir wünschen euch auch ein frohes Weihnachtsfest. Mann, riecht das hier gut! Ich habe einen Mordshunger.«

Erschrocken wandte Amelie den Kopf, und als sie Franklin erkannte, sprang sie so schnell auf, dass ihr Stuhl umkippte und laut zu Boden krachte. Schluchzend warf sie sich in seine Arme.

»Hey! Was ist denn los? Soll ich wieder gehen?«, fragte Franklin lachend.

»Nein, natürlich nicht. Ich habe den ganzen Tag auf dich gewartet und dachte, du würdest nicht mehr kommen«, schniefte sie und konnte sich gar nicht mehr beruhigen.

»Hey, Liebes! Ich bin hier bei dir, und ich werde nicht mehr gehen. Außer du schickst mich zum Teufel.«

Amelie hob den Kopf und blickte ihn liebevoll an. »Niemals«, flüsterte sie. »Ich liebe dich und werde dich nie wieder gehen lassen.«

»Ich liebe dich auch, Amelie, und werde bei dir bleiben. Wenn du willst, bis zum Rest unseres Lebens.«

»Hey! Freut sich eigentlich niemand, dass ich auch hier bin?«

Amelie blickte an Franklin vorbei und schlug sich die Hand vor den Mund. Sie konnte nicht fassen, wer dort stand.

»Coco!«, schrie sie laut, und Franklin war in diesem Augenblick vergessen. Sie warf sich ihrer Schwester in die Arme und begann erneut, zu weinen. »Was machst du denn hier?«

»Franklin hat sich mächtig ins Zeug gelegt, um mich zu überreden, nach Rothenburg zu kommen. Da das Café nun doch über Weihnachten geschlossen hat, war ich froh, dass er sich gemeldet hat. So brauche ich das Weihnachtsfest nicht allein zu verbringen. Er hat mich in Hamburg abgeholt. Aber ich sage dir, es war eine Höllenfahrt, die Straßen sind total verschneit, und es gab eine Menge Unfälle. Zum Glück sind wir heil angekommen.«

Amelie schüttelte nur den Kopf.

»Was ist nur los mit dir? Du bist ja eine richtige Heulsuse geworden. Franklin, was hast du mit meiner Schwester gemacht?«, fragte Coco streng. »Jetzt lass mich mal los, ich will Omi begrüßen.«

Coco machte sich frei, nahm ihre Großmutter in die Arme und drückte sie vorsichtig.

»Du bist zu uns gekommen, mein Kind! Was für eine Freude.« Auch Ruth brach in Tränen aus.

»Was ist nur los mit euch allen?« Coco schüttelte lachend den Kopf. »So kenne ich euch ja gar nicht.«

Franklin ging auf seinen Großvater zu und nahm ihn in den Arm. »Frohe Weihnachten, Georg. Geht es dir gut?«

»Frohe Weihnachten, mein Junge. Bestens. Wie schön, dass du es zeitig geschafft hast.«

»Du kennst mich doch. Auf mich ist immer Verlass.«

»Du bist eben ein guter Junge«, bestätigte Georg.

»Coco, darf ich dir meinen Großvater Georg Brunner vorstellen?«, sagte Franklin. »Georg, das ist Coco, Amelies Schwester und Ruths zweite Enkeltochter.«

»Guten Abend, mein Kind, und frohe Weihnachten. Wie schön, dass du deiner Großmutter dieses Weihnachtsgeschenk machst.«

»Auch dir frohe Weihnachten.« Sie lächelte und ihr Blick blieb an der Gans hängen, die duftend auf dem Tisch stand. »Ich glaube, wir sollten jetzt essen, damit nicht alles kalt wird. Ich habe riesigen Hunger. Das Essen in London ist die reinste Katastrophe.«

Dem schloss Franklin sich gerne an.

Amelie holte noch ein Gedeck und goss zwei weitere Gläser Wein ein.

Georg erhob sein Glas und blickte in die Runde. »Ich freue mich sehr, dass wir Weihnachten alle gemeinsam verbringen, und wünsche euch von Herzen alles Gute. Das Schicksal hat uns alle zusammengeführt, und dafür sollten wir dankbar sein. Ich habe nach fünfzig Jahren meine Ruth zurück, und du, lieber Franklin, wirst deine Amelie in den nächsten fünfzig Jahren glücklich machen. Frohe Weihnachten, meine Lieben.«

»Frohe Weihnachten!«, riefen alle und stießen mit Georg an.

»Und wo ist mein Schicksal?«, fragte Coco, nachdem alle einen Schluck getrunken hatten.

»Wer weiß das schon?«, erwiderte Amelie. »Vielleicht kommt er demnächst durch die Eingangstür, ohne dass du damit rechnest. Denn Liebe kommt manchmal unverhofft.« Sie warf Franklin einen liebevollen Blick zu.

»Aber nur zu Weihnachten«, erklärte er voller Überzeugung.

Coco stöhnte auf. »So lange will ich aber nicht warten«, murmelte sie und schob sich ein Stück vom Gänsebraten in den Mund.

»Na ja, vielleicht hast du Glück und die große Liebe kommt auch zu Ostern«, überlegte Amelie laut.

»Ja, oder an einem sonnigen Tag«, schlug Franklin vor. »Aber eines kann ich dir verraten. Sie kommt dann, wenn man nicht damit rechnet.«

Epilog

Ein halbes Jahr später

Mühsam stieg Amelie die Treppe in das Dachgeschoss hinauf. Hier oben war es heiß, und sie wischte sich den Schweiß von der Stirn.

»Was machst du denn hier oben? Es ist doch viel zu mühselig, hier raufzuklettern.« Franklin kam zu ihr und stellte Amelie einen Stuhl zurecht, auf den sie sich fallen ließ.

»Ich wollte nur wissen, wie weit du schon bist«, sagte sie und fächerte sich Luft zu, um zu Atem zu kommen.

»Es gibt doch noch gar nichts zu sehen. Wir haben gerade mal die Dämmung eingebaut und die Dachbalken ausgebessert. Sie werden morgen gestrichen, um sie vor Nässe zu schützen«, erklärte er ihr. »Weißt du, was ich heute Morgen im Baumarkt gehört habe?«, sagte er und ging vor ihr auf die Knie. »Das Nachbargebäude steht zum Verkauf. Der Deal mit den Eigentumswohnungen ist wohl geplatzt. Mühlhaus wurde übrigens in eine kleinere Filiale versetzt. Es haben wohl einige Kunden ihre Konten dort gekündigt.«

»Das geschieht ihm recht«, verkündete Amelie. »Mitleid habe ich nicht mit ihm.«

»Ich auch nicht«, sagte Franklin. »Was hältst du davon, wenn wir das Gebäude nebenan kaufen und das Hotel erweitern? Es wären locker zwölf weitere Zimmer möglich«, erklärte er voller Elan.

»Erweitern? Das wird eine Menge Geld kosten.«

»Ich habe da einen Investor an der Hand, der unbedingt sein Geld in unser Hotel stecken will.«

»Du sprichst doch nicht etwa von Georg?«

Franklin nickte lächelnd. »Wir könnten natürlich auch überlegen, dort in der ersten Etage eine große Wohnung für uns einzubauen und den Rest zu vermieten. Dann hätten wir Platz, um noch weitere Kinderzimmer einzuplanen.« Er strich zärtlich über Amelies Bauch, der enorme Ausmaße angenommen hatte.

»Lass mich erst mal unser erstes Kind auf die Welt bringen, bevor wir über weitere sprechen. Vielleicht eigne ich mich ja gar nicht als Mutter.« Sie legte eine Hand in den Rücken, um ihn zu entlasten.

»Du wirst die beste Mutter werden, die man sich wünschen kann, da bin ich mir sicher, Mrs Scott.« Dann beugte er sich hinunter, küsste sie zärtlich und hob sie auf seine starken Arme.

»Nicht! Ich bin doch viel zu schwer«, rief Amelie aufgeregt. »Lass mich bloß nicht fallen.« Sie legte ihm einen Arm um den Nacken.

»Wo denkst du hin? Ich werde dich hüten wie meinen Augapfel. Du bist das Wichtigste in meinem Leben.« Langsam trug er sie die Treppe hinunter und legte sie in der Wohnung auf der Couch ab. »So, hier bleibst du jetzt und ruhst dich aus. Ich muss zum Bahnhof fahren und Coco abholen. Ihr Zug kommt in einer halben Stunde an.«

Amelie nickte. »Ich bin froh, dass sie endlich wieder in Rothenburg leben wird.«

»Ja, dann ist wieder Leben in der Bude. Seit Ruth bei Georg wohnt, ist es viel zu ruhig geworden«, beklagte Franklin sich.

»Warte mal ab, du wirst dir noch wünschen, dass es wieder ruhiger wird, wenn das Kleine erst mal auf der Welt ist.«

»Wenn es nach mir kommt, wird es ein ruhiges Kind.«

»Träum weiter. Ich bin mir sicher, dass dieses Kind nach

mir kommt«, erwiderte Amelie und grinste breit. »Dann gnade uns Gott, denn ich war ein sehr lebhaftes Kind.«

Franklin verdrehte die Augen. »Es wird nach mir kommen, da bin *ich* mir sicher. Und wenn nicht, dann freue ich mich schon auf das nächste Kind«, sagte er, und Amelie stöhnte auf. »Aber egal, nach wem dieses Kind kommt, solange es so wunderschön ist wie du, ist doch alles in Ordnung.«

Er drückte ihr schnell einen Kuss auf den Mund, und Amelie lächelte glücklich.

Danksagung

Mein Dank gilt dem Bastei Lübbe Verlag, der mir die Möglichkeit gibt, dass dieses Buch das Licht der Welt erblickt. Dafür danke ich von Herzen meiner Agentur, der litmedia.agency, besonders meiner Agentin Susanne Zeyse. Danke für die fruchtbaren Gespräche und das Brainstorming.

Ganz besonders bedanke ich mich bei Anne Pias aus dem Hause Lübbe für die wunderbare Betreuung. Es ist toll, mit dir zusammenzuarbeiten. Lieben Dank auch an Larissa Bendl für das tolle Lektorat, deinen aufmerksamen Blick auf das große Ganze und die hilfreichen Anmerkungen. Danke an alle, die an diesem Buch mitgewirkt haben. Egal ob Lektorat, Korrektorat, Coverdesigner etc. Ohne euch gäbe es dieses Buch nicht.

Danke an meine Kinder, die mir die Zeit und den Raum geben, dass meine Arbeit auf fruchtbaren Boden fällt. Danke für eure Ideen, wenn es mal wieder stockt. Ich liebe euch.

Zum Schluss ein großes Dankeschön an meine Leserinnen und Leser. Ohne euch wäre jedes Buch nur ein Blatt voller Buchstaben. Ich hoffe, ihr lasst euch vom Weihnachtszauber einfangen und meine Geschichte kann euch begeistern. Ihr macht meine Arbeit zu etwas Wertvollem, und ich danke euch für eure Treue.

Ich hoffe, wir lesen uns bald wieder.

Eure Julia Wolkenstein